THE SINGULARITY IS NEAR

シンギュラリティは近い

人類が生命を超越するとき

［エッセンス版］

レイ・カーツワイル
Ray Kurzweil

NHK出版［編］

本書はレイ・カーツワイル著『ポスト・ヒューマン誕生』
（2007年1月第1刷発行／小社刊）を再編集したものです。
詳しくは巻末「［エッセンス版］あとがきに代えて」をご覧ください。

装幀　畑中 亨
装画　the chord（kenji goto+nakaba kowzu）

シンギュラリティは近い

目次

※本文中、（　）は原注、〔　〕は訳注を表す。また書名については邦訳があるものは邦題を、邦訳がないものは逐語訳に初出のみ原題を併記した。

第一章

六つのエポック

技術的特異点《シンギュラリティ》というものに気づいたのがいつごろのことだったのかは、よくわからない。たぶん、徐々に認識を深めていったのだろう。半世紀近くにわたり、コンピュータをはじめとするテクノロジーにどっぷりと浸かってきて、さまざまなレベルで次々に大変動が起こるのを目の当たりにし、それらがどのような意味や目的をもっているのかを理解しようと努めてきた。そうして、二一世紀の前半にどのような革新的な出来事が待ちかまえているのかが、少しずつ見えてくるようになった。たとえば宇宙のブラックホールが、事象の地平線〔ブラックホールにおいて、それ以上内側に入ると光すらも脱出できなくなるとされる境界〕に近づくにつれて物質やエネルギーのパターンを劇的に変化させるのと同じように、われわれの目の前に迫りくるシンギュラリティは、人間の生活のあらゆる習慣や側面をがらりと変化させてしまうのだ。性についても、精神についても。

では、シンギュラリティとはなにか？　それは、テクノロジーが急速に変化し、それにより甚大な影響がもたらされ、人間の生活が後戻りできないほどに変容してしまうような、来るべき未来のことだ。それは理想郷でも地獄でもないが、ビジネスモデルや、死をも含めた人間のライフ

【図1】

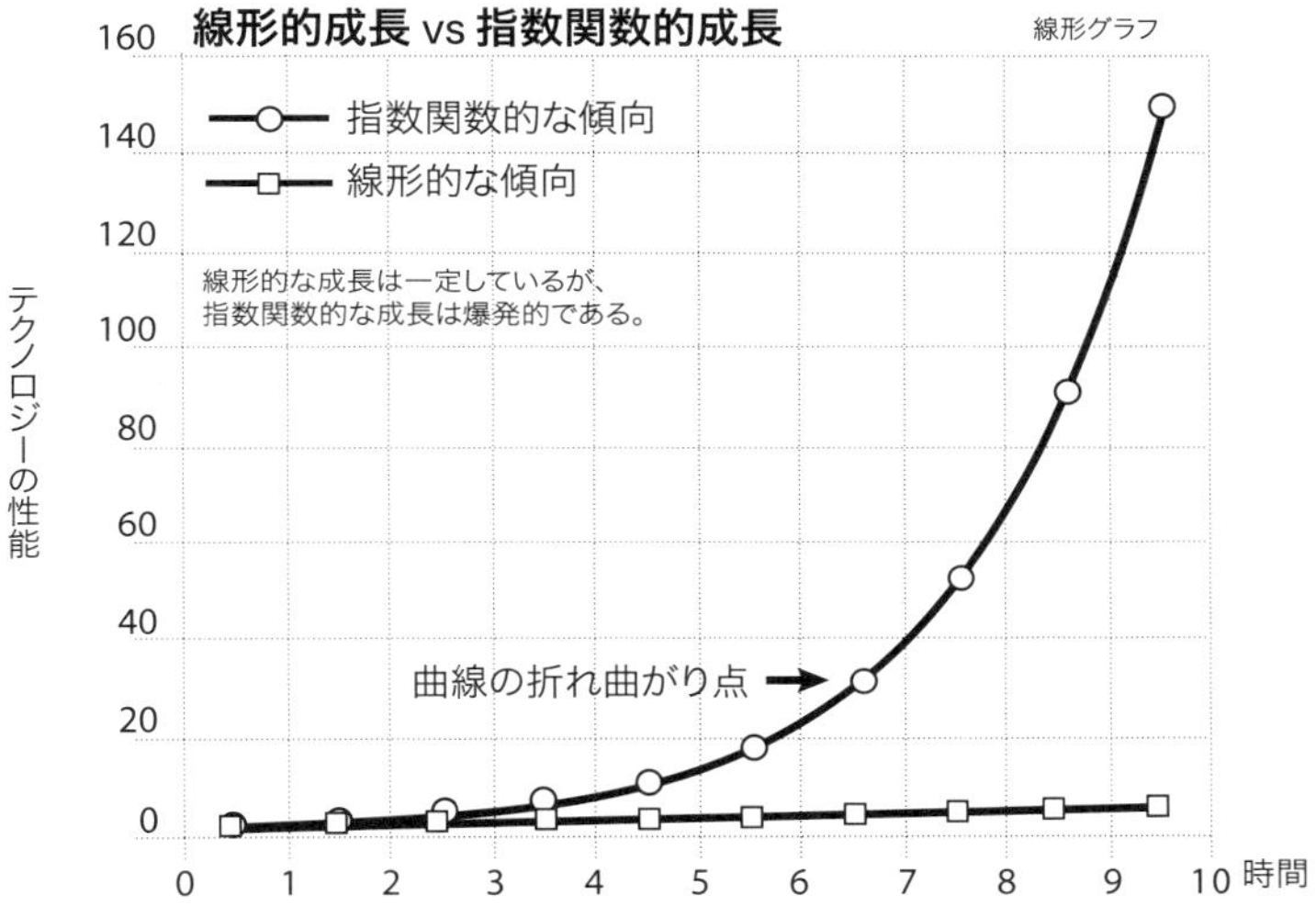

サイクルといった、人生の意味を考えるうえでよりどころとしている概念が、このとき、すっかり変容してしまうのである。シンギュラリティについて学べば、過去の重大な出来事や、そこから派生する未来についての見方が変わる。シンギュラリティを正しく理解できれば、人生一般や、自分自身の個別の人生の捉え方がおのずと変わるのだ。シンギュラリティを理解して、自分自身の人生になにがもたらされるのかを考え抜いた人のことを、「技術的特異点論者《シンギュラリタリアン》」と呼ぼう。

収穫加速の法則（人間と、それに続くテクノロジーにおいて、進化の速度は本質的に加速していくこと）とわたしが命名したものは、意味するところは明白であるはずなのに、まだ一般に受け入れてもらえていない。これは、いたしかたない。わたし自身だって、この眼前の理にかなった事実をのみこむまでには四〇年もかかったのだし、その結果もたらされることを諸手をあげて歓迎しているとはまだ言えないからだ。

迫りくるシンギュラリティという概念の根本には、次のような基本的な考え方がある。**人間が生みだしたテクノロジーの変化の速度は加速していて、その威力は、指数関数的な速度で拡大している**、というものだ。指数関数的な成長というものは、つい見過ごしてしまいがちだ。最初は目に見えないほどの変化なのに、やがて予期しなかったほど激しく、爆発的に成長する。変化の軌跡を注意深く見守っていないと、まったく思いもよらない結果になる（図1「線形的成長vs指数関数的成長」参照）。

こういう話がある。湖の所有者が、睡蓮の葉で湖面が覆われ、湖の魚が死んでしまうことのないよう、家を寸刻も空けずに湖を観察することにした。睡蓮の葉は、数日ごとに二倍に増えるという。何か月もの間、所有者はひたすら様子をうかがったが、睡蓮の葉は、ほんのわずかしか見られず、とりたてて広がっていくようには思われなかった。睡蓮の葉が占める面積は湖全体の一パーセントにも満たないようなので、ここらで休みを取って、家族で出かけてもだいじょうぶだろうと判断した。数週間後に帰宅した所有者は、びっくりした。湖全体が睡蓮の葉で覆われ、魚がみんな死んでしまっていたのだ。数日ごとに二倍になるので、最後に七回倍加した分で、睡蓮の葉が湖全体に広がっていたのだ（七回倍加すると、睡蓮の葉の占める面積は一二八倍になる）。指数関数的な成長には、こうした特質がある。

チェスの世界チャンピオン、ガルリ・カスパロフの例もある。カスパロフは一九九二年に、コンピュータにチェスで負けるはずはない、と一笑に付した。ところが、コンピュータの性能は毎年二倍になっていき、わずか五年後にカスパロフを打ち負かした。コンピュータが人間の能力をしのぐ分野は、今や急速に増えている。そのうえ、コンピュータの知能が使える仕事はかつては限られていたが、今ではその種類が徐々に広がってきている。たとえば、心電図や医療画像を見て診断を下したり、飛行機を飛ばして着陸させたり、自動制御兵器を使うかどうかを戦略的に判断したり、信用取引や財政上の問題を検討したり、その他もろもろの、過去には人間の知能に頼っていた課題をこなす責任を、今やコンピュータが負っている。こうしたコンピュータシステムのパフォーマンスの基盤として、多種多様な人工知能（ＡＩ）を統合したものが、ますます利用されるようになってきた。しかし、活用されている分野のどこかでＡＩの欠点が露わになることがあれば、ＡＩを快く思わない人々は、そうした領域は、いつまでたってもコンピュータの能力が人間の能力を上回ることのない、人間に生まれながらにして備わった最後の砦なのだ、と主張するだろう。

だが本書では、これから数十年のうちに、情報テクノロジー（ＩＴ）が、人間の知識や技量をすべて包含し、ついには、人間の脳に備わったパターン認識力や、問題解決能力や、感情や道徳に関わる知能すらも取り込むようになると論じていくことになるだろう。

人間の脳は、さまざまな点でじつにすばらしいものだが、いかんともしがたい限界を抱えている。人は、脳の超並列処理（一〇〇兆ものニューロン間結合が同時に作動する）を用いて、微妙なパターンをすばやく認識する。だが、人間の思考速度はひじょうに遅い。基本的なニューロン処理は、現在の電子回路よりも、数百万倍も遅い。このため、人間の知識ベースが指数関数的に成長していく一方で、新しい情報を処理するための生理学的な帯域幅はひじょうに限られたままなのだ。

われわれの現在備えているバージョン1.0の生物的身体も、同じようにもろく、無数の故障モードに陥ってしまう。身体を維持するのに、厄介な儀式が必要なのは言うまでもない。人間の知能は、ときには高い創造力や表現力を発揮できることもあるが、その思考するところのほとんどは、たんなる模倣にすぎなかったり、たいして重要でなかったり、制約があったりする。

シンギュラリティに到達すれば、われわれの生物としての身体と脳が抱える限界を超えることが可能になり、運命を超えた力を手にすることになる。死という宿命も思うままにでき、好きなだけ長く生きることができるだろう（永遠に生きるというのとは、微妙に意味合いが違う）。人間の思考の仕組みを完璧に理解し、思考の及ぶ範囲を大幅に拡大することもできる。二一世紀末までには、人間の知能のうちの非生物的な部分は、テクノロジーの支援を受けない知能よりも、数兆倍の数兆倍も強力になるのだ。

われわれは今、こうした移行期の初期の段階にある。パラダイムシフト率（根本的な技術的アプローチが新しいものへと置き換わる率）と、ＩＴの性能の指数関数的な成長はいずれも、「曲線の折れ曲がり」地点に達しようとしている。この地点にくると、指数関数的な動きが目立つようになり、この段階を過ぎるとすぐに、指数関数的な傾向は一気に爆発する。今世紀の半ばまでには、テクノロジーの成長率は急速に上昇し、ほとんど垂直の線に達するまでになるだろう——そのころ、テクノロジーとわれわれは一体化しているはずだ。厳密に数学的な見方をすれば、成長率は有限でありながらも極端に高いために、テクノロジーの進展とともに、人間の歴史の構造が崩壊してしまうことになる。といっても、そうした印象は、テクノロジーによる強化《エンハンスト》がなされていない古典的な生物としての人間の見方にすぎないのだが。

シンギュラリティとは、われわれの生物としての思考と存在が、みずからの作りだしたテクノロジーと融合する臨界点であり、その世界は、依然として人間的ではあっても生物としての基盤を超越している。シンギュラリティ以後の世界では、人間と機械、物理的な現実と拡張現実《ヴァーチャルリアリティ》（VR）との間には、区別が存在しない。そんな世界で、間違いなく人間的だと言えるものが残っているのかと問われれば、あるひとつの性質は変わらずにあり続ける、と答えよう。それは、人間という種は、生まれながらにして、物理的および精神的な力が及ぶ範囲を、その時々の限界を超えて広げようとするものだ、という性質だ。

　こうした変化に対して、否定的な意見を述べる人たちがいる。シンギュラリティ以後の世界に移行すると、人間性のなくてはならない面が失われてしまう、というのだ。だが、こうした意見が出てくるのは、テクノロジーがどのように発展していくかが誤解されているからだ。これまでに存在した機械は、人間特有の生物としての性質に必須な繊細さが欠けていた。シンギュラリティにはさまざまな特徴があるが、それが指し示すもっとも重要な点は、テクノロジーが、人間性の粋《すい》とされる精巧さと柔軟さに追いつき、そのうち大幅に抜き去る、というものだ。

直感的な線形的展望vs歴史的な指数関数的展望

一九五〇年代、伝説的な情報理論研究者のジョン・フォン・ノイマンがこう言ったとされている。「たえず加速度的な進歩をとげているテクノロジーは……人類の歴史において、ある非常に重大な特異点に到達しつつあるように思われる。この点を超えると、今日ある人間の営為は存続することができなくなるだろう」。ノイマンはここで、加速度と特異点という二つの重要な概念に触れている。加速度の意味するところは、人類の進歩は指数関数的なものであり（定数を掛けることで繰り返し拡大する）、線形的（定数を足すことにより繰り返し拡大する）なものではない、ということだ。

さらに、特異点の意味するところは、指数関数的な成長は魅力的で、最初の動きはゆっくりでほとんど目立ったところはないが、曲線の折れ曲がり地点を過ぎると、爆発的に増大しグラフの形が一変する、ということだ。未来は、まったく誤解されている。われわれの祖先は、未来は現在によく似たものだろうと考えた。その現在は、過去とよく似ていた。指数関数的な動きは一〇〇〇年前にも存在していたが、まだまだ初期の段階だったので、成長が平坦で遅く、なんの動きも認められないように思われた。その結果、未来もたいして変わらないという予測は当たった。今の時代なら、テクノロジーが進歩を続け、社会もそれに影響を受ける、というような未来を予測する。ところが未来は、たいていの人が思い描くより、はるかに驚くべきものになるだろう。

変化率そのものも加速度的に大きくなっているという事実がもつ意味を、きちんと考慮に入れている人はほとんどいないのだから。

未来では技術的になにが実現可能かという長期予想がいくつも立てられているが、その多くは、未来にはものごとがどれほどの勢いで進展するかを過小評価している。そうなるのは、我流の用語で言うと、「歴史的指数関数的」展望ではなく、「直感的線形的」展望に基づいた予想をしているからだ。次章で説くことになるが、わたしのモデルを見れば、パラダイムシフトが起こる率が一〇年ごとに二倍になっていることがわかる。こうして、二〇世紀の間、進歩率が徐々に高まり、今日の率にまでなるに至ったのだ。二〇世紀の一〇〇年間に達成されたことは、西暦二〇〇〇年の進歩率に換算すると二〇年間で達成できることに相当する。この先、この西暦二〇〇〇年の進歩率による二〇年分の進歩をたったの一四年でなしとげ（二〇一四年までに）、その次の二〇年分の進歩をほんの七年でやってのけることになる。別の言い方をすれば、二一世紀では、一〇〇年分のテクノロジーの進歩を経験するのではなく、およそ二万年分の進歩をとげるのだ（これも今日の進歩率で計算している）。もしくは、二〇世紀で達成された分の一〇〇〇倍の発展をとげるとも言える。

未来像は、それぞれの領域で、しばしば誤って予測されている。数ある誤解の中から、ひとつ例をあげてみよう。分子工学の可能性を探る討論会に最近出席をしたところ、ノーベル賞受賞者のパネリストが、ナノテクノロジーの安全性に不安がもたれているようだが、「ナノエンジニアリングで作られた実体［分子の断片で構成された装置］が自己複製をするなど、今後一〇〇年はありえない」からまったく問題はない、と語っていた。わたしはこう指摘した。一〇〇年というのは妥当なところだろう。実際に、その段階に到達するのに必要な技術的な進歩の量をわたしが見積もったところでも、同じところに落ち着いた。ただし、その見積もりは、今日の進歩率で計算したものだ（二〇世紀に経験した変化率を平均したものの五倍）。進歩の率は一〇年ごとに二倍になっているので、一〇〇年の進歩に相当するものは、たったの二五年で実現されるだろう――それも今日の率で計算した場合の話だ。

人はたいてい、今の進歩率がそのまま未来まで続くと直感的に思い込む。長年生きてきて、変化のペースが時代とともに速くなることを身をもって経験している人でさえ、うっかりと直感に頼り、つい最近に経験した変化と同じ程度のペースでこれからも変化が続くと感じてしまう。なぜなら、数学的に考えると、指数関数曲線は、ほんの短い期間だけをとってみれば、まるで直線のように見えるからだ。そのため、識者でさえも、未来を予測するとなると、概して、現在の変化のペースをもとにして、次の一〇年や一〇〇年の見通しを立ててしまう。だからわたしは、こうした未来の見方を「直感的線形的」展望と名づけた。

しかし、テクノロジーの歴史を徹底して研究すれば、テクノロジーの変化は指数関数的なものだということが明らかになる。指数関数的な成長は、どのような進化のプロセスにも見られる特徴で、中でもテクノロジーにおいて顕著だ。さまざまな手法で、異なる時間の尺度を用いて、多様なテクノロジーのデータを検討してみるといい――電子技術から生物学に至るまで、はたまた、人間の知識量との関係や、経済規模との関係までも研究の対象に含めてみよう。どれをとっても、進歩と成長が加速度的になることがわかる。そのうえ、ただの指数関数的成長だけでなく、「二重の」指数関数的成長に気づくこともしばしばだ。「二重」というのは、指数関数的な成長率（つまりは指数）そのものも、指数関数的に成長しているという意味だ。

科学者や技術者の多くは、わたしに言わせれば「科学者の悲観主義」に侵されている。たいてい、目の前にある問題の難しさや複雑な細部に気を取られすぎていて、自分の研究がもつ長期的意義を見失ったり、研究分野をより広い視野で捉えることを忘れてしまったりしがちだ。また、テクノロジーの次世代が誕生するごとに、はるかに強力なツールが利用可能になることも、考慮に入れ忘れてしまう。

科学者というものは、つねに懐疑的であり、取り組んでいる課題の目標について軽率に語るのを慎み、次代の科学研究についてめったに予測したりしないようにと教えこまれている。科学技術の一世代が人間の一世代よりも長かったころには、こうしたやり方が適切だったかもしれないが、科学技術がほんの数年で一世代分の進歩をとげる今のような時代となっては、これでは社会の要請に応えられない。

生化学者の例を見てみよう。一九九〇年当時、ヒトの全ゲノムをたったの一五年で解読するという目標は無理ではないかとみなが考えていた。一年間かかってようやく、ゲノムのわずか一万分の一を解読できたところだったからだ。だから、多少は技術が前進すると見込んでも、全ゲノムの配列を解読するには、少なくとも一〇〇年はかかると見積もったのも無理はない。

あるいはこちらの例はどうだろう。一九八〇年代半ば、インターネットはたいして重要な現象にはなるまい、とささやかれていた。その当時、ノード（サーバともいう）は数万しかなかったのだ。ところが実際には、ノード数は毎年二倍に増えていて、一〇年後には数千万に達しそうな勢いだった。しかし、一九八五年当時の最新技術を相手に苦労していた人たちには、この傾向が充分に理解できなかった。当時の技術では、一年間で世界中に、たったの数万のノードを追加することしかできなかったのだ。

未来予測を立てるときには、別の種類の間違いを犯しやすい。今日のあるひとつの傾向から導かれる変化にだけ注目し、他のことがらはなにひとつとして変わらない、としてしまうことだ。その格好な例が、寿命が延びすぎると、人口が過剰になり、限りある資源が枯渇して生活が成り立たなくなる、と懸念されていることだ。この場合は、ナノテクノロジーや「強いＡＩ」（ＡＩには抽象的思考や自己意識を含め、人の脳がもつ心的機能がすべて原理的に実現可能とする考え。本書では、さらに人間をはるかに超えるＡＩの意味でも使っている）を用いて、その分に見合った大きな富を産出できることが忘れられている。

ここまで執拗に指数関数的な展望と線形的な展望の違いを強調するのは、後者が未来の動向を予測するうえで起こるもっとも大きな間違いだからだ。テクノロジー予想では、テクノロジーの進歩を歴史的な指数関数的展望で見る、ということがまったくなされていない。実際に、わたしの知る人のほとんどは、未来を線形的に見ている。このせいで、短期的に達成できることは必要以上に高く見積もるのに（細部の必要条件を見落としてしまいがちだから）、長期的に達成されることを必要以上に低く見積もってしまう（指数関数的な成長に気づかないから）。

六つのエポック

進化とは、増大する秩序のパターンを作りだすプロセスのことだ。本節では、パターンという概念に注目したい。パターンが生まれ進化してきたからこそ、この世界の究極的な物語ができあがったのだと、わたしは考えている。進化は間接的に作用する。つまり、それぞれの段階、すなわちエポックでは、その前のエポックで作られた情報処理手法を用いて、次なるエポックを生みだす。以下に、生物およびテクノロジーの進化の歴史を、六つのエポックに分けて概念化した。あとでくわしく見ていくが、シンギュラリティはエポック５で始まり、エポック６において、地球から宇宙全体へと広がっていく。

エポック１　物理と化学　われわれの起源を遡ると、情報が基本的な構造で表されている状態に行き着く。物質とエネルギーのパターンがそうだ。量子重力理論という最近の理論では、時空は、離散した量子、つまり本質的には情報の断片に分解されると言われている。物質とエネルギーの性質が究極的にはデジタルなのかアナログなのかという議論があるが、どう決着するにせよ、原子の構造には離散した情報が保存され表現されていることは確実にわかっている。

ビッグバンから数十万年後、陽子と中性子からなる核のまわりの軌道に電子が捕らえられ、原子が形成され始めた。原子は電気的な構造をしているために「ねばねば」している。数十億年後、

【図2】

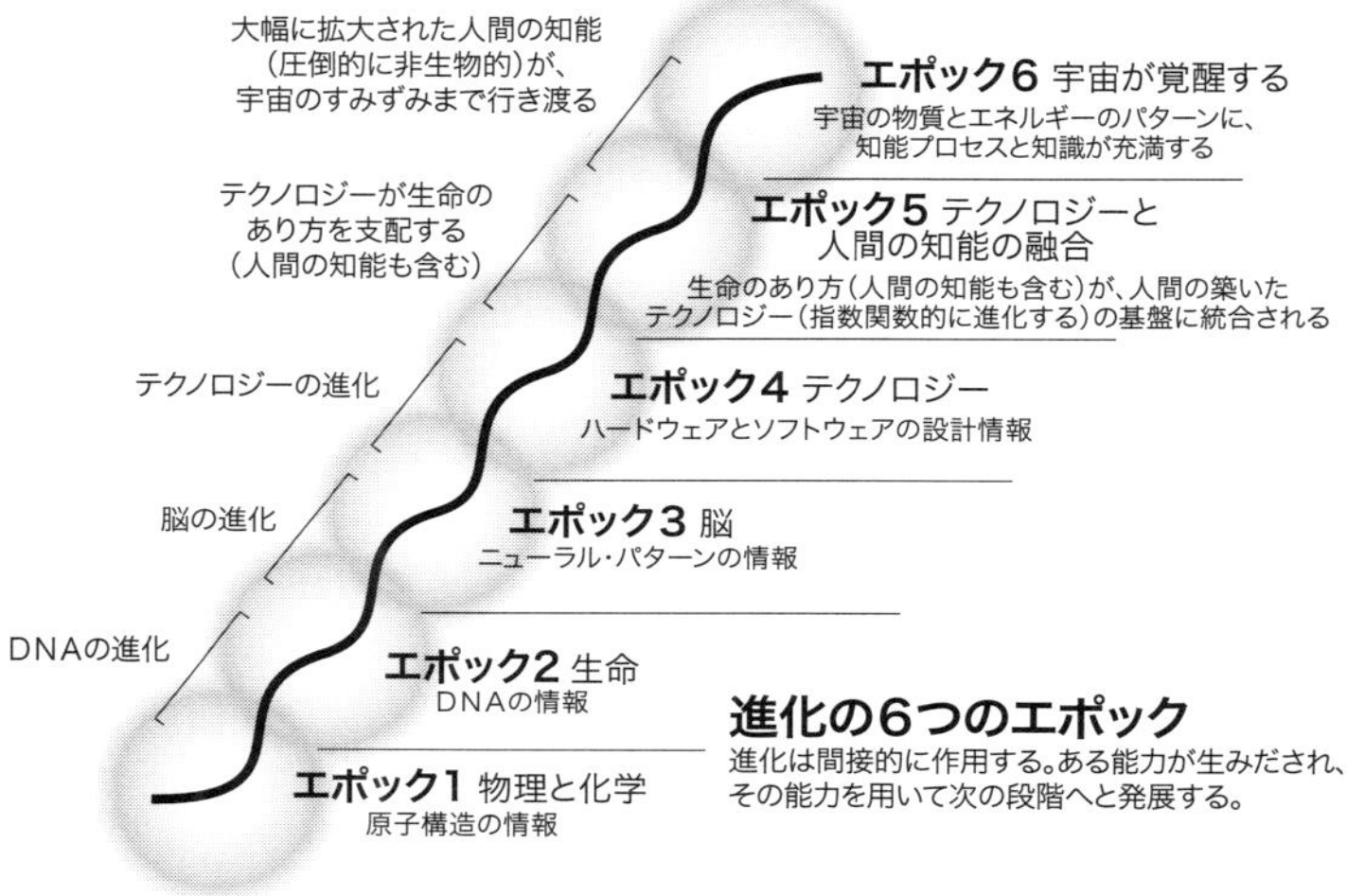

大幅に拡大された人間の知能
（圧倒的に非生物的）が、
宇宙のすみずみまで行き渡る
エポック6 宇宙が覚醒する
宇宙の物質とエネルギーのパターンに、
知能プロセスと知識が充満する
テクノロジーが生命の
あり方を支配する
（人間の知能も含む）
エポック5 テクノロジーと
人間の知能の融合
生命のあり方（人間の知能も含む）が、人間の築いた
テクノロジー（指数関数的に進化する）の基盤に統合される
テクノロジーの進化
エポック4 テクノロジー
ハードウェアとソフトウェアの設計情報
脳の進化
エポック3 脳
ニューラル・パターンの情報
DNAの進化
エポック2 生命
DNAの情報
進化の6つのエポック
進化は間接的に作用する。ある能力が生みだされ、
その能力を用いて次の段階へと発展する。
エポック1 物理と化学
原子構造の情報

原子が集まって、分子と呼ばれる比較的安定した構造を作るようになり、化学的過程が始まった。すべての元素の中でも、もっとも用途が広いのが炭素であることがわかった。炭素は、四方向で結合することができ（他の元素ではたいてい、一から三方向まで）、複雑で情報量の豊かな三次元構造を作る。

現状の宇宙の法則や、基本的な力の相互作用を司る物理定数の均衡が、情報の体系化と進化にとって、絶妙かつ精緻なまでに最適なものであるのを見れば（その結果、情報がさらに複雑になっている）、どうして、かくも稀有な状況が生まれたのだろう、と疑問に思わざるをえない。神の手によるものだと考える人もいるし、人間自身の手によるものだと考える人もいる——人間が進化することのできたこの宇宙においてのみ、人間が存在してこうした疑問をもつことができる、とする「人間原理」の立場がそうだ。多重宇宙《マルチバース》についての最近の物理理論では、新たな宇宙が次々と生成され、それぞれの宇宙には独自の法則があるものの、そのほとんどはすぐに消えてなくなるか、さらなる複雑な進化を促すような法則をもたないため、存続はしても興味をひくほどのパターン（地球での生命系が作りだしたようなもの）へと進化することがない、と推測されている。宇宙の黎明期を説明づけるこれらの進化論をどうすれば検証できるのかは皆目見当がつかないが、この宇宙の物理法則が、ますます秩序を増し複雑になっていくような進化を可能にするために、あるべきものになっていることは確かだ。

エポック2　生命とＤＮＡ　数十億年前、第二のエポックが始まった。炭素ベースの化合物はますます複雑化し、分子の複雑な集合体が、自己複製機構を形成するまでになり、生命が誕生した。ついには、生物組織が、さらに大きな分子の集合について記述する情報を保存するための、正確なデジタルの仕組み（ＤＮＡ）を進化させた。この分子と、コドン〔伝令ＲＮＡ内の三つの塩基の連なり。特定のアミノ酸を指定する暗号単位〕とリボソーム〔タンパク質の合成器官〕という補助的な装置の働きで、このエポック２における進化の実験にまつわる記録が保存されることとなった。

エポック3　脳　それぞれのエポックでは、パラダイムシフトによって情報を進化させ、さらに高い「間接的」な進化（つまり、ひとつのエポックで得た成果を用いて、次のエポックを生みだす進化）の水準へと到達する。たとえば、エポック3では、DNA主導の進化によって、自身の感覚器官を使って情報を検知し、自身の脳と神経系に情報を蓄えることのできる有機体が作りだされた。これが可能になったのは、エポック2の機構（DNAと、タンパク質とリボ核酸［RNA］の断片からなる遺伝子発現を制御するエピジェネティクな情報）が、エポック3の情報処理機構（有機体の脳と神経系）を（間接的に）実現させて規定したからだ。エポック3では、まず、初期の動物がパターンを認識できる能力をもつようになった。これは、人間の脳の活動のかなりの部分を今でも説明づける力だ。最終的には、われわれ人類が、経験した世界を頭の中で抽象的にモデル化し、そうしたモデルがなにを意味しているのかを理性的に考える能力を進化させた。人間には、世界を自分の頭の中で再設計し、そこで得られた考えを行動に移す、という力があるのだ。

エポック4　テクノロジー　理性的で抽象的な思考という授かり物と、他の指と向かい合わせになった親指（母指対向性）とを組み合わせ、人類は、第四のエポックに分け入り、間接的な進化の次の水準に到達した。すなわち、テクノロジーが人間の手で作られた。まずは、単純な機械に始まり、精密な自動装置へと発展した。ついには、複雑な計算通信装置ができ、テクノロジー自体が、情報の精巧なパターンを感知し、保存、評価することができるようになった。生物の知能の進化率と、テクノロジーの進化率を比較すると、もっとも進んだ哺乳類では、一〇万年ごとに脳の容量を約一六ミリリットル（一立方インチ）増やしてきたのに対し、コンピュータの計算能力は、今現在、毎年おおよそ二倍になっている（次章を参照）。もちろん、脳の大きさやコンピュ

【図3】

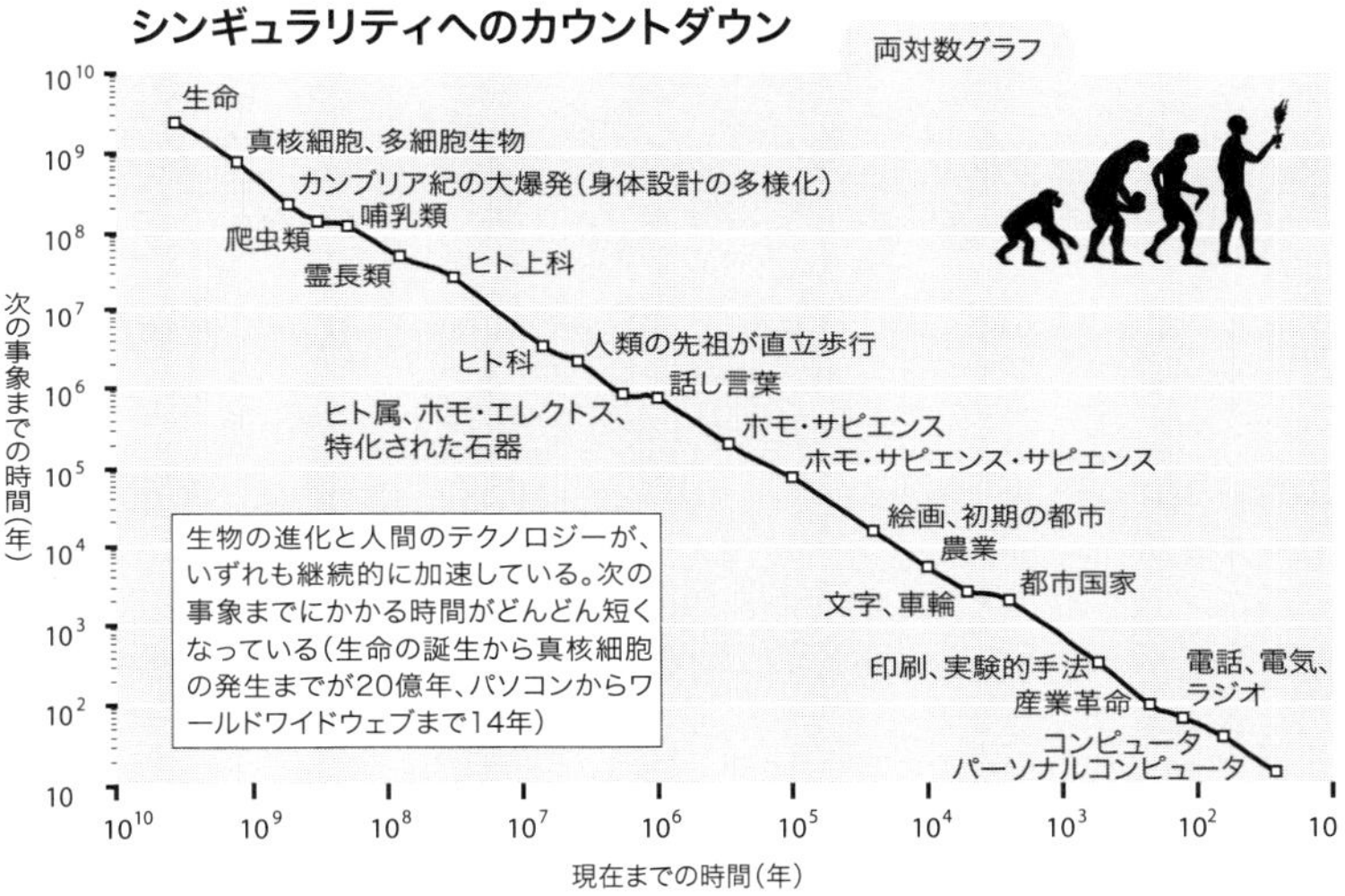

ータの計算能力だけで知能を比較することはできないが、これらは確かに進化を可能にする要因ではある。

　生物の進化と人間の手によるテクノロジーの発展の両方における主要な出来事を、ひとつのグラフに同時に示してみよう（図3）。x軸（何年前かを示す）とy軸（パラダイムシフトにかかる時間）を、いずれも対数目盛りで表す。すると、かなり直線に近いもの（継続的な加速度）が得られ、生物の進化が、そのまま人間が主導するテクノロジーの発展につながっていることがわかる。

　この図には、生物とテクノロジーの歴史の中でわたしが重要だと考える出来事を入れた。ただし、グラフが直線になり、進化の加速度が継続していることが表されているのは、わたしがそうなるような事象を選んだからではない。生物とテクノロジーの進化において重要な事象についてのリストは、さまざまな研究者によって列挙されたり文献に示されたりしている。その内容には、それぞれのもち味がある。アプローチの仕方には多々あるが、幅広い出典からのリストを統合すると（『ブリタニカ百科事典』、アメリカ自然史博物館、カール・セーガンの「宇宙カレンダー」など）、同じように、間違いなくなめらかな加速度が認められる。

またこのグラフでは、秩序と複雑さという属性が指数関数的に成長している。グラフに表れている加速度は、常識的な印象と合致している。一〇億年前には、一〇〇万年にわたる期間を見ても、そうたくさんのことは起きていない。しかし、二五万年前になると、人類の進化などの画期的な事象が、ほんの一〇万年の期間のうちでいくつも起きている。テクノロジーについて見れば、五万年前に遡ると、一万年という期間のうちではたいしたことは起きていない。ところが最近では、たったの一〇年の間にワールドワイドウェブなどの新しいパラダイムが誕生し普及するようになった。

エポック5　人間のテクノロジーと人間の知能が融合する　これから数十年先、第五のエポックにおいてシンギュラリティが始まる。人間の脳に蓄積された大量の知識と、人間が作りだしたテクノロジーがもついっそう優れた能力と、その進化速度、知識を共有する力とが融合して、そこに到達するのだ。エポック5では、一〇〇兆の極端に遅い結合（シナプス）しかない人間の脳の限界を、人間と機械が統合された文明によって超越することができる。

シンギュラリティに至れば、人類が長年悩まされてきた問題が解決され、創造力は格段に高まる。進化が授けてくれた知能は損なわれることなくさらに強化され、生物進化では避けられない根本的な限界を乗り越えることになる。しかし、シンギュラリティにおいては、破壊的な性向にまかせて行動する力も増幅されてしまう。シンギュラリティにはさまざまな面があるのだ。

エポック6　宇宙が覚醒する　シンギュラリティの到来後、人間の脳という生物学的な起源をもつ知能と、人間が発明したテクノロジーという起源をもつ知能が、宇宙の中にある物質とエネルギーに飽和するようになる。知能は、物質とエネルギーを再構成し、コンピューティングの最適なレベルを実現し、地球という起源を離れ宇宙へ、外へと向かうことで、この段階に到達する。

今のところ、光速が、情報伝達の限界を定める要因とされている。この制限を回避することは、確かにあまり現実的ではないが、なんらかの方法で乗り越えることができるかもしれないと思わせる手がかりはある。もしもわずかでも光速の限界から逃れることができれば、ついには、超光速の能力を駆使できるようになるだろう。われわれの文明が、宇宙のすみずみにまで創造性と知能を浸透させることが、早くできるか、それともゆっくりとしかできないかは、光速の制限がどれだけゆるぎないものかどうかにかかっている。とにかく、宇宙の「もの言わぬ」物質とメカニズムは、このうえなくすばらしい知能体へと変容し、情報パターンの進化におけるエポック6を構成する。

これが、シンギュラリティと宇宙が、最終的に迎える運命なのだ。

特異点の歴史

シンギュラリティという概念をよりはっきりと捉えるために、この言葉そのものの歴史をたどってみよう。「特異点《シンギュラリティ》」とは、特異な意味をもつ独特な事象のことを表す言葉だ。数学者は、有限の限界を超える値を表すものとしてこの言葉を用いた。どこまでもゼロに近づく数で定数を割った値が爆発的に大きくなるような場合がそうだ。たとえば、$y=1/x$という単純な関数を見てみよう（図4）。xの値がゼロに近づくにつれ、関数yの値は、急激に大きくなる。

このような数学関数が無限の値に到達することは実際にはありえない。なぜなら、ゼロで割ることは、数学では「定義されない」ものだからだ（計算不可能）。だが、除数のxがゼロに近づくにつれ、yの値はどのような有限の限界値をも超えてしまう（無限大に近づく）。

この用語を次に使ったのが、天体物理学の分野だ。質量の大きな恒星が超新星爆発を起こすと、その残骸は、最終的には、見かけの体積がゼロで密度が無限大の点につぶれ、その中心に「特異点」が形成される。恒星が無限大の密度になったあとは光が星から逃れることができないと考えられているために、これがブラックホールと名づけられた。ブラックホールは、時空の布地にできた裂け目だ。

宇宙の始まりはこうした特異点ではなかったのか、とする理論もある。だが、興味深いことに、

【図4】

数学における特異点　線形グラフ

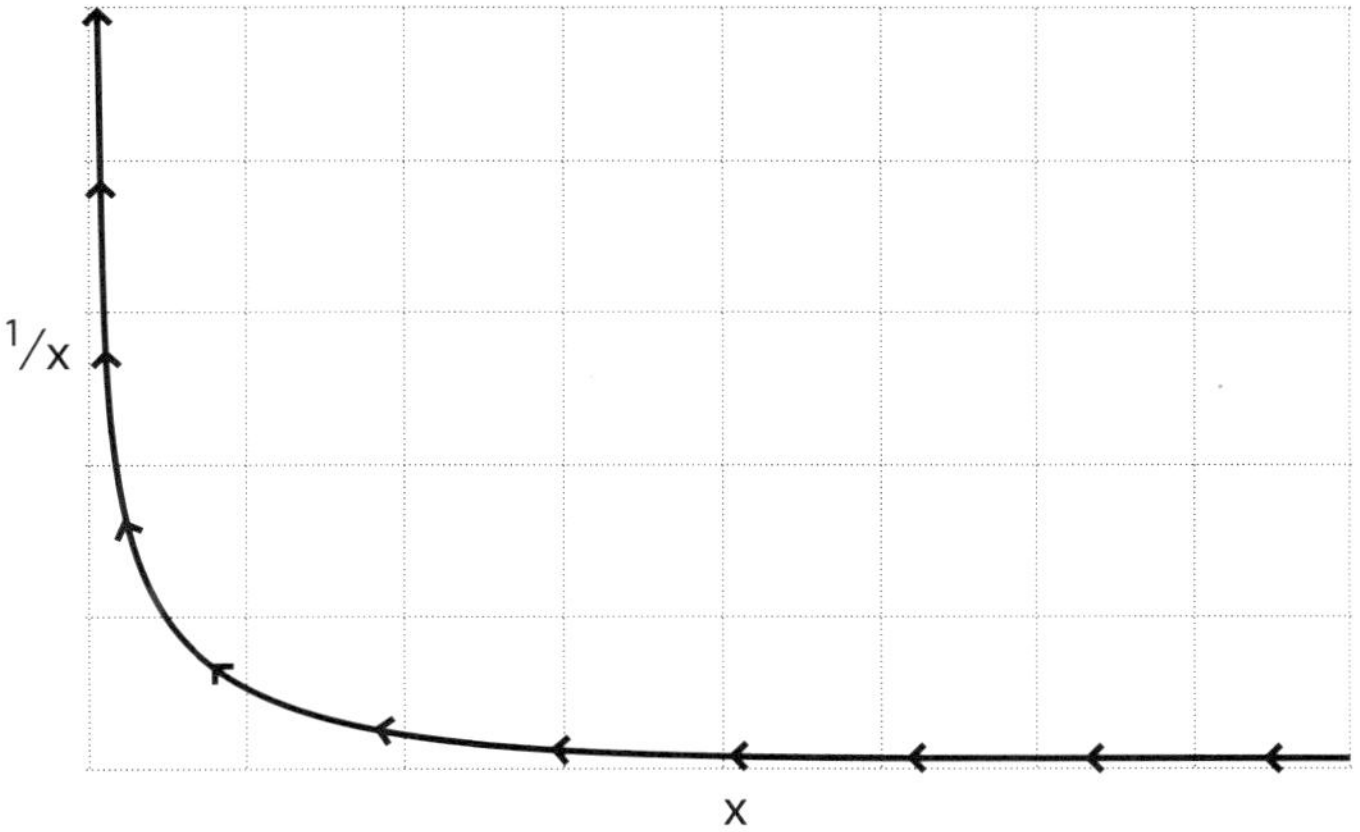

xがゼロに近づくと（右から左に進む）、1/x（すなわちy）は無限大に近づく。

ブラックホールの事象の地平線（地平面）のサイズは有限で、引力が理論上でも無限になるのは、ブラックホールの大きさがゼロの中心点においてだけである。実際に測定可能などんな地点でも、引力は、ひじょうに大きくはあるが有限である。

　特異点という言葉が、人類の歴史という布地を裂くほどの事象として初めて使われたのは、ジョン・フォン・ノイマンの発言の中でのことだ。一九六〇年代にはI・J・グッドが、インテリジェントマシンが人の手を介さずに次世代のマシンを設計することで「知能の爆発」が起こると書いた。数学者でコンピュータサイエンティストでありSF作家でもあるヴァーナー・ヴィンジは、「技術的特異点《シンギュラリティ》」に急速に近づきつつあるという持論を、一九八三年に「オムニ」誌に載せ、一九八六年には『現実時間に取り残されて（*Marooned in Realtime*）』というＳＦ小説の中で展開した。

　わたしが一九八九年に出した『インテリジェントマシンの時代（*The Age of Intelligent Machines*）』では、二一世紀前半には、必ずや、機械が人間の知能を大幅に凌駕するだろうと予測した。カーネギーメロン大学の伝説のロボット研究者、ハンス・モラヴェックの一九八八年の著書『電脳生物たち——超ＡＩによる文明の乗っ取り』でも、ロボット工学の進展を分析して、同様の結論に至っている。一九九三年には、ヴィンジが、シンギュラリティは主として「人間の知能を超えた存在」が出現したために迫りつつある事象であり、これが先触れとなり、とどまるところを知らない現象が起こる、と説く論文を、ＮＡＳＡ主催のシンポジウムに提出した。わたしの一九九九年の本『スピリチュアル・マシーン』では、人間の生物的な知能と、われわれが作りだすＡＩとのつながりがさらに密接になっていく過程を描いた。同じく一九九九年に出たモラヴェックの『シェーキーの子どもたち——人間の知性を超えるロボット誕生はあるのか』では、二〇四〇年代のロボットは人間の「進化の後継者」であり、「われわれから生まれ、われわれの技能に学び、われわれと同じ目的や価値観をもつ……われわれの精神の子ども」になると書かれている。オーストラリアの研究者、ダミアン・ブロデリックが、一九九七年と二〇〇一年に、いずれも『ザ・スパイク（*The Spike*）』と題する本を出し、数十年以内に、テクノロジーの進化が極度に加速し、影響が浸透していく状況を分析してみせた。ジョン・スマートは、シンギュラリティについて次々と文章を発表し、シンギュラリティは、彼が「ＭＥＳＴ」圧縮（物質《マター》、エネルギー、空間《スペース》、時間《タイム》）と名づけたものの避けられない結果だと説いている。

わたしの見解では、シンギュラリティにはいくつもの側面がある。ひとつの顔は、指数関数的な成長の中の、ほぼ垂直の線に近い段階だ。成長率が極端に大きく、テクノロジーが無限の速度で拡大しているかのように見える。当然、数学的に考えれば、途切れや裂け目はなく、成長率は、いかに途方もなく大きくともつねに有限である。しかし、われわれが今現在置かれている制約つきの視点からすると、目の前に迫っている事象は強烈で、進歩の継続性がとつぜん断ち切られたかのように見える。「今現在」と強調したのは、シンギュラリティには、理解するという能力そのものの性質も変化する、という顕著な特徴があるからだ。われわれ人間は、テクノロジーと融合するにつれ、どんどん賢くなっていく。

テクノロジーの進歩の速度は、どこまでも上昇し続けるのだろうか。どこかで、人間の頭の回転が追いつかなくなったりはしないのだろうか。強化されない人間なら、きっと追いつけなくなる。だが、今日の人間の科学者よりも知能が一〇〇〇倍も高い科学者が一〇〇〇人いて、今の人間よりも一〇〇〇倍の速さで頭を働かせるとしたら（ほぼ非生物的な頭脳では情報の処理速度が速いから）、いったいどれだけのことができるだろうか。彼らにとって、一年は、一〇〇〇年に相当するはずだ。だとしたら、どれだけの成果が出せるだろう？

まずひとつに、自分の知能をさらに高めることができるようなテクノロジーを実現するだろう（知能には、もはや一定の容量の限界がないから）。自身の思考プロセスを変化させ、もっと速く思考できるようにするだろう。科学者たちが、一〇〇万倍も知能を高め、一〇〇万倍も速く作業するようになれば、一時間で一世紀分の進展が見られることになる（現在の条件で計算すれば）。

シンギュラリティは近い

シンギュラリティには、次のような原則がある。本書では、これらの原則を証明、展開、分析し、さらに深く考察していく。

◆パラダイムシフト（技術革新）の起こる率が加速化している。今の時点では、一〇年ごとに二倍。

◆ＩＴの能力（コストパフォーマンス、速度、容量、帯域幅）はさらに速いペースで指数関数的に成長している。今の時点で毎年およそ二倍。この原則は、さまざまな計測単位にも当てはまる。人間の知識量もそのひとつ。

◆ＩＴにおいては、指数関数的成長にはさらに上の段階がある。指数関数的な成長率（指数）が、指数関数的に成長する、というものだ。理由は以下のとおり。テクノロジーのコストパフォーマンスがさらに高くなり、技術の進歩に向けてより大きな資源が投入される。そのため、指数関数的な成長率は、時間の経過とともに大きくなる。たとえば、一九四〇年代にコンピュータ産業において実施された事業の中で、歴史的に重要だと今なお見なされるものはわずかしかない。それに対し今日、この業界での総収益は一兆ドルを超える。よって、その分だけ、研究開発にかける予算も高くなっている。

◆人間の脳のスキャンも、指数関数的に向上しているテクノロジーのひとつ。脳スキャンの時間的解像度、空間的解像度、帯域幅は、毎年二倍になっている。今や、人間の脳が働く原理の本格的なリバースエンジニアリング（解読し、それをAIなどのテクノロジーに応用すること）に充分なツールを手にしている。すでに、脳の数百の領域のうち数十は、かなり高度にモデル化されシミュレーションされている。二〇年以内には、人間の脳のすべての領域の働きについて、詳細に理解できるようになる。

◆人間の知能を模倣するために必要なハードウェアが、スーパーコンピュータでは一〇年以内に、パーソナルコンピュータ程度のサイズの装置ではその次の一〇年以内に得られる。二〇二〇年代半ばまでに、人間の知能をモデル化した有効なソフトウェアが開発される。

◆ハードとソフトの両方が人間の知能を完全に模倣できるようになれば、二〇二〇年代の終わりまでには、コンピュータがチューリングテストに合格できるようになり、コンピュータの知能が生物としての人間の知能と区別がつかなくなるまでになる。

◆コンピュータがここまで発達すれば、人間の知能に従来からある長所と、機械の知能にある長所とを合体させることができる。

◆人間の知能に従来からある長所のひとつに、パターン認識なる恐るべき能力がある。超並列処理、自己組織化機能を備えた人間の脳は、捉えがたいが一定した特性をもつパターンを認識するには理想的な構造物だ。人間はさらに、経験をもとに洞察を働かせ、原理を推測することで、新しい知識を学習する力をもっている。これには、言語を用いて情報を収集することも含まれる。人間の知能の中でも重要なものに、頭の中で現実をモデル化し、そのモデルのさまざまな側面を変化させることで、「こうなったらどうなるだろう」という実験を頭の中で行なう能力がある。

◆機械の知能に従来からある長所には、何十億もの事実を正確に記憶し、即座に想起するという能力がある。

◆非生物的な知能には、また別の利点がある。いったん技能を獲得すれば、それを高速かつ最適な正確さで、疲れることなく何度も繰り返し実行することができる。

◆たぶんこれがもっとも重要な点だが、機械は、知識を極端に速く共有することができる。これに比べて、人間が言語を通じて知識を共有するスピードは、とても遅い。

◆非生物的な知能は、技能や知識を、他の機械からダウンロードするようになるだろう。そのうち、人間からもダウンロードするようになる。

◆機械は、光速（毎秒およそ三〇万キロメートル）に近い速さで、信号を処理し切り換えることができるようになる。これに対して、哺乳類の脳で使われている電気化学信号の処理速度は、およそ毎秒一〇〇メートル。速度は、三〇〇万倍以上も違う。

◆機械は、インターネットを通じて、人間と機械が合体した文明にあるすべての知識にアクセスし、そのすべてを習得することができる。

◆機械は、それぞれがもつ資源と知能と記憶を共有することができる。二台の機械――または一〇〇万台でも——が集まってひとつになったり、別々のものに戻ったりすることができる。多数の機械が、この二つを同時にする、つまり、同時にひとつにも別々にもなることができる。人間はこれを恋愛と呼ぶが、生物がもつ恋愛の能力は、はかなくて信用できない。

◆こうした従来の長所（生物的な人間の知能がもつパターン認識能力と、非生物的な知能のもつスピードと記憶容量と正確さ、知識と技能を共有する力）を合体させると、恐るべきことになる。

◆機械の知能は、設計とアーキテクチャが完全に自由だ（つまり、ニューロン間結合の切り換え速度が遅いとか、頭蓋骨の大きさといった、生物としての限界という制約を受けない）。そのうえ、つねにパフォーマンスが一定している。

◆非生物的な知能が、人間と機械の従来からの長所を併せもてば、文明の知能の中の非生物的な部分は、機械のコストパフォーマンス、速度、容量が二重の指数関数的成長をとげることにより、継続的に利益を得ることになる。

◆機械が、人間のもつ設計技術能力を獲得すれば、速度や容量は人間のそれをはるかに超え、機械自身の設計（ソースコード）にアクセスし、自身を操作する能力ももつことになる。人間も、これとよく似たことをバイオテクノロジーを使ってなしつつあるが（人体の遺伝情報プロセスなどを変化させる）、機械が自身のプログラムを修正することでできることと比べると、速度はかなり遅く、用途はひじょうに限られている。

◆生物には本質的な限界がある。たとえば、すべての生命体は、例外なく、アミノ酸の一次元的な配列が三次元的に折りたたまれてできたタンパク質で構成される。タンパク質をベースとしたメカニズムには、強さと速さが不足している。人間は、身体と脳にある生物としてのあらゆる器官や組織を再設計することで、性能をいっそう高めることができる。

◆人間の知能には、かなりの可塑性（それ自身の構造を変化させる力）が、これまで考えられていたよりもある。それでも、人間の脳の設計には、どうしようもない限界がある。たとえば、頭蓋骨には、一〇〇兆のニューロン間結合しか収まる余地がない。人間が、先祖の霊長類よりも大きな認知能力を授かることになった重要な遺伝的変化は、大脳皮質が大きくなり、脳の中の特定の領域で灰白質の容量が増えたことだった。しかしこの変化は、生物進化というとてもゆっくりとした時間の尺度で起き、脳の能力には本質的な限界がある。機械は、それ自身の設計を組み替えて、性能を際限なく増加させることができる。ナノテクノロジーを用いた設計をすれば、サイズを大きくすることもエネルギー消費が増大することもなく、生物の脳よりも能力をはるかに高められる。

◆機械は、ひじょうに速度の速い三次元分子回路を用いることで、さらに発達する。今日使われている電子回路は、哺乳類の脳で使われる電気化学スイッチの一〇〇万倍以上も速い。将来の分子回路は、ナノチューブのような装置を用いるものになる。ナノチューブとは、炭素原子でできた微小な管状の分子で、幅は原子一〇個分しかなく、今日のシリコンベースのトランジスタの五〇〇分の一の大きさしかない。信号が伝わる距離が短いので、数テラヘルツ（毎秒数兆回の動作）の速さで作動することができる。これに比べて、今の集積回路の速さは、数ギガヘルツ（毎秒数十億回の動作）でしかない。

◆テクノロジーの変化率は、人間の頭脳の速度だけに影響を受けるのではない。機械の知能も、フィードバックのサイクルによって自身の能力を高めるため、機械の支援を受けない人間の知能では追いつけなくなる。

◆機械の知能が自身の設計を繰り返し改善するサイクルは、どんどん速くなる。このことは、まさに、パラダイムシフトの起こる率が加速し続けるという公式で予測されていた。パラダイムシフト率が加速し続けるという理論に対しては、人間には追いつけないほど速くなりすぎるので、そんなことはありえない、という反論も唱えられている。しかし、生物的な知能から非生物的な知能に移行すれば、加速し続けることは可能になる。

◆非生物的な知能が加速度的なサイクルで向上するのに加え、ナノテクノロジーを用いれば、物理的な事象を分子レベルで操作することができる。

◆ナノテクノロジーを用いてナノボットを設計することができる。ナノボットとは、分子レベルで設計された、大きさがミクロン（一メートルの一〇〇万分の一）単位のロボットで、「呼吸細胞《レスピロサイト》」（人工の赤血球）などがある。ナノボットは、人体の中で無数の役割を果たすことになる。たとえば加齢を逆行させるなど（遺伝子工学などのバイオテクノロジーで達成できるレベルを超えて）。

◆ナノボットは、生体のニューロンと相互作用して、神経系の内部からヴァーチャルリアリティ（VR）を作りだし、人間の体験を大幅に広げる。

◆脳の毛細血管に数十億個のナノボットを送り込み、人間の知能を大幅に高める。

◆非生物的な知能が人間の脳にひとたび足場を築けば（すでにコンピュータチップの動物神経組織への移植実験によってその萌芽が始まっている）、脳内の機械の知能は指数関数的に増大し（実際に今まで成長を続けてきたように）、少なくとも年間二倍にはなる。これに対し、生物的な知能の容量には実際的な限界がある。よって、人間の知能のうち非生物的な知能が、最終的には圧倒的に大きな部分を占めるようになる。

◆ナノボットは、過去の工業社会が引き起こした汚染を逆転させ、環境を改善する。

◆フォグレットと呼ばれるナノボットは、イメージや音波を操作して、モーフィング技術を使って作成したVRを現実世界に出現させることができる。

◆他者の感情を理解して適切に反応するという人間の能力（いわゆる感情的知能）も、将来には、機械知能が理解して自由に使いこなすようになるだろう。人間の感情的な反応の中には、自身の知能を最適化し、脆弱で限界のある生物的な身体の埋め合わせをしようとするものがある。未来の機械知能も、世界と作用するために「身体」をもつだろう（VRにおけるヴァーチャル身体や、フォグレットを使って本当の現実に投影した身体など）。こうしたナノ技術でできた身体は、人間の生身の体よりもはるかに性能がよく長持ちする。よって、将来の機械知能が示す「感情的」な反応のいくつかは、大幅に強化された身体的な能力に合わせて再設計されている。

◆神経系の内部で作られるVRの解像度や信頼度が、本当の現実に匹敵するようになると、人々は、ますますヴァーチャル環境での経験を重ねることになる。

◆VRでは、人は、身体的にも感情面でも違う人間になることができる。それどころか、他の人（ロマンスの相手など）が、あなたが自分のために選ぶ身体とは違う身体を、あなたのために選ぶこともできる（その逆もあり）。

◆収穫加速の法則は、非生物的な知能が、宇宙の中のわれわれの周囲にある物質とエネルギーを、人間と機械が合体した知能でほぼ「飽和」させるまで継続される。飽和とは、コンピューティングの物理的性質を理解したうえで、物質とエネルギーのパターンをコンピューティングのために最大限利用することだ。この最大の限界に至るまで、文明の知能は、宇宙のすみずみまで広がり、その能力を拡大し続ける。拡大する速度は、そのうちすぐに、情報が伝達される最大速度に至る。

◆最後には、宇宙全体にわれわれの知能が飽和する。これが宇宙の運命なのだ。われわれが自分自身の運命を決定するのであり、今のように、天体の働きを支配する、単純で機械的な「もの言わぬ」力に決定されるのではない。

◆宇宙がそこまで知的になるまでにかかる時間は、光速が不変の限界なのかどうかで決まってくる。光速の限界を巧みに取り除く（または回避する）可能性がないわけではなさそうだ。もしもそういう可能性があるのなら、未来の文明に存在する壮大な知能が、それを利用することができるだろう。

さあ、これがシンギュラリティだ。少なくとも今の程度の理解度では、充分にシンギュラリティを理解できないのではないかという意見もある――事象の地平線の向こう側を見ても、そこにあるものを完全に把握することができないように。この転換がシンギュラリティと呼ばれるのも、ひとつにはこうした理由からだというわけだ。

わたしも事象の地平線がどういう意味をもつのかを、何十年も考察してきたが、事象の地平線の向こう側を見ることは、不可能ではないにせよ、難しいことだと個人的には考えている。それでも、人間の思考にはどうしようもない限界があるにもかかわらず、シンギュラリティ以降の生命がどういう性質をもつのかについて、意義ある発言をするだけの抽象化を行なう力がわれわれには充分にある、とわたしは考える。

忘れてはならないのは、未来に出現する知能は、それがすでに人間と機械が融合したものであっても、人間の文明の表れであり続けるということだ。言い方を変えれば、未来の機械は、もはや生物学的な意味で人間ではなくとも、一種の人間なのだ。これは、進化の次なる段階だ。次に訪れる高度なパラダイムシフトであり、知能進化の間接的な作用なのだ。文明にある知能のほとんどは、最終的には、非生物的なものになるだろう。今世紀の末には、そうした知能は、人間の知能の数兆倍の数兆倍も強力になる。

しかし、だからといって、しばしば懸念が表明されているように、たとえ進化の頂点から追い落とされようとも、生物としての知能が終わりを告げるというわけではない。非生物的なものの形態ですら、生命の設計を受け継ぐのだ。文明は人間的なものであり続けるだろう。しかも、多くの点で、今日にもまして、人間的と見なされるものをより典型的に示すようになる。ただし、人間的という言葉は、本来の生物学的な意味合いを超えて使われるようになるだろう。

人間の知能を上回る非生物的な知能体が出現することを警戒する研究者はたくさんいる。われわれ自身の知能を、外部の思考する基板と直接つなげて向上させることができるだろうと言っても、そうした懸念が軽減されるとは限らない。「強化《エンハンスト》」されないままでいながら、知能ヒエラルキーの頂点の地位は守りとおしたい、と願う人もいるのだから。生身の人間からすれば、超人的な知能は、献身的な従僕で、われわれ人間の必要や欲求を満たしてくれる存在であるべきだ。しかし、崇《あが》めるべき生物としての遺産が抱えるそうした願いを満たすことなど、シンギュラリティの到来とともに出現する知的な力にとっては、苦もなくできることだろう。

第二章

テクノロジー進化の理論
── 収穫加速の法則

テクノロジーの加速度的な発展が進んでいるが、これは、わたしが収穫加速の法則と呼ぶものの影響であり、避けられない結果である。この法則は、進化のプロセスにおける産物が、加速度的なペースで生みだされ、指数関数的に成長していることを表すものだ。こうした産物の筆頭には、コンピューティングなどの情報産出テクノロジーがあげられる。その加速化の度合いは、ムーアの法則（後述）として知られるようになった予測をはるかに超えて大きくなっている。シンギュラリティとは、収穫加速の法則の動かしがたい結果であって、だからこそ、進化のプロセスがもつ性質を子細に調べることが重要なのだ。

秩序と複雑性

秩序の性質　第一章では、パラダイムシフトの加速化を実証するグラフをあげた（25ページ図

3）。そのグラフでは、生命の誕生からパソコンに至るまで、生物とテクノロジーの進化において主要な事象と見なされるものが示されており、そこには間違いなく指数関数的な傾向が見てとれる。主要な事象が起こるペースが、どんどん速くなってきているのだ。

なにが「主要な事象」かとする基準は、思想家の作るリストによってさまざまに異なる。だが、各人が事象を選ぶ際に原則としているものを検討してみる価値はある。生物やテクノロジーの歴史において真に時代を画するような前進がとげられたときには、複雑さはつねに増加していると判断する研究者もいる。確かにそうだが、この見方が絶対に正しいとは言い切れない。複雑さとはなにかということを、まずは考えてみよう。

生物の進化のプロセス、さらにはそれに続くテクノロジーの進化のプロセスなどにおけるパラダイムシフトにおいては、ひとつ段階が進むごとに複雑さが増大していく、という考え方は、妥当な見方である。たとえば、ＤＮＡの進化によってさらに複雑な有機体ができ、その生物学的な情報処理は、ＤＮＡ分子の柔軟なデータ保存によって制御される。カンブリア紀の大爆発のころ、動物の各種の身体設計ができあがった（ＤＮＡ内に記された）。それで、進化のプロセスは、大脳の発達というさらに複雑な仕事に集中することができたのだ。テクノロジーについて言えば、コンピュータの発明によって、人間の文明では、ますます複雑な一連の情報を保存し操作する手段を獲得した。インターネットがコンピュータを広範に相互連結することにより、さらに規模の大きい複雑さを手にすることになった。

しかし、「複雑さを増す」ことそれ自体は、進化のプロセスの究極の目的でも最終的な産物でもない。進化の結果引き出されるのは、よりよい答えであって、より複雑な答えだとは限らない。優れた解決策が単純なものであることも、ときにはある。そこで、また別の概念を取り上げてみよう。それは、秩序だ。

　秩序は、すなわち無秩序の反対ではない。無秩序とは、事象がランダムな順序で起こることだとしたら、無秩序の反対は「ランダムでないこと」になってしまう。情報とはデータの配列であり、有機体のＤＮＡコードとか、コンピュータのプログラムのビットのように、その配列に意味がある。一方で「ノイズ」とは、ランダムな配列のことだ。ノイズはその性質からして予測不可能ではあっても、なんの情報ももってはいない。一方で、情報もまた予測不可能なものだ。もしも、それまでのデータから以後のデータが予測できるのなら、以後のデータは情報ではなくなる。よって、情報もノイズも圧縮することはできない（さらにはまったく同じ配列を復元することもできない）。要素が交互に現れる予測可能なパターン（0101010...など）には秩序があると思うかもしれないが、最初の数個のビット以降にはなんの情報も含まれていない。

　したがって、秩序立っているからというだけで、秩序があるとは言えない。秩序には情報が必要だからだ。**秩序とは、目的にかなった情報のことである。秩序を測る基準は、情報がどの程度目的にかなっているかということだ。**生命体の進化における目的は、生存だ。進化アルゴリズム（生物進化をシミュレートして問題を解決させるコンピュータプログラム）を、たとえば、ジェットエンジンの設計に応用する場合、その目的は、エンジンの性能や、効率や、あるいは他の条件を最適化することだ。秩序を測ることは、複雑さを測るよりもさらに難しい。秩序を測るとなると、

「成功」の程度を測る手段が必要となるが、それは、それぞれの状況に応じたものでないといけない。進化アルゴリズムを作成するにあたっては、プログラマーは、そのような成功を測る基準(「効用関数」と呼ばれる)を盛り込む必要がある。テクノロジーの発展における進化のプロセスでは、経済的な成功を測る基準を取り入れることになるだろう。

情報がより多くあるだけでは、必ずしもよりよく適合することにはならない。ときには、複雑さをさらに増すよりも単純にすることで、秩序がより深まり、目的によりよく適合できる。たとえば、新しい理論が生まれて、見たところばらばらのアイデアを、ひとつの大きなより一貫性のある理論へと結びつけるようになれば、複雑さは少なくなるが、「目的にかなった秩序」は増大する(この場合、目的とは、観測された現象を正確にモデル化すること)。実際のところ、より単純な理論を打ち立てることで、科学は前進していくものだ(アインシュタインも、「すべてをできる限り単純にせよ。ただし単純すぎてもいけない」と言っている)。

この概念の例として重要なもののひとつに、ヒト科の進化において大きな節目となった出来事がある。親指の回転軸が移動して、周囲の環境をより正確に操作できるようになったことがそうだ。チンパンジーのような霊長類ものをつかむことはできるが、強力に握ったり、あるいは筆記や造形ができるほどの精密な協調運動を行なったりして、対象物を操作することはできない。親指の回転軸が変化したことで、動物としての複雑さはさほど増しはしなかったが、それでも、秩序は増大し、とりわけテクノロジーの発達を可能にした。ただし進化の歴史からは、一般的に秩序が増大する方向に向かう場合には、複雑さもさらに増すことが見てとれる。

よって、問題の解決策を改善すると一般に秩序が増大する。ここで、問題を定義するという課題が残った。いかにも、進化アルゴリズム（さらには生物とテクノロジーの進化全般）の要諦となるのが、まさに、問題の定義なのだ（ここには効用関数も含まれる）。生物の進化においては、最大の問題はつねに、生き延びることだった。ある特殊な生態的地位《ニッチ》では、このなによりも重要な課題がもっと具体的な目的に形を変える。たとえば、ある種の生物が極端な環境で生き残る能力を身につけるとか、擬態して捕食者から身を隠すとか。生物の進化が進み、人間に近づくと、目的がさらに進化して、敵よりも深く考え、それに応じて環境を操作する、という能力を身につけることを目指すようになってきた。

　収穫加速の法則のこの側面が、熱力学の第二法則と矛盾するように思われるかもしれない。エントロピー（閉鎖系におけるランダム性）は減ることはできず、通常は増加する、というあの法則だ。だが、収穫加速の法則は、進化に関係するものであり、進化は閉鎖系〔エネルギーも物質も出入りのない系〕ではない。進化は、大いなるカオスの中で進行するばかりか、そのただ中にある無秩序に依存し、その選択肢の中からいくつかを選び、多様化していく。さらに、進化のプロセスとともに、それらの選択肢の中から選ぶべき道をどんどん切りつめ、秩序をいっそう深めていく。大きな小惑星が地球に何度も衝突したような危機においてさえ、一時的にはカオスが増大するが、最終的には、生物の進化によって作られた秩序がいっそう大きく深まる。

　簡単にまとめると、進化によって秩序は高まるが、複雑さは増えることも減ることもある（だが通常は増える）。生命体であれテクノロジーであれ、進化の速度が増す理由の主たるものは、増大する秩序のうえに進化が成り立つことで、情報を記録して操作するいっそう洗練された手段を手に入れることができるというものだ。進化から革新的なものが生まれると、それがまた、進化を促し、進化の速度を速めることを可能にする。生命体の進化の場合、もっともそれが顕著に見られる初期の例がＤＮＡだ。ＤＮＡは、生命の設計図を記録、保管し、そこからさらなる実験が行なわれる。テクノロジーの進化の場合は、人間が開発した情報記録の手法がつねに改良され、テクノロジーの前進をさらに促す。最初のコンピュータは、紙の上で設計され、人の手で組み立てられた。それが今では、コンピュータのワークステーションで設計され、次世代の設計の詳細の多くをコンピュータ自身が書き、製造は、すべて自動化された工場で、人間の手をほとんど借りずに行なわれる。

進化のプロセス

テクノロジーの進化のプロセスは、その能力を指数関数的に向上させる。イノベーションを図る者は、性能を倍々に改良しようとする。イノベーションとは、加法的にではなく、乗法的に進むものなのだ。テクノロジーは、他の進化のプロセスと同じように、それ自身をもとにして発展していく。この様相は、エポック５において、テクノロジーがそれ自身の進歩を完全にコントロールするようになっても、依然として加速を続ける。

収穫加速の法則の原則を、次のように要約できる。

◆進化は正のフィードバックを働かせる。進化のある段階で得られたより強力な手法が、次の段階を生みだすために利用される。第一章で述べたように、進化のそれぞれのエポックは、その前の段階の産物のうえに成果を積み重ねることで、いっそう急速に進歩してきた。進化は間接的に作用する。進化によって人間が生まれ、人間がテクノロジーを作り、今では、人間は、さらに前進したテクノロジーを用いて、テクノロジーの新世代を生みだそうとしている。シンギュラリティが到来するころには、人間とテクノロジーとの区別がなくなっている。人間が、今日機械と見なされているようなものになるからではなく、むしろ、機械のほうが、人間のように、さらには人間を超えて進歩するからだ。テクノロジーとは、たとえるならば、わたしたちをさらなる進化へと導いた親指だろう。そこでは進歩（秩序がさらに深まること）は、非常に遅い電気化学反応ではなく光の速さで作用する思考プロセスに基づく。進化のそれぞれの段階は、その前の段階の成果に基づくために、進化のプロセスが進む率は、時間とともに少なくとも指数関数的に増加する。時が経つにつれ、進化のプロセスに埋め込まれた情報の「秩序」（情報がいかに適切に目的にかなっているかを測る基準であり、進化においては生き延びること）は増す。

◆進化のプロセスは閉鎖系ではない。進化は、より広い系にあるカオスを必要とし、その中において進化が起こり、多様な選択肢の中から進むべき方向が定まる。進化はまた、その秩序を増大させるため、進化のプロセスにおいては、秩序が指数関数的に増大していく。

◆先の見解と関連して、進化のプロセスで得られる「収穫物」（速度、効率、コストパフォーマンス、または、プロセスの相対的な「パワー」など）もまた、時とともに少なくとも指数関数的に増大する。このことは、ムーアの法則に見ることができる。コンピュータのチップは、世代が新しくなるごとに（今ではおよそ二年ごと）、単位原価あたり二倍のトランジスタを搭載し、大幅に速く作動するようになるという法則のことだ（電子がチップ内やチップ間を移動する距離が小さくなることや、他の要因から）。これから説明していくが、こうした、情報ベースのテクノロジーの威力やコストパフォーマンスが指数関数的に成長するということは、コンピュータに限ったものではなく、基本的にはすべてのITにも当てはまり、さまざまな尺度で測られた人間の知識についても言えることである。もうひとつ重要な点に注意したい。「情報テクノロジー（IT）」という用語が対象とする現象は、ますます幅が広くなり、最終的には、経済活動と文化活動の全般を含むようになるだろう。

◆正のフィードバックはもうひとつある。ある特定の進化のプロセスの効率がよりよくなると――たとえば、コンピューティングの性能とコストパフォーマンスがさらに高くなると――より多くの資源が、そのプロセスのさらなる進歩のために供給される。その結果、指数関数的成長が第二のレベルに到達する。すなわち、指数関数的成長の率、つまりは指数自体が、指数関数的に成長する。例をひとつあげてみよう。63ページ図7「ムーアの法則」にあるように、二〇世紀初頭ではコンピューティングのコストパフォーマンスが二倍になるには三年を要したが、二〇世紀の半ばにはそれが二年になり、今や一年になっている。チップの単位原価あたりの性能が毎年二倍になっているだけでなく、チップの製造数も指数関数的に多くなっている。それに伴い、コンピュータの研究予算も、この数十年の間に劇的に伸びている。

◆生物の進化も、同様の進化のプロセスをたどる。まさに、これこそが、進化のプロセスの真髄なのだ。生物の進化は、完全に開かれた系で起こるために（進化アルゴリズムにある人工的な制約とは違って）、系の中のさまざまなレベルが同時に進化する。種の遺伝子がもつ情報がさらに大きな秩序に向かって進歩するだけでなく、進化のプロセスを推進している総体的なシステムそのものも、同じように進化する。たとえば、染色体の数や、染色体の中にある遺伝子の配列はいずれも、時とともに進化してきた。さらに、進化によって、遺伝子の情報を過度の欠損から守るための手段も開発されてきた（突然変異は、進化による改良を進めるのに有益な仕組みであるために、わずかには許されている）。これを実現する主な方法に、対になった染色体（相同染色体）に遺伝情報を繰り返し記す、というものがある。こうすることで、一方の染色体上のある遺伝子が損傷を受けても、対応する遺伝子は正常で有効に働く可能性が高くなることが保証されるのだ。男性のY染色体には対となる染色体がないが、それでも、情報をY染色体自身の上に繰り返すというバックアップ手段を編み出している。ゲノムの中でタンパク質のコード（暗号）を指定しているのは、約二パーセントにすぎない。その他の遺伝情報は、タンパク質をコードする遺伝子が、いつどのように発現する（タンパク質を生産する）かを制御する、精巧な仕組みを進化させてきた。そのプロセスは、まだわずかしか解明されていない。このように、進化のプロセスそのものも、突然変異が起こる率も含めて、時をかけて進化してきた。

◆テクノロジーの進化も、同様の進化のプロセスをたどる。テクノロジーを生みだす種が初めて出現したことにより、テクノロジーの新たな進化のプロセスが誕生した。テクノロジーの進化は、生物の進化によってもたらされ、それを引き継ぐものなのだ。ホモ・サピエンスは数十万年をかけて進化した。人間が生みだしたテクノロジーの初期の段階（車輪や火や石器など）もさほど進歩は速くなく、進化して広く用いられるまでには数万年かかった。五〇〇年前になると、印刷機械などの、パラダイムシフトを起こした製品がおよそ一世紀かかって広く使われるようになった。現在では、携帯電話やワールドワイドウェブなど、重要なパラダイムシフトを起こした技術が広まるまでには、ほんの数年しかかかっていない。

◆ある特定のパラダイム（問題解決の手法。より強力なコンピュータを作るために、集積回路上のトランジスタを小型化することなど）では、指数関数的成長が起こり、やがては潜在力が消費され尽くす。ここまでくると、パラダイムシフトが起こり、さらに指数関数的成長が続く。

パラダイムのライフサイクル　パラダイムの発展は三段階に分かれる。

1. 遅い成長（指数関数的成長の初期段階）。
2. 急速な成長（指数関数的成長の後期にくる爆発的な段階）。次に示す、Ｓ字曲線の図にそれが見られる。

3．ひとつのパラダイムの成熟に伴い、発展が横ばいになる。

この三つの段階の進み方は、文字のSを右に引き伸ばした形に似ている。S字曲線の図を見ると、進行中の指数関数的傾向は、S字曲線が階段状に連なったものであることがわかる。新しく起こるS字曲線のほうが速く（かかる時間、つまり x 軸方向の長さが短くなる）、高くなる（性能、すなわち y 軸方向の長さが、より幅広くなる）。

S字曲線は、生物の成長に典型的に見られる。比較的固定化された複雑なシステム（特定の種の集団など）が再生産され、激しい競争にさらされたニッチの中で、その場所にある有限な資源を取り合う。ある種が、新たに快適な環境に現れたときなどに、こうした状況になることが多い。その個体数は、しばらくの間、指数関数的に伸び、やがて横ばいになる。どのような個別のパラダイム（個々のS字曲線）にも成長の限界が見られるものだが、進化のプロセス（分子、生物、文化、テクノロジーのいずれであれ）を全体から見た場合、相次ぐパラダイムにおいてパワーと効率が発達し増大するために、それぞれの限界を超えた指数関数的な成長が続く。したがって、進化のプロセスにおける指数関数的な成長は、単体のS字曲線の中だけでなく複数のS字曲線にまたがる。この現象を示す現代でもっとも重要な事例が、これから説明するコンピューティングの五つのパラダイムだ。パラダイムシフトの全体的な進化の推移は、連続したS字曲線を描いている。文字や印刷といった個々の主要な事象は、一つひとつの新たなパラダイムであり、新たなS字曲

【図5】

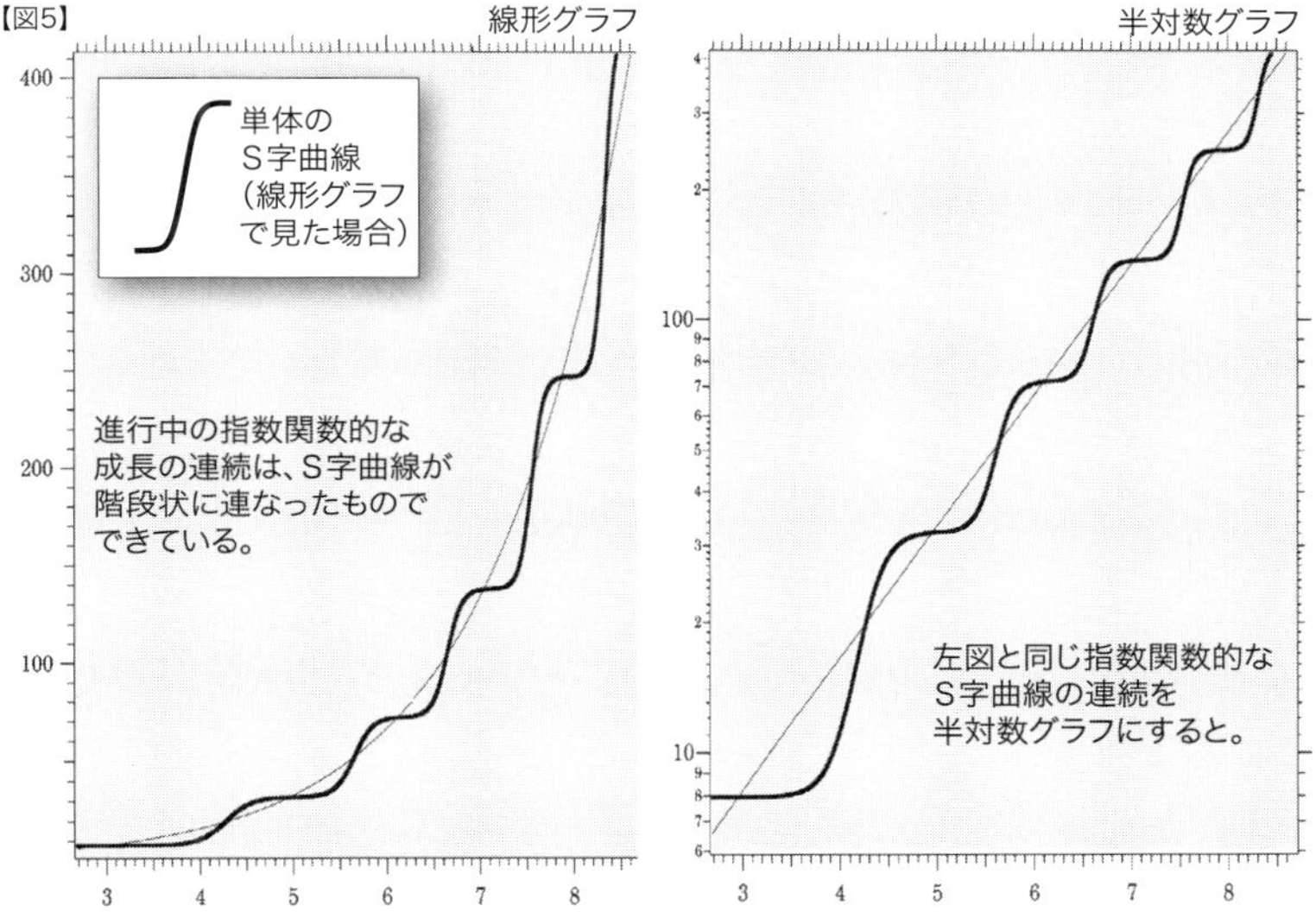
線形グラフ
単体の
S字曲線
（線形グラフ
で見た場合）
進行中の指数関数的な
成長の連続は、S字曲線が
階段状に連なったもので
できている。
半対数グラフ
左図と同じ指数関数的な
S字曲線の連続を
半対数グラフにすると。

線となっている。

　生物進化論の中の断続平衡説では、進化は、急速な変化の時期のあとに相対的に均衡を保つ時期がくるとされている。確かに、エポック的な事象を示した図を見ると、主要な事象が起こるのは、秩序がふたたび指数関数的に増大する（さらにたいていは複雑さも増す）時期であって、その後には、成長の速度は落ち、それぞれのパラダイムは漸近線（性能の限界）に近づく。このように、パラダイムシフトを通じてなめらかな進化が続くとだけ予測するモデルよりも、断続平衡説のほうが、よりよい進化のモデルを提示できている。

　ただし、断続平衡説における主要な事象は、より急速な変化を起こしはするが、瞬間的な飛躍をとげることはない。たとえば、ＤＮＡが登場して有機体の設計が急激に進化し改良され、複雑さが増大した（だが瞬時の飛躍ではない）。最近のテクノロジーの歴史においては、コンピュータが発明され、人間 - 機械文明が扱うことのできる情報の複雑さが急激に増大し、その変化はまだ続いている。宇宙のわれわれの領域にある物質とエネルギーをコンピューティングで飽和させるまでは、この急激な進化が漸近線に至ることはないだろう。

パラダイムのライフサイクルにおける、この第三の段階、すなわち成熟の段階では、次のパラダイムシフトに向けた圧力が増す。テクノロジーを例にとれば、次なるパラダイムを創造するための研究費用が投資される。今日、三次元分子コンピューティングに向けて大がかりな研究が行なわれているのがその実例だ。実際には、あと少なくとも一〇年は、フォトリソグラフィ〔基板上に電子回路を露光形成する技術〕を用いて平面の集積回路上でトランジスタを縮小させるパラダイムが続くのではあるが。

だいたいにおいて、パラダイムがコストパフォーマンスの漸近線に近づくころには、次の技術的なパラダイムがすでにその市場のニッチを狙い始めている。たとえば、一九五〇年代、技術者たちは真空管を縮小させてコンピュータのコストパフォーマンスを大幅に改善しようとしていたが、ついには、この努力も限界を迎えた。その時点の一九六〇年ころには、トランジスタが、携帯ラジオという強力なニッチ市場を生みだし、続いて、コンピュータの真空管に取って代わるものとして使われるようになった。

進化のプロセスにおける指数関数的な成長を支える資源は、比較的潤沢に存在する。そのひとつに、進化のプロセスそのものの（どこまでも増大する）秩序がある（先に指摘したように、進化のプロセスの産物は、ますます秩序立ったものになっていく)。進化のそれぞれの段階では、さらに強力な道具が作られ、次の段階で用いられる。その例として、生物の進化では、ＤＮＡが出現して、より強力でスピードの速い進化の「実験」が可能になった。もっと最近の例を出せば、コンピュータ支援設計（ＣＡＤ）ツールによって、コンピュータの次世代の開発速度が増した。

秩序が指数関数的成長を続けるために必要なもうひとつの資源が、環境の「カオス」だ。カオスの中で進化のプロセスが発生し、さらなる多様性に通じる選択肢から、向かうべき道を選ぶ。カオスが変化を与えてくれるために、進化のプロセスがより強力で効率のよい解決策を見出すことができるようになるのだ。生物の進化では、多様性を生みだす要因のひとつに、有性生殖を通じて遺伝子を混ぜ合わせ組み合わせるという作用がある。有性生殖自体も、進化におけるイノベーションのひとつで、生物の適応のプロセス全体を加速化させ、無性生殖の場合よりもさらに多様な遺伝子の組み合わせをもたらした。多様性を生みだす他の要因には、突然変異と、つねに変化している環境条件とがある。テクノロジーの進化においては、人間の発明の才と、変わりやすい市場条件とが結びついて、イノベーションが前進を続けている。

フラクタルなデザイン　生物系がもつ情報内容について不思議でならないのが、比較的少ない情報しかもっていないゲノムが、人間などというシステムをどうやって生みだすことができるのか、ということだ——人間は、それを描写する遺伝情報よりもはるかに複雑だというのに。この問題を解くひとつの方法が、生物のデザインを「確率的フラクタル」と見なすことだ。そもそも、決定論的フラクタルというものがある。これは、ひとつのデザインの要素（「初期形《イニシエーター》」と呼ばれる）が、多数の要素（「生成形《ジェネレーター》」と総称される）で置き換えられるデザインのことだ。フラクタル的操作をもう一回繰り返すと、もともと生成形であったもののそれぞれの要素自体が今度は初期形になり、それがまた生成形の要素で置き換えられる（二回目の初期形〔つまり一回目の生成形〕と同形〔相似形〕で、前よりも小さいサイズになって）。このプロセスは何度も繰り返され、そのつど、新たに作られた生成形の要素がそれぞれ初期形となり、新たなスケールの生成形によって置き換えられる。フラクタルが新たに生成、拡大するたびに、複雑さが明らかに加味されるが、付加的なデザイン情報が必要とされるわけではない。これが、確率的フラクタルになると、不確定の要素が加わる。決定論的フラクタルでは、描写されたデザインはいつでも前の段階と同じものに見えるが、確率的フラクタルではデザインができるごとに、特徴は似ていても、違って見える。確率的フラクタルでは、生成形の要素それぞれが次の操作に使われる確率は一より小さい。こうして、できあがってくるデザインは、より有機的な感じがする。確率的フラクタルは、画像プログラムで作られる山や雲や海岸や木の葉などの有機的な風景に、現実的なイメージをもたせるために用いられている。確率的フラクタルの特徴のうちで重要なのが、とてもわずかなデザイン情報から、変化に富んだ細部を含むはっきりとした複雑さを大量に生成できるという点だ。生物も、同じ原則を利用している。遺伝子がデザイン情報を供給するが、有機体にある細部は、遺伝子のデザイン情報をはるかに超えている。

脳のような生物システムがもつ細部の量を誤って解釈する人もいる——たとえば、それぞれのニューロンにあるすべての微細構造（樹状突起や棘突起《スパイン》〔樹状突起にあるさらに細かい多数の突起〕の一本一本など）の構成そのものが、正確に設計されていて、システムが機能するのにぴったりにできていないといけない、というように。しかし、脳のような生物システムの働きを理解するには、システムの設計原則を理解する必要がある。その原則は、遺伝情報が、フラクタルに似たプロセスをあのように繰り返すことで生成した極度に複雑な構造よりも、はるかに単純だということだ（すなわち、情報量がはるかに少ない）。ヒトゲノム全体には、八億バイトの情報しかなく、データ圧縮をすればたったの三〇〇〇万から一億バイトになってしまう。これは、完全に形成された人間の脳にある、すべてのニューロン間結合と神経伝達物質の濃度パターンによってやりとりされる情報量の、一億分の一程度でしかない。

収穫加速の法則にある原則が、第一章で論じたエポックにどのように当てはまるのかを考えてみよう。アミノ酸を結合してタンパク質を作り、ヌクレオチドを結合してＲＮＡの配列を作ることで、生物の基本的なパラダイムができあがった。（エポック２で）自己複製したＲＮＡの配列（のちにはＤＮＡの配列）によって、進化の実験の結果を記録するデジタルな手法がもたらされた。時を経て、理性的な思考（エポック３）と対向性のある付属物（親指）とを併せもった種が進化して、生物からテクノロジー（エポック４）へと移行する抜本的なパラダイムシフトが起こった。やがて来る重大なパラダイムシフトは、生物的な思考から、生物的思考と非生物的思考とを混合したもの（エポック５）への移行となるだろう。その移行の過程には、生物の脳のリバースエンジニアリングによって得られる「生物的な感化を受けた」プロセスも含まれるだろう。

これらのエポックが訪れる時期を見てみると、それもまた、継続的な加速化のプロセスの一部であることがわかる。宇宙の誕生から生命体の進化が最初の一歩をふみだす（原始細胞、ＤＮＡ）までに何十億年とかかったが、その後の進歩は加速化されている。カンブリア紀の大爆発の時代には、主要なパラダイムシフトは、ほんの数千万年ごとに起こっている。時が下り、数百万年の間に原人、旧人とヒト科の進化が進み、そのほんの数十万年後にはホモ・サピエンスが出現した。テクノロジーを創造する種が出現すると、指数関数的なペースが急速に高まり、ＤＮＡがタンパク質の合成を指示するという形での進歩では追いつかなくなり、進化の主役は、人間が作りだしたテクノロジーに交代した。だからといって生物の（遺伝的な）進化が続いていないわけではないが、秩序を向上させる（あるいはコンピューティングの有効性と効率性を高める）という点で、進化を先導する立場にもはやない。

前の章で述べたように、新しいパラダイムの全体としての採用率は、テクノロジーの進歩率と並行して上昇しており、現在のところ、一〇年ごとに二倍になっている。つまり、新しいパラダイムを採用するまでの時間が、一〇年ごとに半分になっているということだ。この率でいけば、二一世紀のテクノロジーの進歩は、二〇〇世紀分の進歩に相当する（線形的展望）ということになる（西暦二〇〇〇年の進歩率での計算）。

ムーアの法則とその先

【図6】

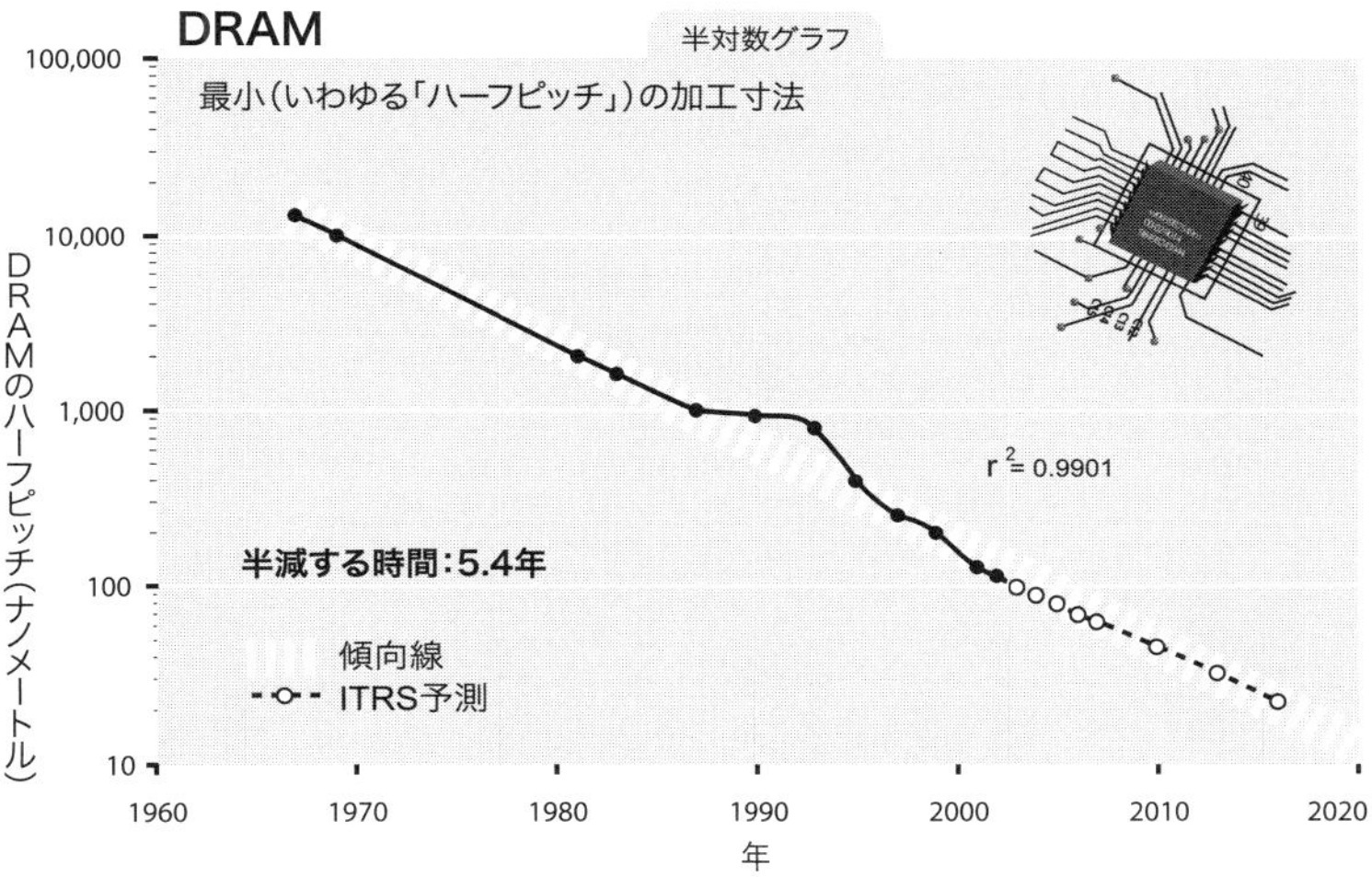

シンギュラリティがもつ意味についてさらに深く考える前に、収穫加速の法則が当てはまるテクノロジーを検討してみよう。指数関数的な傾向のうち、もっとも広く知られているのが、ムーアの法則と呼ばれるものだ。一九七〇年代の半ば、集積回路の主要な発明者であり、後にインテル社の会長となったゴードン・ムーアは、二四か月ごとに、集積回路上に詰め込むことができるトランジスタは二倍になる、と発言した（六〇年代半ばには、見積もりを一二か月としていた）。これにより電子が移動する距離が短くなるので、回路の速度は速くなり、コンピューティング能力全体もさらに高まる。その結果、コンピューティングのコストパフォーマンスが指数関数的に成長する。およそ一二か月で二倍になるという速度は、

わたしが先ほど述べたパラダイムシフトが二倍になる速度（およそ一〇年）よりも速い。通常、ＩＴの性能についてのさまざまな基準――コストパフォーマンス、帯域幅、容量――が二倍になる時間は、およそ一年だとわかっている。

ムーアの法則を推し進めている主な要因は、半導体の加工寸法だ。これは、各次元において、五・四年ごとに半分に縮小している（図6参照）。チップは機能面では二次元なので、一平方ミリあたりの素子の数は二・七年ごとに二倍になることになる。図6は、過去のデータと、半導体産業界が作成した二〇一八年までを予測するロードマップ（半導体製造技術研究開発組合《セマテック》作成の、国際半導体技術ロードマップ［ＩＴＲＳ］）とを組み合わせたものだ。

第五のパラダイム

ムーアの法則は、じつのところ、コンピューティングシステムにおける第一のパラダイムではない。二〇世紀全般にわたる四九の有名なコンピューティングシステムとコンピュータのコストパフォーマンス――一〇〇〇恒常ドル〔インフレの影響を除いたドルの価値〕あたりの毎秒の計算回数で測定したもの――をグラフ化した図7を見れば、よくわかる。

この図で明らかなように、集積回路が発明されるずっと以前より、コンピューティングのコストパフォーマンスで指数関数的な成長を示した四つのパラダイムが確かに存在していた。電気機械式計算機、リレー式計算機、真空管、単体のトランジスタがそうだ。しかも、ムーアの法則で終わりではない。ムーアの法則は、二〇二〇年より前にＳ字曲線の終端に達すると今のところ予

【図7】

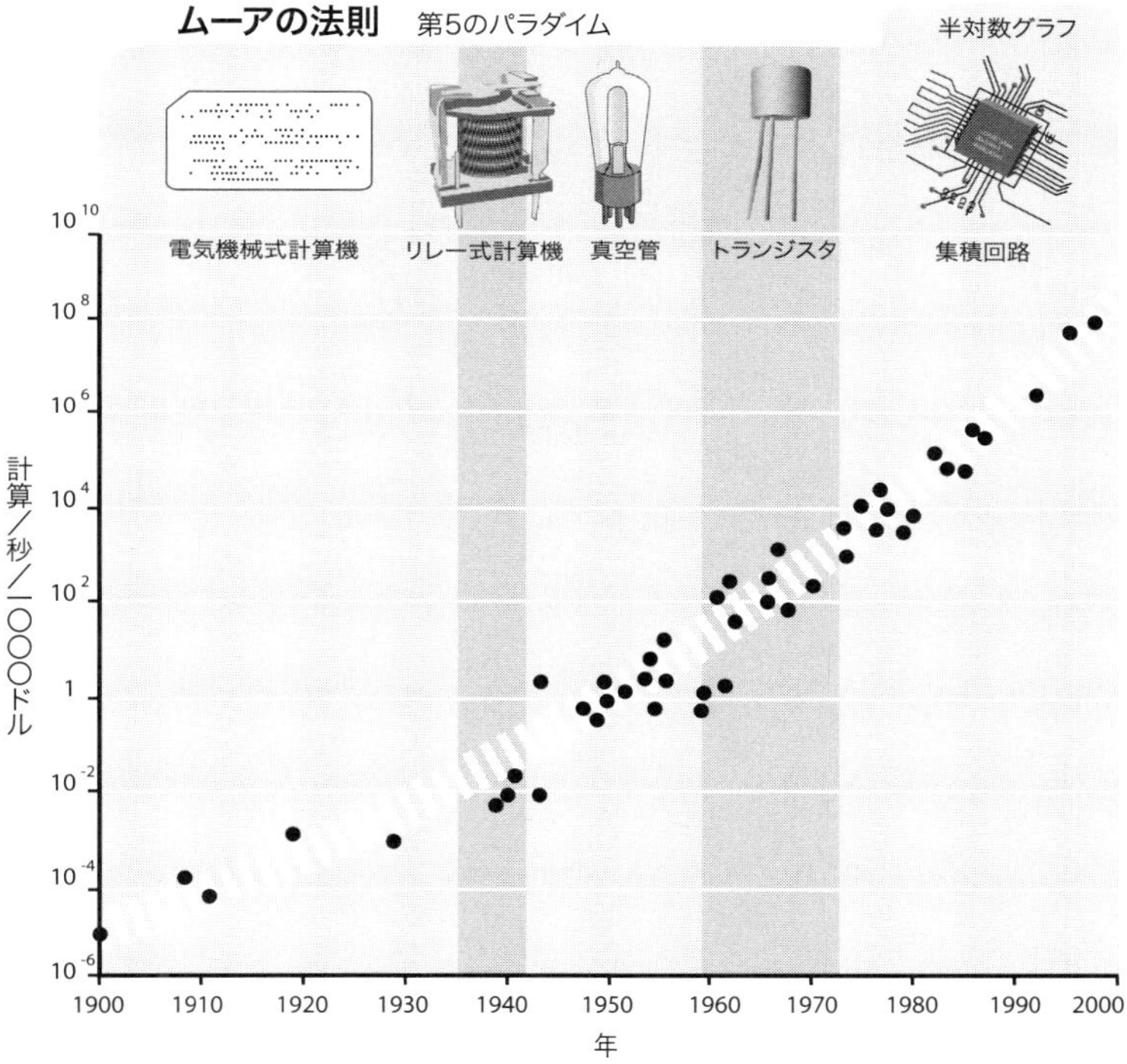

コンピューティングの指数関数的成長における5つのパラダイム

それぞれの段階で、既存のパラダイムが活力を失い、次のパラダイムのペースが上がる

【図8】

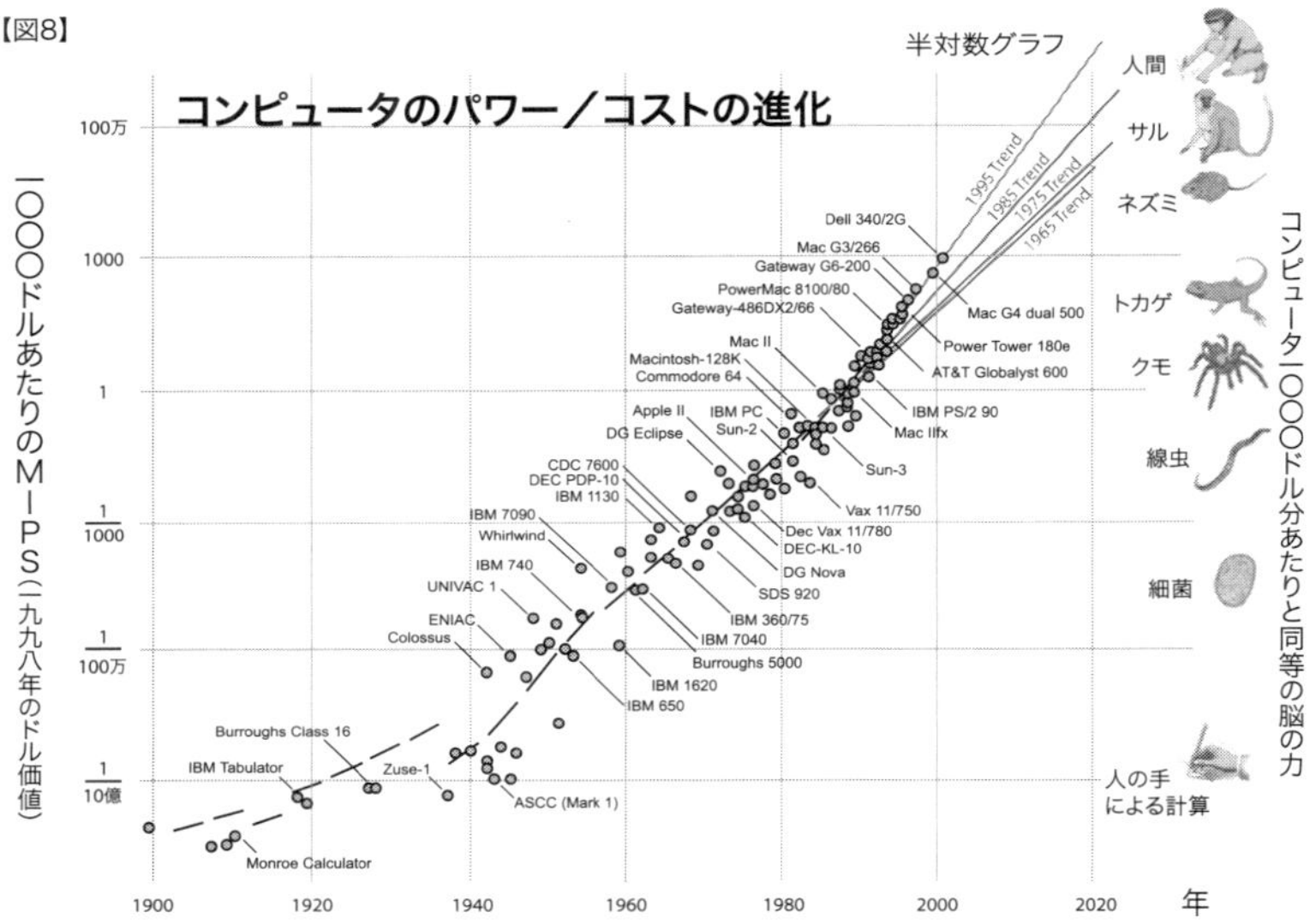

測されているが、引き続き、三次元の分子コンピューティングが出現し、第六のパラダイムとなって指数関数的成長を続けるだろう。

図中の、対数目盛りでプロットされた指数関数的曲線には、指数関数的な成長の二つのレベルが表れていることに着目してほしい。つまり、指数関数的成長の率そのもの（指数）に、穏やかではあるがはっきりとした指数関数的な成長が認められる（半対数グラフにおける直線は、ふつうの指数関数的成長を表し、上方にカーブしている曲線は、さらに大きな指数関数的成長を表す）。グラフを見るとわかるように、コンピューティングのコストパフォーマンスが二倍になるまでに、二〇世紀の初めには三年かかり、中盤では二年、現在ではおよそ一年になっている。

【図9】

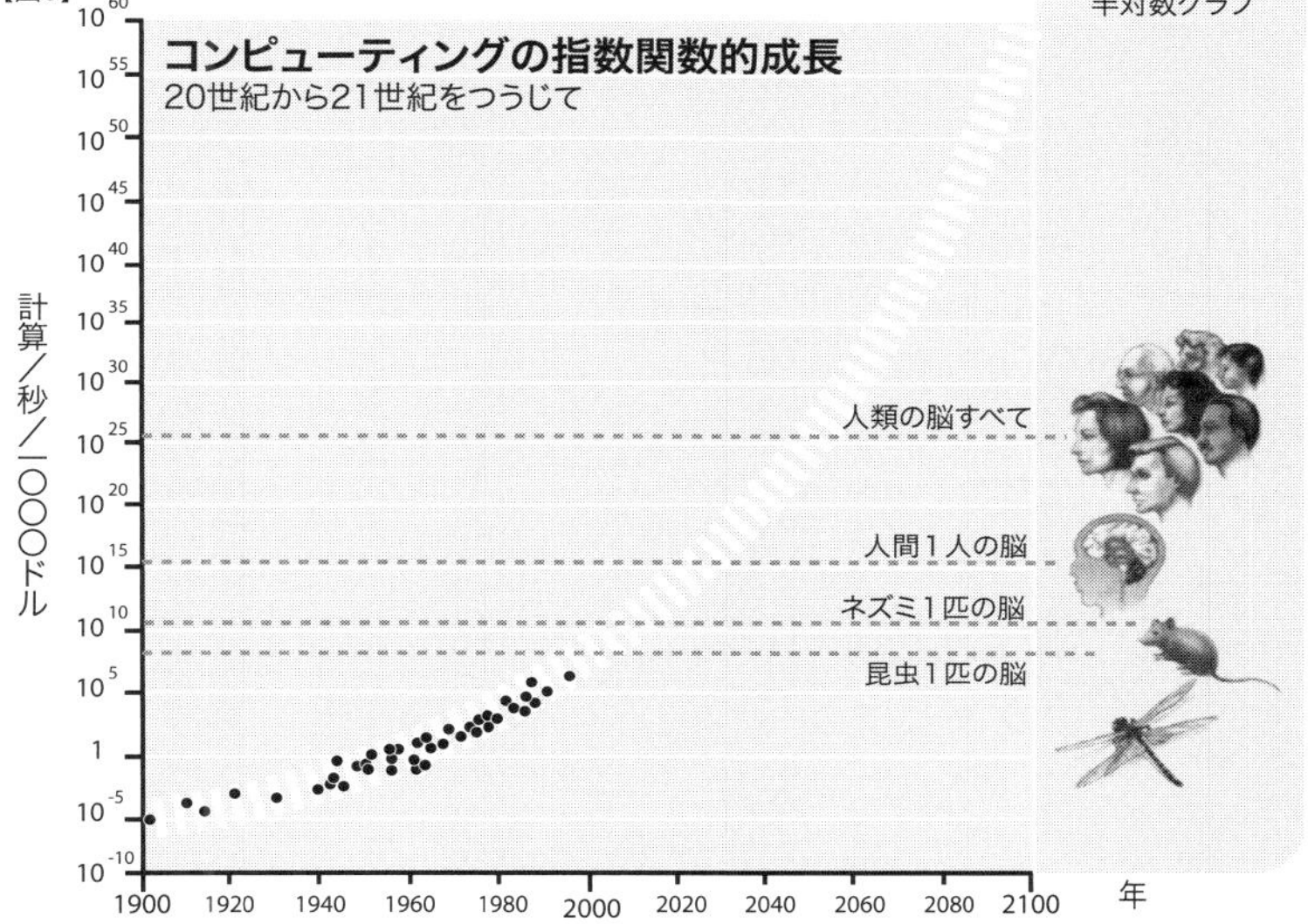

ハンス・モラヴェックは、先の図に似た図8を提示している。種類は異なるが部分的に重複する過去のコンピュータを対象とし、異なる時点における複数の傾向線（傾斜）をグラフ化している。先の図と同じく、傾斜角度は時とともに増し、さらなる指数関数的成長を表している。

こうしたコンピューティング性能の傾向予測を今世紀末までに広げると、図9のように、この一〇年以内にスーパーコンピュータが人間の脳の性能に達し、二〇二〇年ころまでにパソコンもそこに達することになる。あるいは、もっと早くにそうなるかもしれない。その時期は、人間の脳の性能をどれくらい控えめに見積もるかによって変わってくる。

コンピューティングの指数関数的成長は、進化のプロセスから得られる指数関数的成

【図10】

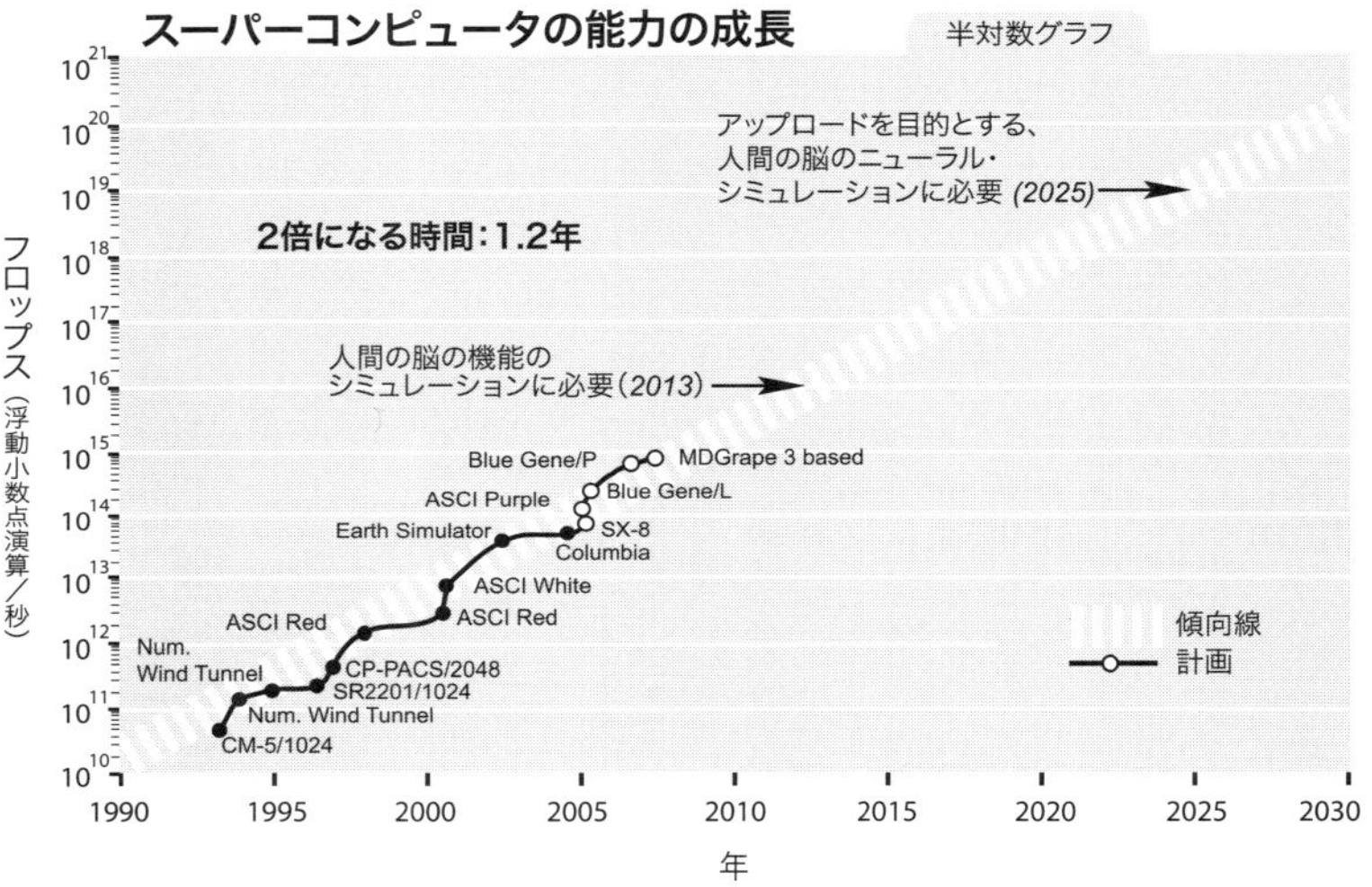

長の収穫を示す、驚くべき量的な事例である。コンピューティングの指数関数的成長を、その加速度的なペースで表現することもできる（図10）。一MIPS（秒あたり一〇〇万命令）のコンピューティングが一〇〇〇ドルで買えるようになるまでには九〇年かかったが、今では、五時間ごとに、一〇〇〇ドルあたりのMIPSが一ずつ増加している。

IBMの「ブルージーン／P」スーパーコンピュータは、二〇〇七年に発表した時点で、一ペタフロップス（一〇〇〇兆単位での浮動小数点演算／秒）、すなわち、10^{15} cps〔cpsは一秒あたり計算回数〕の計算能力をもつものとして設計された。これは、人間の脳を模倣するのに必要な10^{16} cpsの一〇分の一である。この指数関数的曲線を引き伸ばせば、二〇一〇年代の初期に、10^{16} cpsを達成するだろう

〔二〇一二年完成の日本の京が一京（10^{16}）を実現したのをはじめ、その後も能力向上が続いている〕。

先ほども述べたように、ムーアの法則は、一定のサイズをもつ集積回路上のトランジスタの数といった限られた対象についてのものにすぎない。さらには、トランジスタの加工寸法といったさらに狭い範囲に限定されることもある。しかし、コストパフォーマンスを追跡するのなら、最適な基準は、単位原価あたりのコンピューティング速度になる。この指標なら、多様なレベルの「賢さ」（イノベーション、すなわちテクノロジーの進化）を考慮に入れることができる。集積回路に関連するあらゆる発明の他にも、コンピュータの設計においては、何層もの改善が積み重ねられてきているのだ（パイプライン処理、並列処理、命令ルックアヘッド、命令とメモリのキャッシュなど多数）。

人間の脳は、非常に効率の悪い、電気化学的なデジタル制御のアナログコンピューティング処理を用いている。脳の計算の大半は、ニューロン間結合（シナプス結合）によって行なわれ、毎秒約二〇〇回の計算速度しかない（ひとつの結合ごとに）。これは、現在の電子回路の速度より一〇〇〇万倍以上も遅い。しかし、人間の脳は、三次元の超並列組織を構成していることから、驚異的な力をもっている。三次元回路を人工的に構成するためのさまざまなテクノロジーはすでに準備段階に入っている。

コンピューティングのプロセスを支える物質とエネルギーの分量にはもともと限界があるのではないか、という疑問もあるだろう。これは重要な問題だが、二一世紀の終わりごろまでこの限界に達することはない。個別のテクノロジーのパラダイムにおいて見られるS字曲線と、幅広い領域にわたるテクノロジーにおいて進行中の進化のプロセス、たとえばコンピューティングなどに見られる継続的な指数関数的成長とを区別することが大切だ。ムーアの法則をはじめとする個別のパラダイムは、最終的に、指数関数的成長がそれ以上不可能な水準に必ず到達する。ところがコンピューティングの伸びは、基盤となるパラダイムを次々と取り替え、当面のところ、現行の指数関数的成長が持続する。

収穫加速の法則に従い、パラダイムシフト（イノベーションともいう）によって、あらゆる個別のパラダイムのS字曲線は、次なる指数関数曲線へと替わっていく。古いパラダイムが本質的な限界に到達すると、三次元回路のような新たなパラダイムがそれに取って代わる。こうしたことは、コンピューティングの歴史において、少なくとも四回はすでに起こっている。サルのようなヒト以外の種では、個々の動物が道具を作ったり使ったりする技能を獲得することはS字形の学習曲線で表現されるが、それはとつぜん途絶えてしまう。これとは反対に、人間が生みだしたテクノロジーは、それが誕生したときから、指数関数的なパターンを描いて成長と加速を続けてきた。

経済的要請としてのシンギュラリティ

収穫加速の法則は、基本的には経済理論だ。現在の経済理論と経済政策の基盤とされているのは、エネルギーのコストや、商品価格、工場や設備への投資などを重要な駆動要因とする、時代遅れのモデルである。その一方で、コンピューティング能力、メモリ、帯域幅、テクノロジーの規模、知的財産、知識などといった、経済を実際に動かし、ますます重要性を高めている（そしてますます増大している）要素が、たいていは見落とされている。

競争の激しい市場からの経済的な要請こそが、テクノロジーを前進させ収穫加速の法則をいっそう強める第一の要因である。そしてまた、収穫加速の法則が経済的な相互関係を変容させる。経済的な要請は、生物の進化における「生き残り」に相当するものだ。それぞれに固有な経済的必然性にかなった無数の小さな前進を重ねることで、よりインテリジェントで小さな機械が現実のものとなる。使命をより正確に果たすことのできる機械ほどその価値は高まり、そのために、その機械は作り続けられていく。何万もの事業が、収穫加速の法則をさまざまな側面から、多様な方法で徐々に前進させていっている。

当面のビジネスサイクルを度外視して、実業界で、それもとりわけソフトウェア業界において、「ハイテク」を支援する動きが非常に高まっている。わたしが、光学式文字認識（ＯＣＲ）と音声合成の会社（カーツワイル・コンピュータプロダクツ）を始めた一九七四年当時には、米国内でのハイテクベンチャーの取引額は、合計で三〇〇〇万ドルに達しなかった（一九七四年のドル価値で）。最近のハイテク景気の後退（二〇〇〇～〇三年）の間でも、この数字は、およそ一〇〇倍になっている。この動きを止めるには、資本主義を廃止して、経済競争を根絶やしにするくらいのことが必要だろう。

知識をベースとした「新しい」経済に向けての動きは、指数関数的ではあるが、漸進的でもあると指摘しておくのは重要だ。いわゆるニューエコノミーによってビジネスモデルが即座に変化しなかったとき、この考え方にはもともと欠陥があったのだとすぐさま否定する人が多かった。知識が経済を支配するまでには今後数十年はかかるだろうが、実際にそうなったときには、ものごとが根底から変化するだろう。

これと同じ現象が、インターネットと電気通信のバブルとその崩壊にも認められた。インターネットと電気通信が普及して根本的な変革が起こるだろうとする妥当な期待が高まり、景気に火がついた。ところが、想定された時間の枠組みがあまりに非現実的で、予想どおりの変革が起きなかったために、市場の資本が総額二兆ドル以上消え失せた。しかし次に示すように、これらのテクノロジーの導入はじつになめらかなもので、バブルとその崩壊をうかがわせるものはなにもなかった。

経済学の授業で教えられたり、連邦準備制度理事会（ＦＲＢ）の金融政策や、政府機関の経済政策の策定に用いられ、また、さまざまな経済予測に利用されるあらゆる経済モデルは、実質的に、長期的トレンドの見方が根本から間違っている。なぜなら、モデルの基盤となるものが、歴史を指数関数的に捉えたものでなく、「直感的、線形的」に捉えたもの（変化のペースが現在の率のままで続くと仮定）であるからだ。こうした線形的なモデルが一時的にはうまくいくように見えるのは、おおかたの人々がそもそも直感的で線形的な見方をしてしまうのと同じ理由による。つまり、ほんの短い期間だけを捉えて経験するのなら、指数関数的な傾向も線形に見えるからだ。

指数関数的な傾向の、あまりなにも起こらない初期の段階においては特にそうだ。しかし、いったん「曲線の折れ曲がり」地点まで達し、指数関数的成長が爆発的な勢いで始まると、線形的なモデルは崩壊する。

この本を書いている今、米国では、社会保障制度の改革が議論されている。議論の根拠として、二〇四二年までにわたる将来予測が用いられている。この時間の枠組みは、わたしがシンギュラリティについての予測を立てた期間とほぼ同じだ。これほど長い時間枠にわたる経済政策が検討されるのはまれだ。しかも、予測に使われた寿命の伸びや経済成長のモデルは線形的で、かなり非現実的なものである。まず、寿命の伸びは、政府の控えめな予測を実際には大幅に超えるだろう。そのうえ、人々は六五歳で仕事から引退しようとはしなくなる。体も頭脳も、三五歳に相当するほど若いのだから。なによりも重要なのが、「GNR」(遺伝学[Genetics]、ナノテクノロジー[Nanotechnology]、ロボット工学[Robotics])テクノロジー関連の経済成長だけでも、予測に使われている一・七パーセントという値を大きく上回るだろうということだ(この数値は、過去一五年間の事象さえもひじょうに控えめに評価している)。

生産性上昇率の根底にある指数関数的な傾向は、ちょうど今、爆発的な成長の段階にさしかかったところだ。米国の実質国内総生産は、次ページ図11にあるように、テクノロジーによって生産性を改善することで、指数関数的に成長してきた。

国内総生産が指数関数的に成長する要因は、人口の増加だと指摘する批評家もいるが、ひとりあたりの数値をとっても、同じ傾向が認められる(図12)。

【図11】

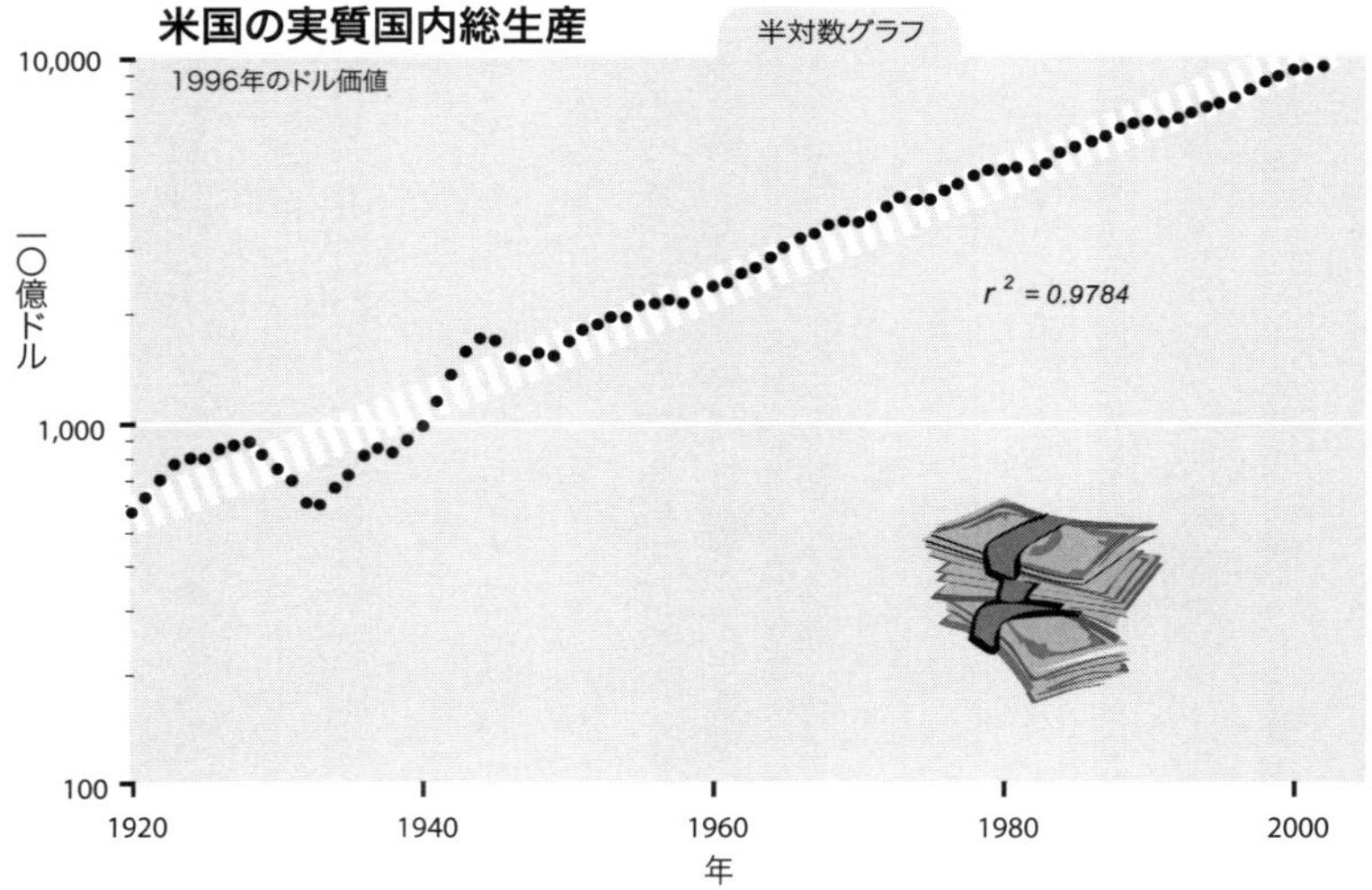
米国の実質国内総生産
半対数グラフ
1996年のドル価値
10,000
1,000
100
一〇億ドル
$r^2 = 0.9784$
1920
1940
1960
1980
2000
年

【図12】

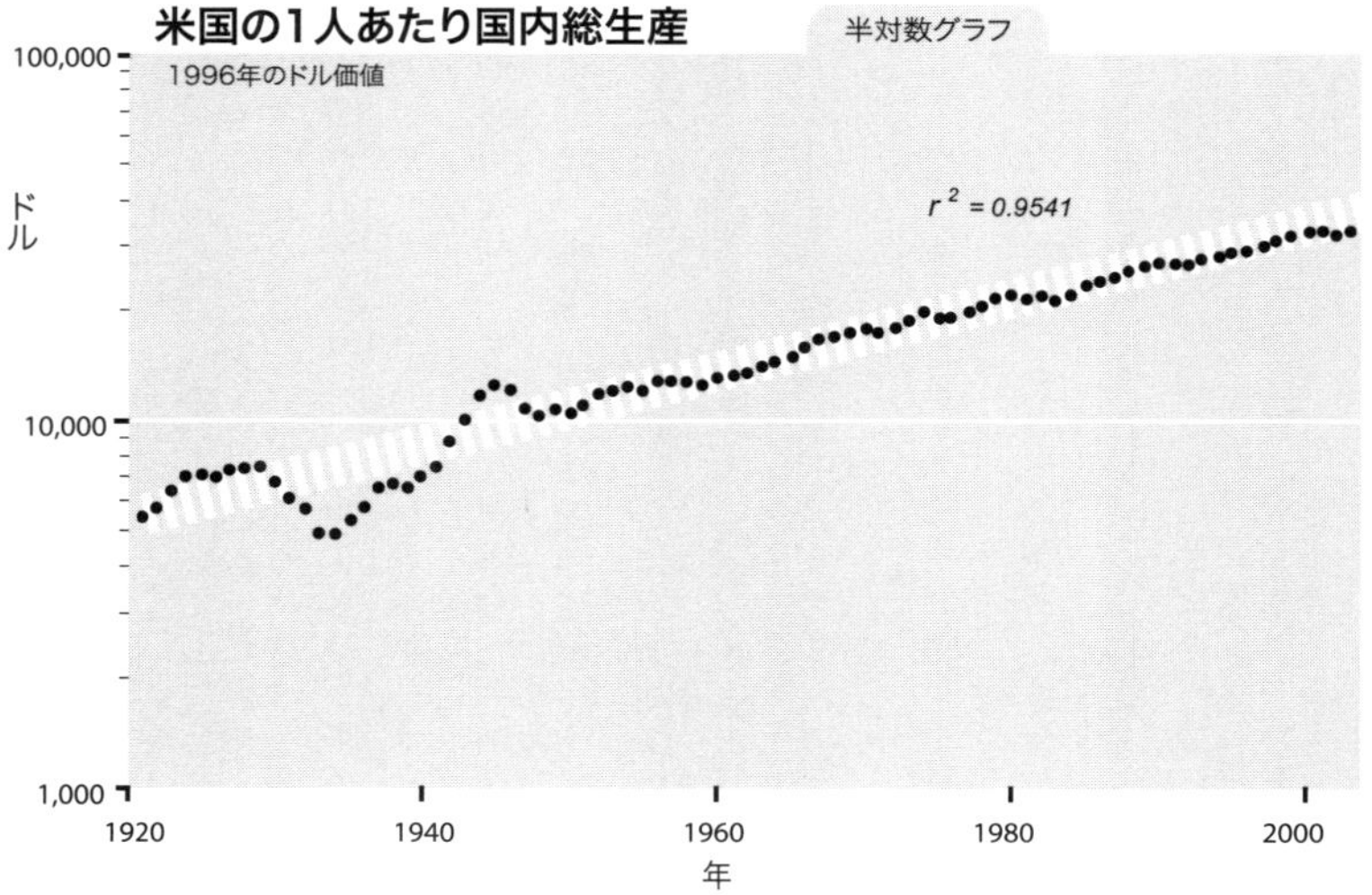
米国の1人あたり国内総生産
半対数グラフ
1996年のドル価値
100,000
10,000
1,000
ドル
$r^2 = 0.9541$
1920
1940
1960
1980
2000
年

経済の根底にある指数関数的な成長は、周期的に訪れる景気の後退よりも、はるかに強い力をもっていることに注意してほしい。深刻な景気後退や不況が起こっても、たいていは、基盤となる曲線から一時的に逸脱するにすぎない。あの大恐慌のときでさえ、根底にある成長パターンの筋道からごくわずかに下降しただけだった。景気後退や不況のいずれの場合でも、経済は、そうした現象が一切起こらなかった場合とまったく同じところに落ち着くものだ。

世界経済は、加速を続けている。世界銀行は、二〇〇四年の終わりに発表した報告書で、前年の世界の経済成長率は四パーセントで、過去のどの年よりも好調な伸びを示した、と述べている。さらに、成長率がもっとも高かったのは、発展途上国だった。途上国の成長率は六パーセント、中国とインドを除いても、五パーセントを上回っている。他の国々でも、これほど劇的ではないが、同じような経済成長を示している。

労働生産性（労働者ひとりあたりの経済生産高）も指数関数的に成長している。これらの統計値は、実際にはひじょうに控えめな数値となっている。なぜなら、製品とサービスがもつ品質や特性の大幅な改良を充分に反映していないからだ。「車はどこまでいっても車、たいして変わらない」とはもう言えない。自動車の安全性、信頼性、その他の特徴は大きく向上している。コンピューティングをとっても、今日の一ドル分のコンピューティングは、一〇年前の一〇〇〇ドル分よりもはるかに強力だ（一〇〇〇倍以上にもなっている）。こうした例はいくらでもある。医薬品の効果も増大している。今や、疾患や加齢のプロセスを引き起こす代謝経路に狙いを定め、最小限の副作用で正確な修復を行なうようにデザインされているからだ。ウェブ上で五分で注文して家まで届けてもらう商品は、店まで取りに行かなくてはならない商品よりもずっと価値が高い。あなたひとりの体に合わせて仕立てられた服は、たまたま店の棚にあった服よりも価値が高い。こうした類いの改善はほとんどすべての製品カテゴリーでなされているが、生産性の統計には一切反映されていない。

　生産性を測る統計手法では、利益は計算から除外される傾向にある。つまり、一ドルと引き替えに、一ドル分の商品やサービスを得ただけだ、というわけだ。実際には、一ドルで、商品やサービス以上のものを得ているのに（コンピュータは、この現象を表す極端でありふれた例だ）。シカゴ大学教授のピート・クレノーと、ロチェスター大学教授のマーク・ビルズの試算では、今ある商品を恒常ドルで表した価値は、品質が改善されたために、過去二〇年間で年に一・五パーセント増大している。それでもこの計算には、まったく新しい製品や製品カテゴリーは考慮に入れられていない（携帯電話、ポケットベル、タブレット端末、ダウンロードした楽曲、ソフトウェアプログラムなど）。ウェブという、急速に伸びゆく価値も入っていない。オンライン百科事典や検索エンジンといった、人類の知識に到達する方法をどんどん簡便にしてくれる無料の情報源の利用価値を、どうやって測ればよいのだろうか。

　インフレーションの統計を所管する労働統計局は、品質の成長率を年間たったの〇・五パーセントと見込んだモデルを使っている。クレノーとビルズの控えめな試算を当てはめるなら、品質の改善を過小評価しているために、インフレ率を年間一パーセント以上過大評価〔つまり、インフレ率を差し引いた実質成長率を過小評価〕する仕組みになってしまっている。しかも、新しい製品カテゴリーは考慮に入れられて

【図13】

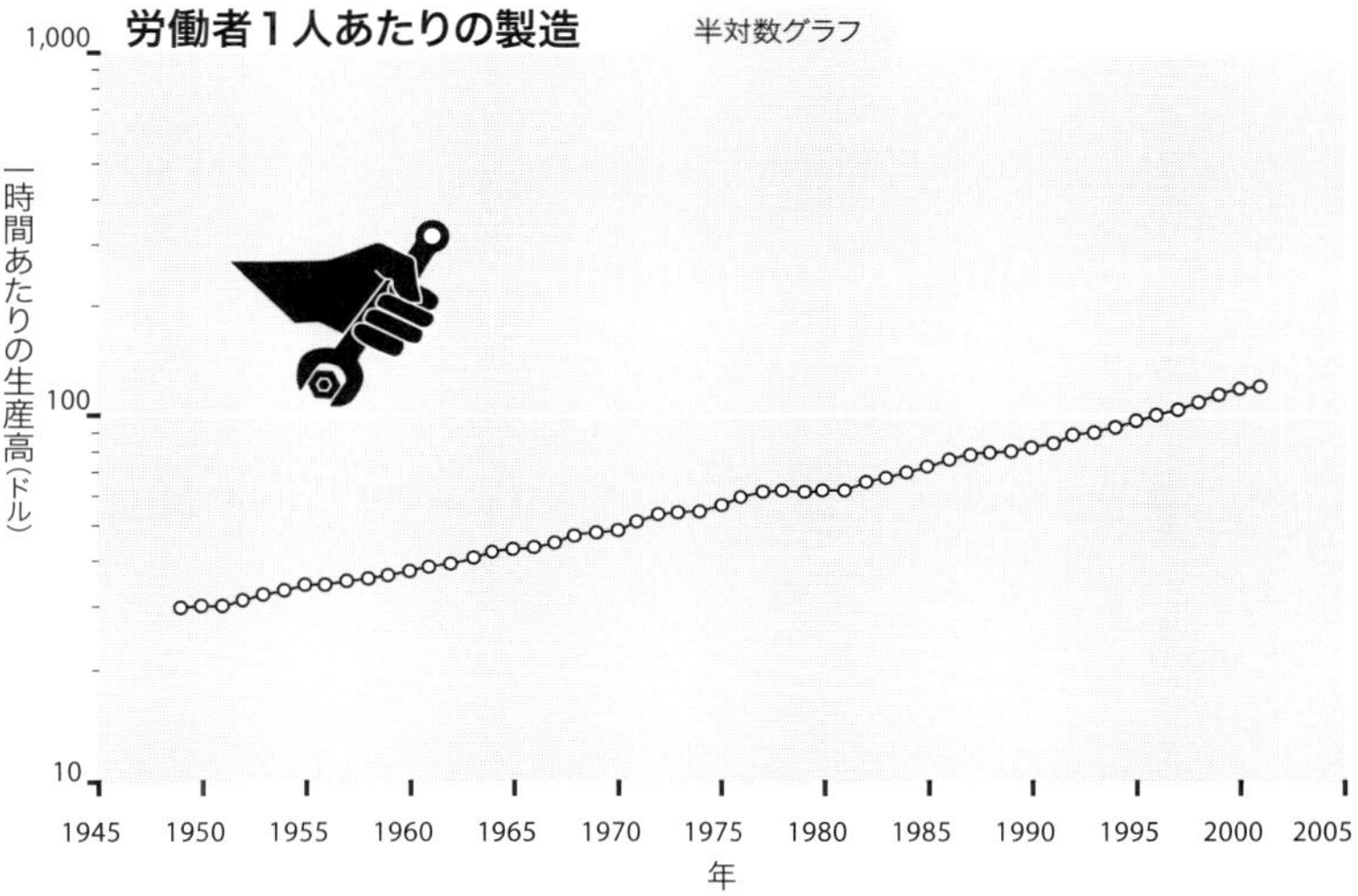

いない。

生産性の統計手法にこうした弱点はあるにせよ、生産性における利益は、現に、指数関数曲線の急勾配の部分に達しつつある。労働生産性の伸びは、一九九四年以前は年に一・六パーセントだったが、一九九四年には二・四パーセントに上昇し、現在ではさらに急速に高くなっている。製造業における一時間あたりの労働生産性は、一九九五年から一九九九年にかけて、年に四・四パーセント上昇した。耐久消費財製造業の労働生産性は、年に六・五パーセント伸びている。二〇〇四年の第I四半期の生産性伸び率（季節調整済み、年率）は、商業部門では四・六パーセント、耐久消費財の製造では五・九パーセントとなっている。

過去半世紀におけるひとり一時間あたりの労働生産性は、このようになめらかな指数関数的成長となっている（図13）。ここでも、ＩＴを購入する際のドルの威力が大幅に増大していることは、考慮に入れられていない（全体的なコストパフォーマンスは、だいたい一年で二倍になっている）。

デフレは悪いことか？

本書を執筆している間の、主流派経済学者の多くが懸念することといえば、政治的に右か左かにかかわらず、それはデフレである。お金の価値が高くなるというのは、よいことのように感じられるのに、なぜだろう。経済学者たちは、消費者が必要なものや欲しいものをより少ない金で買えるのなら、経済が縮小してしまう（ドル換算で）と心配しているのだ。しかし彼らは、生身の消費者が、生まれつき飽くことを知らないニーズや欲求をもっているということに気づいていない。半導体業界は、年間四〇から五〇パーセントのデフレに「苦しんで」いるにもかかわらず、総収入は過去半世紀の間、毎年一七パーセントも上昇してきた。経済が実際に拡大しているのだから、デフレの理論上の影響は心配には値しない。

一九九〇年代と二〇〇〇年代初期には、史上最大の強力なデフレが起こった。今現在、大きなインフレがどこにも起こっていないのは、このためだ。確かに、史上まれに見る失業率の低さや、高い資産価格、経済成長などはインフレの要因だが、これらは、コンピューティングやメモリ、通信、バイオテクノロジー、小型化や、総体的な技術の進歩率などの、情報をベースとするあらゆるテクノロジーのコストパフォーマンスが指数関数的に向上していることで相殺されている。これらのテクノロジーの影響は、すべての産業に深く及んでいる。さらに、ウェブやその他の新しい通信テクノロジーを用いることで、流通経路における仲介業者の排除が著しく進んでいる。そのうえ、作業効率や管理効率もいっそう向上している。

情報産業が経済のあらゆる部門で影響力をますます増大させているために、IT産業の尋常ではないデフレの影響も拡大していっている。一九三〇年代の大恐慌時代のデフレは、消費意欲が失われ、通貨供給量が激減したために引き起こされた。今日のデフレはこれとはまったく異なる現象だ。生産性が急速に上昇し、あらゆる形態の情報がますます浸透することがその原因となっている。

テクノロジーの傾向すべてに、大規模なデフレが表れている。効率化が急激に進んだことによる影響の実例は、至るところにある。BPアモコ社の二〇〇〇年における石油発見の費用は一バレルあたり一ドル以下で、一九九一年から一〇ドル近くも下がっている。一回のインターネット取引で銀行が負担する処理費用は、わずか一セントだ。窓口を使うとこれが一ドル以上になる。

ナノテクノロジーから受ける重大な影響は、ソフトウェアの経済効果がハードウェアにも、すなわち物理的な商品にも波及するということだ。この点はとても重要だ。今のところ、ソフトウェアの価格は、ハードウェアの価格よりも、さらに急速に下落している。

分散型で知的なコミュニケーションの影響をもっとも強く感じているのが、たぶん、ビジネスの世界だろう。今やウォール街のムードはがらりと変わってしまったが、一九九〇年代の好景気の時期に、いわゆるe企業が桁外れに高く評価されていたのは、妥当な認識だった。今は、ビジネスを何十年も支えてきたビジネスモデルが、抜本的に変容するその初期の段階にある。これからは、顧客とじかに個人的なやりとりをすることを基本とした新しいモデルがあらゆる産業を変革し、製品やサービスのおおもとの供給源と顧客とを従来隔てていた中間層が、大規模に排除されることになるだろう。

知識や情報にアクセスする道が広がったことは、消費者と商品（サービスを含む）の提供側との力関係を変化させている。患者はますます、自分自身の病気の状態やとりうる治療法を高度に理解したうえで、医者の診察に臨むようになってきた。トースターや車や家を買おうとする人や、銀行に口座を開いたり保険に加入しようとする人など、実質的にすべての商品の消費者は、今や、最適な特徴や価格の品を正しく選択してくれる自動ソフトウェアエージェントを使っている。eBayなどのウェブサービスは、これまでにないやり方で、買い手と売り手を急速に結びつけている。

顧客の願望や欲求は、たいていは本人でも気づいてはいないが、急速に、ビジネスを発展させる要因となってきている。ネットワーク環境が整った消費者は、たとえば服を買う際に、近所の店の棚にたまたま残っていた商品で満足することはなくなるだろう。その代わりに、自分自身の身体の三次元画像（詳細な身体スキャンをもとにしたもの）上で、考えられる何通りもの組み合わせを試してみて、ぴったりの素材とスタイルを選び、服を仕立ててもらうようになる。

ウェブを使った取引に現在見られる不便なこと（たとえば、商品をじかに手に取って見ることができなかったり、生身の店員ではなく、融通のきかないメニューやフォームを前にして頻繁にフラストレーションを感じたりする）は、時代の趨勢が電子の世界に有利なものへと勢いよく変わっていく中で、徐々に解消されるだろう。この一〇年で、明確な物理的物体としてのコンピュータは姿を消し、ディスプレイは眼鏡に組み込まれ、電子機器は衣服に織り込まれ、視覚的なヴァーチャルリアリティ（ＶＲ）の環境にどっぷりと浸かることになる。そして「ウェブサイトに行く」ことは、ＶＲ環境に入ることを意味するようになる――少なくとも、視覚と聴覚については。そこで、現実であれシミュレートされたものであれ、商品や人とじかに触れ合うことができる。シミュレートされた人間は、少なくとも二〇〇九年までは、トータルな人間としての標準にはまだ到達しないが、店員や予約係や調査アシスタントとしてなら充分に満足できるだろう。触覚インターフェース（実際にそのものに触れているのと同様の感覚を体験できる）のおかげで、商品や人に触ることができるようになる。昔ながらの店舗や建物をもった商売は、もうすぐ到来する双方向コミュニケーションの豊富なインターフェースによって打ち負かされて、跡形もなくなることはないだろうが、もはや永続的な利点を見出すことは難しい。

このような方向に進めば、不動産業は大きな影響を被る。オフィスに社員を集める必要性が徐々になくなっていくからだ。わたし自身の会社の実態からしても、すでに、所在がばらばらのスタッフを集めてチームを上手に編成することができるようになっている。一〇年前には、こんなことはなかなか難しかった。視覚的聴覚的に完全なＶＲ環境は、今世紀の最初の二〇年間で全面的に普及して、どこでも好きなところに住んで仕事をするという傾向がいっそう強くなるだろう。五感すべてを組み込んだ完全没入型のＶＲ環境は、二〇二〇年代の終わりには実際に手に入ることになるが、そうなると、現実のオフィスを使う理由はまったくなくなる。不動産は、ヴァーチャルなものになる。

経済が全体的に見て成長しているのは、富や価値のまったく新しい形やレベルが出現したことの表れだ。それらは、以前には存在していなかったか、少なくとも、経済の大きな部分を占めてはいなかった。たとえば、ナノ粒子ベースの材料や、遺伝情報、知的財産、コミュニケーションポータル、ウェブサイト、帯域幅、ソフトウェア、データベースなどをはじめとする、新テクノロジーを基盤とする数多くのカテゴリーがそうだ。

第三章

人間の脳のコンピューティング能力を実現する

一九六五年四月一九日、「エレクトロニクス」誌上でゴードン・ムーアがこう書いた。「集積電子工学の未来は、電子工学の未来そのものである。集積化の進展によって電子工学が普及し、多数の新しい分野に浸透していくことになる」。ムーアは、この控えめな言葉で革命の到来を告げた。その勢いは、いまだ失われていない。この新しい科学がいかに奥が深いかを読者に理解させるために、ムーアは次のような予測を立てた。「一九七五年までに、経済的な要請により、ひとつのシリコンチップ上に、六万五〇〇〇個もの素子を詰め込むことになるだろう」。これはちょっとすごい。

ムーアの記事ではさらに、集積回路に搭載されるトランジスタの数が毎年二倍になる、と書かれている。この一九六五年に立てられた「ムーアの法則」と呼ばれる予測は、その当時には批判をされた。チップ上の素子数を示す対数グラフには実績値を表す点が五つしかプロットされておらず（一九五九年から一九六五年）、未発達の傾向の予測を一九七五年にまで引き伸ばすのは時期尚早と考えられたからだ。ムーアの最初の見積もりは不正確で、ムーア自身が一〇年後に予測を下方に修正した。それでも、基本的なアイデア――集積回路上のトランジスタのサイズが縮小することで電子工学のコストパフォーマンスが指数関数的に成長する――は、正当で先見の明のあるものだった。

今日語られる素子の数は、何千ではなく何十億だ。二〇〇四年の最先端のチップでは、論理ゲートの幅はわずか五〇ナノメートル。すでに充分にナノテクノロジーの領域内だ（一〇〇ナノメートル以下の寸法を扱うものがナノテクノロジー）。ムーアの法則の終焉がつねにささやかれているが、このすばらしいパラダイムの終わりは、いつも先送りにされている。インテル社のフェローで技術戦略部長、なおかつ、大きな影響力をもつ国際半導体技術ロードマップ（ＩＴＲＳ）の委員長でもあるパオロ・ガルジーニは、先ごろこのように発言した。「少なくとも今後一五年から二〇年は、ムーアの法則に従うことができるだろう。実際……ナノテクノロジーのおかげで新たな方策がたくさん生まれ、チップ上の素子数を増やし続けることができている」

コンピューティングの加速化によって、本書で明らかにしていくように、社会的経済的な関係から、政治制度に至るまで、あらゆることが変容した。だが、加工寸法を縮小する戦略が、コンピューティングやコミュニケーションの指数関数的成長をもたらした第一のパラダイムであるとは、ムーアの論文は言っていない。これは第五のパラダイムであり、そのうえ、次のパラダイムの輪郭もすでに見え始めている。分子レベルの三次元コンピューティングがそうだ。第五のパラダイムが終わるまでにはまだ一〇年以上もあるが、第六のパラダイムを実現するのに必要なテクノロジーは、すでに活発な進展をとげつつある。次節「人間の脳のコンピューティング能力」では、人間の知能レベルに到達するために必要なコンピューティングとメモリの量を分析し、二〇年以内に廉価なコンピュータで、その水準に到達できると自信をもって言える理由を述べる。だが、ひじょうに強力なコンピュータも最適なツールとは言いがたい。本章の最終節「コンピューティングの限界」では、今日理解されている物理の法則に従い、コンピューティングの限界を検討してみる。そこで、二一世紀の終わりごろのコンピュータについても触れるつもりだ。

人間の脳のコンピューティング能力

人間の脳のコンピューティング能力はどの程度あるのだろうか。すでにいくつかの脳の領域について人間の行為レベルでリバースエンジニアリングの行なわれた(すなわち手順が理解された)機能を模写することによって、数々の推算がなされてきた。ある特定の領域でのコンピューティング能力を見積もったなら、その領域が脳のどの部位にあたるかを考えて、脳全体の能力を推測することができる。これらの見積もりは機能のシミュレーションに基づいている。すなわち、その領域内の個々のニューロンやニューロン間結合をシミュレートするのではなく、領域の全体的な機能を模倣することで得られた値だ。

どれかひとつの計算に頼ることはしたくないが、脳のさまざまな領域を評価した種々の値からそれぞれに導き出された見積もりはみな、脳全体の推定値として妥当であることがわかっている。

以下に、桁単位での見積もりを示す。つまり、一〇の何乗くらいの数値になるのかを定めてみたい。同じ見積もりをするのに異なる手順をとっても似た答えが出ることから、この手法が信頼でき、見積もりの値も適切な範囲に収まっていることがわかる。

シンギュラリティ――人間の知能が、非生物的知能と融合して、何兆倍も拡大するとき――がこれから数十年の間に到来するという予測は、こうした計算の精度によって左右されはしない。人間の脳をシミュレートするのに必要なコンピューティング量の推定値が、たとえ一〇〇〇倍分くらい（これはありえそうにないが）楽観的すぎたとしても（つまり人間に関する見積もりが低すぎたとしても）、それによってシンギュラリティが遅れるのはほんの八年にすぎない。一〇〇万倍分違ってもほんの一五年の遅れが生じるだけで、たとえ一〇億倍違っても二一年の遅れが出るだけだ。

ロボット研究者のハンス・モラヴェックは、網膜の中にある画像処理の神経回路が行なう変換を分析した。網膜は、幅が約二センチ、厚みが〇・五ミリである。網膜の厚みのほとんどは、画像を捉えることに使われている。画像処理に使われるのは厚みの五分の一で、そこでは、明暗を区別したり、画像を約一〇〇万の区分に細分して運動を捉えたりしている。

モラヴェックの分析によれば、網膜は、輪郭と動きの検出を毎秒一〇〇〇万回も行なう。ロボットの視覚系の開発に何十年も費やしてきた経験から、モラヴェックは、これらの検出動作の一回分を人間のレベルで再現するには、約一〇〇回のコンピュータ命令が実行される必要があると試算した。つまり、網膜のこの部分の画像処理機能を模倣するには、一〇〇〇ＭＩＰＳが必要なのだ。網膜のこの部分にあるニューロンの重さ〇・〇二グラムと比べて、人間の脳はおよそ七万五〇〇〇倍も重い、したがって、脳全体のコンピュータ命令は毎秒約10^{14}（一〇〇兆）回と推定される。

これとは別の推定値が、人間の聴覚系の領域を機能的にシミュレートしたオーディエンス社創業者ロイド・ワッツらの研究から得られている。ワッツが開発したソフトウェアには、「ストリーム分離」と呼ばれる機能が含まれる。テレビ会議やその他のアプリケーションで、テレプレゼンス（遠隔音声会議における参加者の位置測定）を実現するために使われるものだ。テレプレゼンスを得るということは、すなわち、「離れた場所に設置され、いずれも音声を受信する、音声センサー間での時間のずれを正確に計る」ことだとワッツは説明している。そのプロセスには、音の高低の分析、空間内での位置、発話のきっかけ――各言語に特有のものも――などがかかわってくる。「音源の位置測定をするにあたり人間が利用する重要な手がかりのひとつに、両耳間時間差（ＩＴＤ）、つまりは、両耳に音が到着する時間の差がある」とワッツは言う。

ワッツのグループは、これらの脳の領域のリバースエンジニアリングによって、機能的に等しいものを再現した。その結果、人間のレベルで音源の位置測定を行なうには、10^{11} cpsが必要だという概算になった。この処理を司る聴覚皮質の領域は、脳のニューロンの〇・一パーセントあまりを占める。そこで、脳全体の機能を人工的に実現するには約10^{14} cps（10^{11} cps×10^{3}）という前述のだいたいの見積もりに戻ってくる。

さらに、テキサス大学でも値が推定されている。10^{4}のニューロンをもつ小脳の領域での機能を再現したものだ。これには10^8 cps、すなわちひとつのニューロンあたり10^4 cpsが必要となる。この値を10^{11}というニューロンの推定合計数に当てはめると、脳全体ではおよそ10^{15} cpsとなる。

　人間の脳のリバースエンジニアリングの現状については次章で論じるが、個々のニューロンとすべての神経系の非線形的な作用（つまり、個々のニューロンの内部で起こっている複雑な相互作用のすべて）を正確にシミュレートする場合よりも、より少ないコンピューティング量で、脳の領域の機能を模倣できるのは明白だ。身体器官の機能をシミュレートしようとした場合でも、同じ結論に到達する。たとえば、ヒトの膵臓はインシュリンのレベルを制御するが、この機能をシミュレートする埋め込み型装置が試験段階に入っている。この装置は、血液中のブドウ糖のレベルを測定し、制御下でインシュリンを放出し、そのレベルを適切な範囲内に保つ。ヒトの膵臓と同様の手法をとってはいるが、個々の膵島《すいとう》の働きをシミュレートしようとはしていないし、そうすべき理由はどこにもない。

　これまでにあげた見積もりはみな、似通った桁数に落ち着いている（10^{14}から10^{15} cps）。人間の脳のリバースエンジニアリングがまだ初期段階にあることから、今後の議論では、さらに保守的な数値、10^{16} cpsを用いていこう。

　パターン認識、知性、感情にかかわる知能などの人間の能力を再現するには、脳を機能的にシミュレートするだけで充分だ。その一方、ある特定の人の人格を「アップロード」（その人の知識、技能、人格などすべてを捉えること）しようとするのなら、個々のニューロンや、細胞体（突起以外のニューロンの本体部）や軸索（出力の接続部）や樹状突起（入力の接続部の樹状構造）やシナプス（軸索と樹状突起をつなぐ領域）などの、ニューロン各部のレベルでの神経のプロセスをシミュレートする必要がある。こうするには、個々のニューロンの詳細なモデルを調べなければならない。ニューロンひとつあたりの「ファンアウト」（この場合はニューロン間結合の数）は、10^3と推定されている。ニューロンの数が10^{11}として、約10^{14}の結合があることになる。リセット時間が五ミリ秒なので、シナプスの処理数は毎秒およそ10^{16}となる。

ニューロンをモデルとするシミュレーションから、樹状突起などニューロン各部における非線形性（複雑な相互作用）を捉えるためには、シナプスの処理一回あたり10^3の計算が必要であることが示され、人間の脳をこうしたレベルでシミュレートするには、およそ10^{19} cpsが必要だという全体的な推算に行き着いた。したがってこの値が上限だと考えられるが、脳のすべての領域の機能に相当するものを実現するには10^{14}から10^{16} cpsでおそらくは充分だろう。

二〇〇五年に完成したＩＢＭの「ブルージーン／Ｌ」スーパーコンピュータの性能は、毎秒三六〇兆回の計算（3.6×10^{14} cps）になる。この値は、先にあげた見積もりの低いほうをすでに超えている。ブルージーン／Ｌの主記憶装置の記憶容量はおよそ一〇〇テラバイト（約10^{15}ビット）で、人間の脳を機能的に模倣した場合の記憶推算値よりも大きい。わたしが先に立てた予測に従うと、スーパーコンピュータは、人間の脳の機能的な模倣における保守的な推定値10^{16} cpsを、次の一〇年のうちに達成するだろう（66ページ図10「スーパーコンピュータの能力の成長」を参照）。

人間レベルのパソコンの実現を早める

現在のパソコンの性能は、10^9 cpsを超えている。65ページ図9「コンピューティングの指数関数的成長」の予測によると、二〇二五年には10^{16} cpsを達成するだろう。だが、このスケジュールが加速化する道はいくつかある。汎用的なプロセッサを使う代わりに、特定用途向けの集積回路（ＡＳＩＣ）を用いて、まったくの反復的な計算のコストパフォーマンスを引き上げることができる。こうした回路はすでに、ビデオゲームの動画を生成する際の反復計算に用いられ、非常に高いコンピューティング処理量を達成している。ＡＳＩＣは、コストパフォーマンスを一〇〇〇倍も高め、二〇二五年の予測を八年も短縮することができる。人間の脳のシミュレーションを構成するさまざまなプログラムにも大量の反復が含まれるため、ＡＳＩＣを適用しやすい。たとえば小脳は、基本的な配線パターンを何十億回も繰り返しているのだ。

　パソコンの能力を、インターネット上にあるデバイスがもつ手つかずのコンピューティング能力を取り入れることによって、増幅させることもできる。「メッシュ」型のコンピューティングのような新しい通信パラダイムは、ネットワークに存在するすべてのデバイスを、単なる「スポーク」〔経路〕ではなくノード〔機能的実体〕として扱おうとしている。具体的には、デバイス（パソコンやタブレット端末など）がノードとの間だけで情報をやりとりするのではなく、それぞれのデバイス自体がノードとしても働き、他のすべてのデバイスとの間で情報をやりとりするのだ。こうなると、非常に活発な、自己組織化された通信ネットワークができる。さらに、コンピュータや他のデバイスが、メッシュの領域内にある他のデバイスから、使用されていないＣＰＵの処理能力を借用することも容易になる。

現在のところ、インターネット上のすべてのコンピュータの能力の、九九パーセント以上が――九九・九パーセントとまではいかないにしても――使われていない。このコンピューティング能力を効果的に利用すれば、コストパフォーマンスがさらに10^2か10^3倍は増えるはずだ。こうした理由で、少なくともハードウェアのコンピューティング能力という観点からは、人間の脳の能力が二〇二〇年あたりには一〇〇〇ドルに相当すると予測してもおかしくない。

さらに、パソコンで人間レベルのコンピューティングが実行できるようになるのを早めるには、トランジスタを本来の「アナログ」仕様で使う、という手もある。人間の脳で起こるプロセスの多くは、デジタルではなくアナログだ。アナログのプロセスを、デジタルのコンピューティングによって、どのような精度まででも模倣することは可能だが、そうすることで効率が何桁も落ちてしまう。アナログのレベルで表された二つの値なら、ひとつのトランジスタで掛け合わせることができる。デジタル回路でこれをするには、トランジスタが何千もいる。この考え方を初めて提案したのは、カリフォルニア工科大学のカーヴァー・ミードだ。ただし、ミードの手法には欠点がひとつある。こうした本来的なアナログコンピューティングの工学設計には時間がかかるため、脳の領域を模倣するソフトウェアの開発者らは、処理時間が速いソフトによるシミュレーションのほうをふつうは好むのだ。

人間の記憶容量　コンピューティング容量は、人間の記憶容量とどのように比較できるのだろうか。人間の記憶容量の要件を見てみると、コンピューティング能力の場合と同様の実現スケジュールに落ち着くことがわかる。専門家がある領域でマスターする知識の「塊《チャンク》」〔人間が知覚、操作、記憶などをする情報の基本単位〕の数は、さまざまな領域どれをとっても、およそ10^5である。これらの塊は、パターン（顔など）のこともあれば、具体的な知識のこともある。たとえば、チェスの世界的な名人は、約一〇万種類のボード上の駒の配置を覚えているとされている。シェークスピアは二万九〇〇〇個の単語を使ったが、これらが示す意味は一〇万に近かった。医療分野でのエキスパートシステムの開発から、人間は、ひとつの領域でおよそ一〇万の概念をマスターできるとわかっている。もしも、この「専門的」な知識が、人間のパターンや知識の記憶容量全体のわずか一パーセントにすぎないと想定したら、塊は全体で10^7あると推算される。

同じような知識の塊をルールに基づいたエキスパートシステムあるいは自己組織化的なパターン認識システムのいずれかに保存できるシステムを自分で設計した経験からすると、塊（パターンもしくは知識の項目）ひとつの情報量は10^6ビットというのが見積もりとしては妥当で、人間の機能的な記憶の容量全体は10^{13}ビット（一〇兆）となる。

ＩＴＲＳロードマップからの予測によれば、二〇一八年ごろには、10^{13}ビットのメモリが一〇〇〇ドルで買える。このメモリは、人間の脳で使われている電気化学的なメモリのプロセスより数百万倍も速く、したがって効率がはるかに高いことを忘れずにいてほしい。

また、人間の記憶を、個々のニューロン間結合のレベルでモデル化すれば、見積もりの値はもっと高くなる。結合パターンや神経伝達物質の濃度などを記憶する結合ひとつが10^4ビット、結合の数が10^{14}だと推定すると、全体の情報量は10^{18}ビット（一〇億×一〇億）になる。

ここまでの分析に基づけば、人間の脳の機能を模倣できるハードウェアが、二〇二〇年あたりにはおよそ一〇〇〇ドルで手に入ると予測するのが妥当だ。人間の脳の機能性を模写するソフトウェアはその一〇年後には出てくるだろう。それでも、ハードウェアテクノロジーのコストパフォーマンスと容量、速度の指数関数的な成長は、その間も続き、二〇三〇年には、ひとつの村に住む人間の脳（約一〇〇〇人分）が、一〇〇〇ドル分のコンピューティングに相当するようになる。二〇五〇年には、一〇〇〇ドル分のコンピューティングが、地球上のすべての人間の脳の処理能力を超える。もちろん、この数値には、まだ生物的なニューロンしか使っていない脳も含まれる。

人間のニューロンはすばらしい創造物だが、これと同じ遅い手法を用いてコンピューティング回路を設計したりはしない（実際そうはしていない）。自然淘汰を通じて進化してきた設計は確かに精巧だが、われわれの技術で作りだせるものよりも、何桁もの規模で能力が劣る。われわれ自身の身体や脳のリバースエンジニアリングによって、自然に進化してきたシステムよりもはるかに耐久性があり、何千倍、何百万倍も速く作動するシステムを作りだせる地点に到達するだろう。今ある電子回路は、すでに、ニューロンの電気化学プロセスより一〇〇万倍以上も速く、この速度も加速化を続けている。

人間のニューロンにある複雑さのほとんどは、情報処理ではなく、生命維持機能を支えるために使われている。究極的には、われわれの精神的なプロセスを、より適切なコンピューティング回路基板に移植することが可能になるだろう。そうなれば、われわれの精神は、こんなに小さなところに収まっている必要はなくなる。

コンピューティングの限界

コンピューティングのコストパフォーマンスと能力に指数関数的成長をもたらしたパラダイムは、今までに五つあった（電気機械式計算機、リレー式計算機、真空管、単体のトランジスタ、集積回路）。ひとつのパラダイムが限界に達すると、別のパラダイムがそれに取って代わる。第六のパラダイムの概要はすでに見えている。そこでは、コンピューティングは三次元分子の段階に入る。コンピューティングは、経済から、人間の知能や創造性に至るまで、われわれが大切とするすべてのものの基盤にあるため、以下の疑問をもつのも当然だ――コンピューティングのために使える物質やエネルギーの量には、最終的な限界があるのだろうか？　もしあるのなら、どんな限界で、あとどれくらいでそこに行き着くのだろう?

人間の知能は、これからだんだんとわかっていくように、コンピューティングのプロセスのうえに成り立っている。人間の知能よりもはるかに大きい能力をもつ非生物的なコンピューティングを利用して、人間の知能を拡大し利用することで、われわれは最終的に知能のパワーを増大させることになる。よって、コンピューティングの最終的な限界について考えることは、実際には、われわれの文明はどういう運命をたどるのか、と問うているのと同じことなのだ。

本書で述べるアイデアの前にいつも立ちはだかってくるのが、指数関数的な傾向は――そうした傾向の例にもれず――いずれ限界に達するのは避けられないという問題だ。オーストラリアのウサギが有名な例だが、ある種が新たな生息地を偶然に見つけた場合、その個体数はしばらくの間、指数関数的に増大する。しかし、結果的には、環境が支えられる限界に到達する。情報の処理にも、きっと同じような制約があるはずだ。そしてじつのところ、そのとおりだ。コンピューティングには、物理の法則に基づいた限界がある。だが、指数関数的な成長がまだ続く余地は残されている――非生物的な知能のほうが、今あるコンピュータも含めた今日の人間文明のすべてより、何兆倍の何兆倍も強力になるまでは。

コンピューティングの限界を考える場合の主な要因は、必要とされるエネルギーの量だ。コンピューティング装置の一MIPSに必要なエネルギーは、図14にあるように、指数関数的に減少してきている。

一方で、コンピューティング装置のMIPS数が指数関数的に成長してきていることもわかっている。エネルギーの使用量がプロセッサの速度にたいしてどの程度改善されてきているのかは、並列処理をどの程度用いているかにかかっている。能力の低いコンピュータを大量に稼働させても、コンピューティングが広い範囲にまたがって行なわれるので、もともと電力をあまり消費しない。プロセッサの速度は電圧に関係し、必要とされる電力は、電圧の二乗に比例する。したがって、より低い速度でプロセッサを走らせると、電力の消費が大幅に削減される。単一のプロセッサの速度を高めるよりも、並列処理により多く投資すれば、エネルギーの消費と熱の放出が、

【図14】

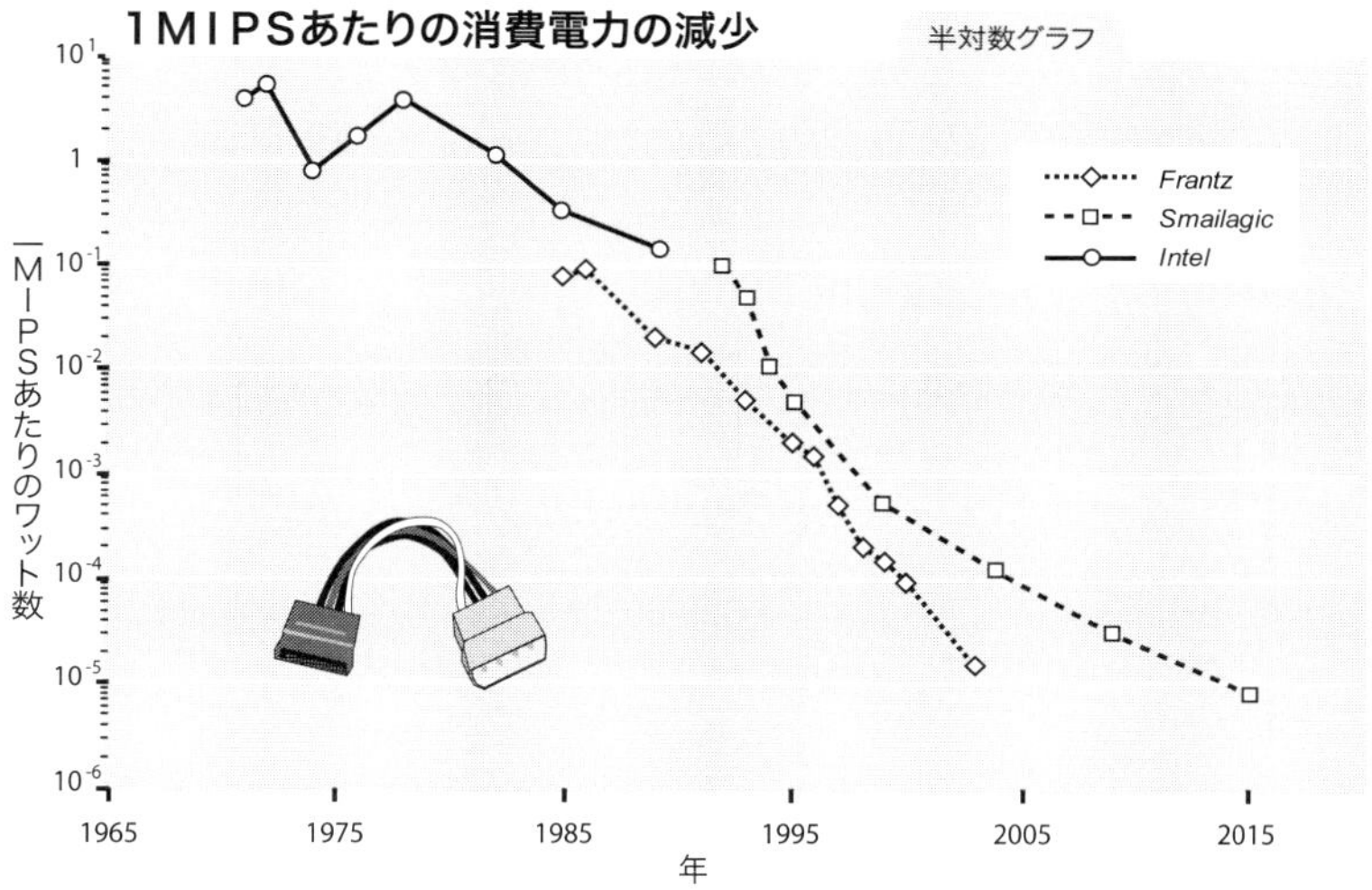

図14にあるように、ドルあたりのMIPSの成長ペースと足並みをそろえて低下することができる。

　生物の進化においては、基本的にこれと同じ解決策が動物の脳の設計でとられている。人間の脳は、約一〇〇兆台のコンピュータを使っている（ニューロン間結合数。ここで処理の大部分が行なわれている）。しかし、これらのプロセッサのコンピューティング能力はとても低く、したがって、あまり熱を生じない。

　ほんの最近まで、インテルは、より高速な単一チップのプロセッサの開発に力を入れていた。これらは、ますます高い温度を生じる。今では、同社は戦略を徐々に変更して、ひとつのチップに複数のプロセッサを搭載する並列化へと向かっている。必要なエネルギーの量と熱の散逸を少量に抑えるために、チップのテクノロジーはこの方向に転換してきているようだ。

可逆的《リバーシブル》コンピューティング　結局のところ、人間の脳で行なわれているように大規模並列処理でコンピューティングを構成するだけでは、エネルギーの消費レベルを保ち、それに伴う放熱を適度なレベルに抑えるには不充分だ。現在のコンピュータのパラダイムは、不可逆的《ノンリバーシブル》コンピューティングなるものにのっとっている。すなわち、原則として、ソフトウェアのプログラムを逆向きに走らせることができないということだ。プログラムが進行する各段階で、入力データは廃棄され――つまりは抹消され――コンピューティングの結果が次の段階に引き継がれていく。プログラムは、ふつう、中間の結果をすべて保持してはいない。保持すると、不必要に大量のメモリを使ってしまうからだ。入力情報をこのように選択的に削除することは、とりわけ、パターン認識システムに顕著だ。たとえば、人間のものでも機械のものでも、視覚系では、非常に高い割合で入力を受け取るが（眼や視覚センサーから）、それに比べるとコンパクトな出力をする（認識されたパターンの判別など）。こうしてデータを削除すると熱が発生し、ゆえにエネルギーを要する。情報が一ビットでも消されると、その情報はどこかに行かなければならない。熱力学の法則によれば、抹消されたビットは基本的に周囲の環境に放出され、その結果、環境のエントロピーが増す。エントロピーは、環境中の情報量を測る尺度と見なすこともできる（明らかに無秩序な情報を含んでいるが）。エントロピーが増すと、環境の温度が高くなる（温度はエントロピーを測る尺度であるため）。

これに対し、アルゴリズムの各段階で入力された情報を一ビットたりとも削除せず、別の場所に移動させるだけにすれば、情報のビットはコンピュータ内にとどまり、環境に放出されない。したがって、熱は発生せず、コンピュータの外部からのエネルギーを必要とすることはない。

物理学者のロルフ・ランダウアーは一九六一年に、NOT（否定――0は1に、1は0にとビットを反対のものに転換する）などの可逆的論理演算（演算結果から、演算前の値が一義的にたどれるもの）はエネルギーを取り込んだり熱を出したりすることなく実行できるが、AND（論理積――入力AとBの両方が1の場合に限り1のビットCを出力する）のような不可逆的論理演算にはエネルギーが必要になると示した。一九七三年には、IBMリサーチのチャールズ・ベネットが、どのようなコンピューティングでも可逆的論理演算のみを用いて実行できることを示した。その一〇年後、計算機科学者で物理学者のエドワード・フレドキンとボストン大学電気情報工学学部教授のトマソ・トフォリが、リバーシブルコンピューティングの概念を総括的に見直した結果を発表した。その基本的な考え方は、中間の結果をすべて保持して、計算が終わったときにアルゴリズムを逆向きに走らせたら、開始した地点に行き着き、エネルギーは一切使わず、熱も一切発生していないことになる、というものだ。それでも、その過程で、アルゴリズムの結果は計算されている。

岩はどれくらい賢いか？　エネルギーを使わず熱を発生しないコンピューティングの実行可能性について考察するために、なんの変哲もない岩の中で起こっているコンピューティングについて考えてみよう。岩の中ではたいしたことは起こっていないように見えるが、一キログラムの物質中にあるおよそ10^{25}個(一〇兆×一兆)の原子は、実際には非常に活発だ。物体は一見固く安定しているようだが、すべての原子は動いていて、電子をやり取りしたり、素粒子のスピンを変更したり、急速に動く電磁界を発生させたりしている。これらのすべての活動は、コンピューティングを表している。たとえ、あまり有意義に構成されていなくても。

原子には、原子一個あたり一ビットよりも高い密度で情報を保存することができる。これは、核磁気共鳴装置(NMR)で構築されるコンピューティングシステムと同じだ。オクラホマ大学の研究チームは、一九個の水素原子を含む一個の分子にある陽子間の磁気相互作用の中に、一〇二四ビットの情報を保存した。よって、どのような瞬間でも、一キログラムの岩の状態は、少なくとも10^{27}ビットのメモリに相当する。

コンピューティングの観点から、しかも電磁的相互作用だけを考えれば、一キログラムの岩の内部では、一ビットあたり毎秒10^{15}以上の状態の変化が起きていて、事実上、毎秒10^{42}回(一〇〇万×一兆×一兆×一兆)の計算をしていることになる。それでいて、岩はなんらエネルギーの入力を必要とせず、感知されるほどの熱も発生しない。

もちろん、原子レベルでのこうした活動にもかかわらず、岩は、おそらくはペーパーウェートや飾りにされることの他には、役に立つ仕事はなにもしていない。そのわけは、岩の中の原子の構造が、大部分は実質的にランダムであるからだ。その反対に、もしも、素粒子をより意図的に構成させたなら、熱を出さず、エネルギー消費がゼロで、一〇〇〇×一兆×一兆(10^{27})ビットのメモリをもち、毎秒10^{42}回の演算を行なうコンピュータになるだろう。このコンピュータは、地球上のすべての人間の脳よりも約一〇兆倍も威力がある。たとえ、人間の脳の能力を10^{19} cpsと保守的に（もっとも高く）見積もってもだ。

エドワード・フレドキンは、結果を得たのちにアルゴリズムを逆向きに走らせる必要さえないことを実証した。計算しながら逆転を行なうような可逆的論理ゲートの設計をいくつか提示したのだ。しかもこれらは、そこから汎用的なコンピューティングが構築されうる、万能の論理ゲートだった。フレドキンはさらに、可逆的な論理ゲートから構築されたコンピュータを、不可逆的なゲートから構築されたコンピュータの効率に非常に近い効率をもつように（九九パーセント以上）設計することができる、とまで示した。フレドキンはこのように書いている。

従来型のコンピュータモデルに……基本的な構成部品がミクロレベルで可逆的という特徴をもたせることは可能だ。となると、コンピュータのマクロレベルの演算もまた可逆的だということになる。こうした事実から……「コンピュータの効率を最大限にするにはなにが必要か？」という疑問を解くことができる。答えは、コンピュータが、ミクロレベルで可逆的な構成部品から構築されていれば、効率が最大になる、というものだ。完璧な効率のコンピュータは、なんらかの計算をする際に、どれくらいのエネルギーを散逸させるのだろう。エネルギーを散逸させる必要は一切ない、というのがその答えだ。

可逆性の論理はすでに実証されていて、エネルギーの入力と放熱が予測どおりに減少することが示されている。フレドキンの可逆的な論理ゲートは、異なるスタイルのプログラミングが必要になるという、リバーシブルコンピューティングのアイデアに対する一番の難題を解決している。フレドキンの出した答えは、実際には、可逆的な論理ゲートのみから通常の論理とメモリを構築することができるため、現存する従来型のソフトウェア開発手法を用いることができる、というものだ。

この洞察の重要性は、どれだけ強調してもし足りない。シンギュラリティの要点に、情報のプロセス、すなわちコンピューティングが、究極的には重要なものすべてを動かす、というものがある。未来のテクノロジーの第一の基盤となるものが、このように、エネルギーを必要としないらしいのだ。

実際の事態は、これよりもほんの少しだけ複雑だ。コンピューティングの結果を実際に知りたい――すなわち、コンピュータからの出力を受け取りたい――となると、解答をコピーしてコンピュータの外部に送るプロセスは、不可逆的なプロセスであって、伝送されるビットごとに熱が発生する。しかし、興味の対象となるようなアプリケーションのほとんどでは、アルゴリズムを実行するためのコンピューティング量は、最終的な解答を伝達するのに必要なコンピューティング量を大幅に超える。よって、解答を伝達するためのコンピューティング量は、エネルギーの方程式を目に見えるほどには変えないのだ。

しかしながら、本質的にランダムな熱運動と量子効果があるために、論理演算には内在的なエラー率が含まれている。エラー検出符号やエラー訂正符号を用いてエラーを克服することができるが、ビットを訂正するごとに、可逆的ではない演算がなされ、エネルギーを必要とし熱を発生することになる。一般的に、エラーの率は低い。だが、エラーの起こる率が、たとえば、10^{10}回の演算につき一回だとすると、エネルギーの必要量を10^{10}分の一に削減できたにとどまり、エネルギーの散逸をゼロにできたわけではないことになる。

コンピューティングの限界を考えると、エラー率の問題は、設計上の重大な問題となる。素粒子の振動の周波数を増加させるなどの、コンピューティング率を向上させるある種の手法は、エラー率も上げてしまう。このために、物質とエネルギーを使ってコンピューティングを実行する能力に、自然の限界が設けられる。

これに関連するもうひとつの重要な傾向が、従来の電池から小型の燃料電池に移行する動きが見られることだ（燃料電池とは、水素などの化学物質の中に蓄えられたエネルギーを、有効酸素と結合させて取り出す装置）。燃料電池は、すでに、ＭＥＭＳ（微小電子機械素子）テクノロジーを用いて製造されている。ナノスケールの機能をもつ三次元分子コンピューティングに移行するにつれ、ナノ‐燃料電池の形態をしたエネルギー源が、超並列処理用プロセッサを用いたコンピューティング媒体に幅広く浸透するだろう。

ナノコンピューティングの限界　これまでにあげた制約があろうとも、コンピュータの究極的な限界ははるかに高いところにある。カリフォルニア大学バークレー校の教授ハンス・ブレマーマンと、ナノテクノロジー理論家のロバート・フレイタスが行なった研究に基づき、ＭＩＴ教授のセス・ロイドが、既知の物理法則に従い、重さ一キログラム、体積一リットルのコンピュータがもつ最大のコンピューティング能力を算定した。このコンピュータの大きさと重量は、小型のラップトップコンピュータくらいのもので、ロイドは「究極のラップトップ」と命名した。コンピューティングの潜在的な量は、使用できるエネルギーの量に従って増える。したがって、エネルギーとコンピューティング能力との間の関係を、次のように理解することができる。ある分量の物質の中にあるエネルギーは、個々の原子と結びついている（さらに原子以下の粒子とも）。よって、原子の数が多いほど、エネルギーも大きくなる。これまでに論じたように、個々の原子は、コンピューティングに利用できる可能性がある。そのため、原子の数が多いほど、コンピューティング量も多くなる。個々の原子や素粒子のもつエネルギーは、それらの運動の周波数に従い増える。すなわち、運動が大きいほど、エネルギーも大きい。これと同じ関係が、潜在的なコンピューティングにも認められる。運動の周波数が高いほど、個々の構成部品（原子である場合もある）の潜在的なコンピューティング能力も高くなる（このことは、現在のチップにも言える。チップの周波数が高いほど、コンピューティング速度は速くなる）。

　したがって、物体がもつエネルギーと、物体がもつ潜在的なコンピューティング能力との間には、直接的な比例関係がある。一キログラムの物質にある潜在的なエネルギー（E）は、アインシュタインの方程式$E=mc^2$からもわかるように、ひじょうに大きい。光の速度（c）を二乗すると、およそ$10^{17}\,\mathrm{m^2/s^2}$という、とてつもなく大きな数字になる。物質の潜在的なコンピューティング能力も、プランク定数（6.6×10^{-34}ジュール・秒）という、ひじょうに小さな数値によって支配されている（ジュールは、エネルギーを量る単位）。これは、コンピューティングにエネルギーを利用する際の最小の尺度だ。全体のエネルギー（個々の原子または素粒子の平均エネルギーに、原子または素粒子の数を掛けた値）をプランク定数で割ることで、ある物体のコンピューティング能力の理論的な限界値が得られる。

ロイドは、一キログラムの物質がもつ潜在的なコンピューティング能力は、円周率πにエネルギーを掛け、プランク定数で割ったものに等しくなることを示した。エネルギーがあれほどまでに大きく、プランク定数がこんなにも小さい値であるために、この方程式からは、約5×10^{50}回の演算／秒という、極端に大きい数が得られる。

この値を、人間の脳の能力をもっとも保守的に見積もったもの（10^{19} cps、人口は10^{10}）に当てはめると、およそ五〇億×一兆個の人類文明に匹敵することになる。10^{16} cpsという値を用いるなら——人間の知能を機能的に模倣するにはこれで充分だとわたしは思う——究極のラップトップは、五兆×一兆個の人類文明にある脳の能力と同等の働きをするだろう。こうしたラップトップなら、過去一万年の間のすべての人間の思考（すなわち、人口がつねに一〇〇億人だったとして、その一〇〇億人の脳が一万年間作動すること）と同等な働きを、一万分の一ナノ秒でやってのけるだろう。

またここで、いくつか警告しておきたいことがある。この一キログラムのラップトップの塊をエネルギーに変換することは、基本的に、熱核爆発で起きているのと同じことである。当然、ラップトップに爆発してほしくはなく、一リットルの体積にとどまっていてほしい。となると、少なくとも、注意深く包装をする必要がある。こうした装置におけるエントロピーの最大量（すべての素粒子状態によって表される自由度）を分析することで、ロイドは、こうしたコンピュータには、理論的には10^{31}ビットのメモリ容量があるとした。これほどの限界に到達するまで発展したテクノロジーなど、なかなか想像もつかない。だが、だいたいそのあたりまで来ているテクノロジーなら、すでにいくつか思いつく。オクラホマ大学のプロジェクトにあったように、少なくとも五〇ビットの情報を一個の原子に保存する能力がすでに実証されている（これまでのところ、原子の数はごくわずかだが）。一キログラムの物質中の10^{25}個の原子に10^{27}ビットのメモリを保存することは、最終的には達成可能なはずである。

実際には、それぞれの原子がもつ多数の特性（その原子を構成するすべての素粒子の正確な位置やスピン、量子状態など）を、情報を保存するために活用できるため、10^{27}ビットよりもいくらか高い値をおそらく達成できるだろう。神経科学者のアンデルス・サンドベルイは、一個の水素原子の潜在的な記憶容量は、およそ四〇〇万ビットだと推定した。だが、この密度はまだ実証されていないので、ここではもっと保守的な推算値を使うことにする。先ほど述べたように、毎秒10^{42}回の計算なら、有意な熱を発生することなく達成される。可逆的なコンピューティング技術を充分に活用し、エラーの発生率の低い設計を用い、エネルギーの散逸を妥当な量だけ認めるなら、毎秒10^{42}から10^{50}回あたりの計算に落ち着くはずだ。

これらの二つの限界値をつなぐ道程は、設計面から見るととても険しい。10^{42}から10^{50}へと進むにつれもちあがってくる技術的な課題は、この章では検討し切れない。ただし、これだけは頭に置いていてほしい。限界を打破する方法は、最終的な限界の10^{50}から出発して、さまざまな実際的な考察に基づいて逆向きに進むようなものではない。そうではなく、テクノロジーは、つねに最新の能力を活用して次のレベルに進み、向上し続けていくものだ。よって、(一キログラムの塊あたり) 10^{42} cpsの文明にいったん達したら、その時代の科学者やエンジニアは、彼らにすでに備わっている膨大な非生物的知能を用いて、10^{43}へ、その次は10^{44}へ、さらにはその先へと至る方法を考えるだろう。こうして最終的な限界ぎりぎりにまで近づくだろう、というのがわたしの予測だ。

たとえ10^{42} cpsとしても、一キログラムの「究極のポータブルコンピュータ」は、過去一万年間のすべての人間の思考(一万年の間の一〇〇億人の脳の働き)に相当する計算を、一〇マイクロ秒で実行することができる。65ページ図9「コンピューティングの指数関数的成長」からわかるように、この量のコンピューティングは、二〇八〇年には一〇〇〇ドルで買えるようになっていると推測されている。

超並列型で可逆的なコンピュータの、もっと保守的ではあるが説得性のある設計が、分子ナノテクノロジーの提唱者エリック・ドレクスラーによる特許取得済みのナノコンピュータだ。これは、まったくの機械的コンピュータである。まさにばねで留められたナノスケールのロッドを操作することで、コンピューティングを実行する。計算を一回するごとに、中間の値をもったロッドがもとの位置に戻り、リバーシブルコンピューティングが実施される。この装置には一兆(10^{12})個のプロセッサが搭載され、全体的な能力は10^{21} cpsとなる。一立方センチメートルだけをとっても、一〇万人の脳を充分シミュレートできる能力だ。

シンギュラリティの期日を見極める

そこまで極端ではないにしても大きな意味をもつ境界は、もっと早くに訪れるだろう。二〇三〇年代の初めには、一〇〇〇ドルで約10^{17}cpsのコンピューティングが買えるだろう（おそらく、ＡＳＩＣを用い、インターネット経由で配信されているコンピューティングを取り入れると10^{20}cpsあたりになる）。今日でも、年間10^{11}ドル（一〇〇〇億ドル）以上をコンピューティングに使っており、二〇三〇年には控えめに見ても10^{12}ドル（一兆ドル）に増えるだろう。よって、二〇三〇年代の初めには、毎年、10^{26}から10^{29}cpsの非生物的なコンピューティングを生産していることになる。これは、おおよそ、現存しているすべての人間の生物的知能の容量として見積もった値に等しい。

容量ではわれわれ自身の脳と同等だといっても、われわれの知能に占めるこの非生物的な部分は、脳よりもさらに強力になるだろう。なぜなら、人間の知能がもつパターン認識能力と、機械がもつ記憶と技能を共有する能力や正確な記憶能力とが合体するからだ。非生物的な部分はつねに最高の性能を発揮する。この点は、今日の生物的な人間の特性と大きく異なる。現在での生物的な人類文明の能力は10^{26}cpsあるとしたが、これは充分に活用されていない。

だが、この二〇三〇年代初めのコンピューティングの状況は、シンギュラリティではない。まだ、われわれの知能を根底から拡大するまでには至らないからだ。しかし、二〇四〇年代の中盤には、一〇〇〇ドルで買えるコンピューティングは10^{26}cpsに到達し、一年間に創出される知能

(合計で約10^{12}ドルのコストで)は、今日の人間のすべての知能よりも約一〇億倍も強力になる。

ここまでくると、確かに抜本的な変化が起きる。こうした理由から、シンギュラリティ——人間の能力が根底から覆り変容するとき——は、二〇四五年に到来するとわたしは考えている。

非生物的な知能が二〇四〇年代半ばには明らかに優勢を占めるにしても、われわれの文明は、人間の文明であり続けるだろう。生物を超越はするが、人間性を捨て去るわけではない。

物理学から見たコンピューティングの限界という話に戻ると、これまでの予測は、ラップトップサイズのコンピュータという観点で表されてきた。それは、今日、なじみのある形態だからだ。しかし、二〇二〇年代には、コンピューティングのほとんどは、そのような長方形の装置で行なわれることはなく、あらゆる環境をとおして広く配信されることになる。コンピューティングはどこにでも存在するようになる。壁にも、家具にも、衣類や、体や脳の中にでも。

さらに、われわれ人間の文明が、ほんの数キログラムの物質の中でのコンピューティングに限定されることは、もちろんない。人類文明が、地球を超えて宇宙にまで広がる大規模のコンピューティングと知能を獲得するまでに必要とする時間は、みんなが思っているよりもっと短いだろう。

記憶とコンピューティングの効率——岩と人間の脳の対決　物質とエネルギーがコンピューティングを実行する際の限界を考えると、測定基準には、物体の記憶効率とコンピューティング効率という二つの有効なものがある。この二つの効率とは、物体の中で行なわれている記憶とコンピューティングのうち、実際に有用な部分の率と定義される。そのうえ、等価原理を頭に入れておく必要もある。すなわちコンピューティングが有用であっても、より単純な方法で等価の結果が出るのであれば、単純なほうのアルゴリズムをもとにコンピューティングを評価しなければならない。言い換えれば、二つの手法で同じ結果に到達しても、一方がもう一方よりも多量のコンピューティングを使っていたとしたら、コンピューティングをより多く使うほうの手法は、少なく使うほうの手法と同じ分量のコンピューティングしか使っていないと見なされる、というものだ。

こうした比較をする目的は、基本的に知能のまったくないシステム（すなわち、ふつうの岩。有用なコンピューティングは一切行わない）から、物質が意図的なコンピューティングを実行する究極的な能力をもつようになるまでの間で、どの程度まで生物学的な進化によって到達してこられたのかを評価することにある。生物学的な進化によって途中までは進んできたが、今後は、テクノロジーの進化（これは、先にも述べたように、生物学的な進化に引き続き起こるもの）によって、限界に接近するようになるだろう。

一キログラムの岩には、10^{27}ビットの桁数の情報が原子の状態の中に符号化されていて、素粒子の活動が10^{42} cpsに相当する。ここで言っているのはふつうの岩のことなので、表面に一〇〇〇ビットの情報を保存できると推定するのは、悪くはないが見積もりが少し甘めかもしれない。この値は、理論的な容量の10^{-24}にあたり、記憶効率は10^{-24}ということになる。

この他に、石を使ってコンピューティングを行なうこともできる。たとえば、ある高さから石を落とせば、その高さから物体が落ちるのに要する時間を計算することができる。もちろん、これはごく少量のコンピューティングにすぎない。たぶん1cpsくらいのものだろう。よって、コンピューティング効率は10^{-24}になる。

岩と比べて、人間の脳の効率はどの程度だろうか。この章の初めのほうで、およそ10^{14}のニューロン間結合のそれぞれが、神経伝達物質の濃度やシナプスや樹状突起の非線形性（特定の形状）といった情報の中に推定10^{4}ビットを保存でき、合計では10^{18}ビットになると論じた。人間の脳の重さは例に出した岩と同じくらいだ（実際には一キログラムよりも一・三キログラムに近いが、桁数で論じているので、測定値としてはそうは変わらない）。熱を出さない冷たい石よりは脳のほうが温かいが、同じように見積もって、理論的な記憶容量を約10^{27}ビットとすることができる（原子一個に一ビット保存できると推定する）。こうすると、記憶効率は10^{-9}となる。

しかし、等価原理からすると、脳の非効率的な符号化の手法でもって記憶効率を評価してはならない。脳の機能的なメモリは10^{13}ビット余りとする推定値を用いれば、記憶効率は10^{-14}となる。この値は、石（10^{-24}）と、究極の冷たいラップトップ（10^{0}）とを対数目盛りで並べた間のだいたい中間点に位置する。だが、テクノロジーが指数関数的に成長しても、われわれの経験は線形的な世界の中に限られるので、線形目盛りで比較すると、人間の脳は、究極の冷たいコンピュータよりも石のほうにずっと近い。

ならば、脳のコンピューティング効率はどうだろう。ここでも等価原理に従い、すべてのニューロンの非線形性を模倣するのに必要な高い推定値（10^{19}cps）ではなく、脳の機能を模倣するのに必要とされる10^{16}cpsという推定値を用いる。脳の原子の理論的なコンピューティング能力は

10^{42} cpsとされているので、コンピューティング効率は10^{-26}となる。これもまた、対数目盛りを使っても、ラップトップよりも石のほうに近い。

われわれの脳は、石のような前生物的な物体からは、記憶やコンピューティング効率の点で大きく進化した。それでも、今世紀の前半において、さらなる進化をとげ改良を行なう余地は明らかに多い。

究極の先へ——ピコテクノロジーとフェムトテクノロジー、そして光速を超えること　一キログラム、一リットルの、熱放射がなく冷たいコンピュータの限界値およそ10^{42} cpsと、（とても）熱いコンピュータの限界値およそ10^{50} cpsは、原子を用いたコンピューティングを基本としている。ところが、限界値は、つねに限界を示しているとは限らない。新たな科学的な理解が進めば、限界と思われるものが取り払われてしまうものだ。そうした例は多数あるが、ひとつあげると、航空史の幕が開けたころ、ジェット推進の限界についての分析の結果では一様に、ジェット機は実現不可能だと明白に証明されていた。

これまでに論じた限界は、現在の理解に基づいたナノテクノロジーの限界である。だが、一メートルの一兆分の一（10^{-12}）を計測するピコテクノロジーならどうだろう。それとも、一メートルの10^{-15}（一〇〇〇兆分の一）の尺度を用いるフェムトテクノロジーなら？　これらの尺度では、亜原子粒子を用いたコンピューティングが必要とされる。これほどの小さいサイズであれば、さらに速度が速く、密度が高くなる可能性が開けてくる。

ピコスケールのテクノロジーがいち早く取り入れられた事例が、少なくとも数点はある。ドイツの科学者らは、原子間力顕微鏡（ＡＦＭ）を作り、直径が七七ピコメートルしかない原子の特徴を解像することに成功した。さらに高解像のテクノロジーを、カリフォルニア大学サンタバーバラ校の科学者らが生みだした。ガリウム砒素結晶からなる物理ビームを用いた超高感度な計測検出器と、最小一ピコメートルのビームの折れ曲がりを計測できる検出システムを開発したのだ。この装置で、ハイゼンベルクの不確定性原理を検証しようとする意図もある。

　時間の次元では、コーネル大学の科学者らが、ひとつの電子の動きを映像で記録できる、Ｘ線散乱に基づいた画像テクノロジーを実証した。ひとこまひとこまの長さは、たったの四アト秒（一アト秒は、10^{-18}秒、すなわち一秒の一〇億分の一の一〇億分の一）だ。この装置は、一オングストローム（10^{-10}メートル、すなわち一〇〇ピコメートル）の空間解像度を達成できる。

　しかし、これらのスケール、とりわけフェムトメートルの領域での物質の理解は、コンピューティングの新しいパラダイムを提示するほどには充分に発達していない。『創造する機械』（一九八六年に刊行されたエリック・ドレクスラーの独創的な著書。ナノテクノロジーの基礎を提示した）のピコテクノロジー版やフェムトテクノロジー版はまだ書かれていない。しかし、これらのスケールでの物質とエネルギーの振る舞いを説明づけるいくつかの競合する理論はどれも、コンピューティング可能な変換に基づいた数学的モデルを基盤としている。物理学における変換の多くは万能コンピューティング（つまり、それをもとにして、汎用的なコンピュータを構築できるような変換）の基礎となっていて、ピコメートルやフェムトメートルの領域での振る舞いもそうなると思われる。

もちろん、これらの領域での物質の基本的なメカニズムから理論的には万能コンピューティングが生まれるにしても、コンピューティング素子を大量に生産し、それらを制御できるようにするための工学を考案する必要はいまだにある。そうした問題は、われわれが今、ナノテクノロジーの分野で直面していて急速に対処しつつある課題とよく似ている。現時点では、ピココンピューティングやフェムトコンピューティングの実現可能性は、不確かだと考えておかなくてはいけない。だが、ナノコンピューティングによって強力な水準の知能が生まれるので、もしもピコやフェムトのコンピューティングが可能だとしたら、将来の知能がそのために必要なプロセスを見出してくれるだろう。今行なうべき思考実験は、今日の人間にピココンピューティングやフェムトコンピューティングを設計する能力があるかを問うことではなく、将来に出現するナノテクノロジーに基づいた広大な知能（現在の生物的な人間の知能の、一兆倍の一兆倍も有能）に、そうした設計を行なう能力があるかどうかを問うことだ。将来のナノテクノロジーベースの知能には、ナノテクノロジーよりも微小なスケールでのコンピューティングを設計する力があるとわたしは確信しているが、本書でのシンギュラリティについての予測は、こうした推測の結果に左右されるものではない。

コンピューティングを小型化するだけでなく、大型化することもできる。つまり、微小の装置を、巨大なスケールで複製することができる。ナノテクノロジーが本格化すれば、コンピューティングのリソースも自己複製によって作られることができ、したがって、質量とエネルギーを、知能という形態へと急速に転換することができる。ところがそこで、光速という壁にぶつかってしまう。宇宙の物質は、はるかに遠くまで広がっているからだ。

一方で、光速は不変ではないかもしれない、と少なくとも示唆するような事例がある。ロスアラモス国立研究所の物理学者、スティーヴ・ラモルーとジャスティン・トーガーソンが、古い天然の原子炉から取り出されたデータを分析した。この原子炉は、現在の西アフリカにあり、二〇億年前に核分裂が起こり、それが数十万年も続いていたというものだ。この原子炉に残された放射性同位体を調べ、今日の同様な原子炉の放射性同位体と比較したところ、電磁力の強さを決定する物理定数アルファ（微細構造定数とも呼ばれる）が二〇億年の間に変化してきたことが立証された。これは、物理学界にとっては重大な意義をもつ発見だった。なぜなら、光速は物理定数アルファに逆比例するもので、双方は、不変の定数だと考えられていたからだ。アルファは、一億分の四・五だけ減少したように見える。このことの確証がとれれば、光速が増加していることになる。

もちろん、これらの調査の結果は、入念に検証される必要がある。もしもそれが正しかったなら、われわれの文明の未来に大きな意味をもつことになる。光速が実際に増加したのなら、おそらくは、時間の経過の結果そうなったのではなく、ある特定の条件が変化したためにそうなったのだ。光速が、状況の変化によって変化したのであれば、扉が大きく放たれ、将来の知能とテクノロジーのもつ巨大な力が、さらに扉を大きく開くことになる。こうした種類の洞察は、テクノロジストがおおいに活用できるようなものだ。人間の行なう工学は、しばしば些細な振る舞いを見せる自然の現象を捉え、これを操作し、効果を最大限に高めて活用しようとするものなのだ。

宇宙空間の長い距離にわたって光速を大きく増加させることがたとえ難しくとも、コンピューティング装置という小さな領域の中で増加させることができれば、コンピューティング能力の拡大につながる重要な意味をもつだろう。なぜなら光速は、今日でも、コンピューティング装置に制約を与える限界のひとつであり、それを増加させることができれば、コンピューティングの限界がさらに拡大されることになるからだ。ただし、光速を増加させるということは、今の段階ではもちろん推論にすぎず、シンギュラリティの予測に用いた分析は、どれもこの可能性に左右されるものではない。

時間を遡る

あくまで推論でしかないが、もうひとつの興味深い可能性に、コンピューティングのプロセスを、時空の「ワームホール」を通して過去に戻すというものがある。プリンストン高等研究所の理論物理学者トッド・ブルンが、「閉じた時間的曲線」（CTC）と命名した手法を用いたコンピューティングの可能性を分析している。ブルンの説明では、CTCは、「情報（計算の結果など）をそれ自身の過去の光円錐《こうえんすい》（四次元時空内で光が描く軌跡。時間を縦軸にとり、三次元空間を二次元平面で近似したとき、光源を頂点とする逆円錐形となることから）に送る」ことができるという。

ブルンは、この装置を実際には設計していないが、こうしたシステムが物理法則と矛盾しないことを立証している。ブルンのタイムトラベル・コンピュータは、タイムトラベルの議論でよく取り上げられる「おじいさんのパラドックス」を生じさせることもない。この有名なパラドックスは、Ａという人物が過去に戻り、自分の祖父を殺したとすると、Ａは存在しなかったことになり、Ａの祖父もＡに殺されなかったことになり、するとＡは存在し、過去に戻り、祖父を殺すことになる……という繰り返しが無限に続くという話だ。

ブルンの時間を伸長させるコンピューティングのプロセスは、過去に影響を与えるものではないので、この問題を引き起こすことはなさそうだ。この装置により、提起された問題に対して、現在における決定的で明確な解答が得られる。質問は明確な答えをもつものでなくてはならないし、答えは、質問が出された後に提示される。ただし、解答を決定するプロセスは、質問が出される前にＣＴＣを用いて進行していてもいい。その反対に、質問が出されてからプロセスが進行し、その後にＣＴＣを用いて解答を現在〔質問が出された時点〕に戻すことも可能だ（ただし質問が出される前に解答を戻すことはできない。そうすると、おじいさんのパラドックスが持ち込まれてしまう）。そうしたプロセスには、まだ理解されていない根本的な障壁（または限界）があることも充分に考えられるが、そうした障壁がなにかはまだ明らかにされていない。このプロセスが実行可能なら、局所的なコンピューティングの潜在能力が大きく拡大するだろう。なお、ここでもまた、コンピューティングの能力や、シンギュラリティの可能性についてのわたしの予測のどれも、ブルンの仮の予想結果に左右されるものではない。

第四章

人間の知能のソフトウェアを実現する
—— 人間の脳のリバースエンジニアリング

脳のリバースエンジニアリング——その作業の概観

人間レベルの知能と、コンピュータがもともと得意な、速度、精度、記憶共有の能力を組み合わせれば、ものすごいことになるだろう。だが、今までのところ、人工知能（ＡＩ）の研究や開発のほとんどには、必ずしも人間の脳の機能をベースとしていない工学手法が用いられている。その理由は単純で、人間の認知能力の詳細なモデルを組み立てるのに必要な、ふさわしいツールを手に入れていないから、というものだ。

脳のリバースエンジニアリングを行なう——脳の内部をのぞき込み、モデル化し、各領域をシミュレートする——能力は、指数関数的に伸びている。最終的には、われわれ自身の思考の全域にわたってその根底を支えている作用の原理を理解して、そこで得た知識から、インテリジェントマシンのソフトウェアを開発するための強力な手順が作られるだろう。生物のニューロン内部で起こっている電気化学的な処理よりもはるかに強力なコンピューティングテクノロジーにこうした技術を用い、調整し、改良し、能力を拡大していくだろう。この壮大なプロジェクトから得られる大きな利点は、われわれ人間の仕組みを正確に理解することができるようになることだ。さらに、アルツハイマー病や、脳卒中、パーキンソン病、知覚障害などの神経学的な問題に対処する新しい強力な手法を手に入れ、究極的には、われわれの知能を大きく拡大することができるだろう。

新しい脳画像解析とモデル化のツール　脳のリバースエンジニアリングにおける第一のステップは、脳の中をのぞき込み、その働きを知ることだ。これまでそのツールは未熟だったが、数々の新しいスキャン技術が生まれ、空間時間的な解像度や、コストパフォーマンス、帯域幅が大きく改善されて、今や状況は一変した。同時に、脳を構成する各部やシステムについての正確な特性や、その動態についてのデータを急速に蓄積している。対象となるものは、個々のシナプスから、脳のニューロンの半数以上を有する小脳のような大きな領域にまで至る。脳について指数関数的に増えていく知識は、大量のデータベースによって、整然と目録化されている。

モデル化やシミュレーションを行なうことによって、こうした情報を理解し応用できることが、さまざまな研究から急速にわかってきた。このような脳の各領域のシミュレーションの基盤には、複雑性理論とカオスコンピューティングの数学的な原理が用いられ、すでに、実際の人間や動物の脳で行なわれた実験の結果とひじょうに近い結果が得られている。

脳のリバースエンジニアリングに必要なスキャン装置やコンピューティングツールの威力は加

速度的に増加している——ちょうど、ヒトゲノム・プロジェクトを実現可能にしたテクノロジーが加速度的に進化したのと同じように。ナノボット時代に到達したら、脳の内側から、これ以上にないほどの空間的時間的な高解像度でのスキャンが可能になる。人間の知能が働く原理のリバースエンジニアリングを行なうとともに、その性能を、より強力なコンピューティングの基板上で模写できる可能性を阻むような障壁は、なんら存在しない。そのような基板は数十年先には実現するはずだ。人間の脳は、複雑なシステムが複雑に階層化されている器官だが、その複雑さのレベルは、われわれの処理可能な範囲内にある。

脳のソフトウェア　コンピューティングとコミュニケーションのコストパフォーマンスは、毎年倍増している。先に見たように、人間の知能を模倣するのに必要なコンピューティング能力は、二〇年以内に実現可能となる。シンギュラリティの到来を期待する根底には、非生物的な媒体が人間の思考の豊かさや繊細さ、深さを模倣することができるようになる、というそもそもの仮定がある。しかし、人間ひとりの、さらには、村人全体や国民全体の脳のハードウェアのコンピューティング能力を達成できても、それで自動的に、人間レベルの性能が生まれるわけではない（「人間レベル」というものには、多種多様で繊細な人間の知能のあり方すべてが含まれる。人間世界で見られる音楽や芸術への適性や、創造性、身体の動き、さらには感情を理解して適切に反応することなど）。ハードウェアのコンピューティング能力は必須ではあるが、それがあれば充分というわけではない。こうした知性の源となるものの仕組みとコンテンツ——すなわち知能のソフトウェア

――を理解することのほうがはるかに重要で、脳のリバースエンジニアリングという大事業の目的なのだ。

コンピュータが人間レベルの知能にいったん到達すれば、必然的にその地点をはるかに高く超えることになる。非生物的な知能の大きな利点は、機械どうしは知識を簡単に共有することができる、ということだ。もしもあなたがフランス語を習ったり、『戦争と平和』を読んだりしても、学んだ内容をぽんとわたしにダウンロードすることはできない。わたしはそうした学問を、あなたと同じく苦労して身につけなければいけない。あなたの知識に（まだ今のところは）ひょいとアクセスしたり転送させたりすることはかなわないのだ。そうした知識は、神経伝達物質の濃度（シナプス内部の化学物質の濃度のレベル。これにより、あるニューロンが別のニューロンに作用する）が形成する広大なパターンとニューロン間結合（軸索と樹状突起の間のシナプスでなされるニューロンどうしの結びつき）の中に、埋め込まれている。

しかし、機械の知能の場合はどうだろう。わたしの会社のひとつでは、研究用のコンピュータに、パターン認識のソフトウェアを用いて、連続した人間の音声を認識させる方法を何年もかけて教えた。コンピュータに、録音した音声を何千時間も聞かせ、エラーを修正し、「カオス」的な自己組織化アルゴリズム（アルゴリズム自体の規則を修正する手法。半ランダムな初期情報を用い、完全には予測できない結果に至るプロセスに基づく）を教え込むことによってパフォーマンスを忍耐強く改善した。ついにコンピュータは、音声を認識する腕をかなり上げた。今では、自分のパソコンに音声を認識させようとするのなら、これと同じような辛い学習プロセスをパソコンに体験させる（人間の子ども一人ひとりにさせるように）必要はない。すでに確立されたパターンを数秒でダウンロードすればよいだけだ。

脳の分析的なモデル化と機能模倣的なモデル化　人間の知能と現代のＡＩとの間の相違点を示す好例が、チェスの問題をどのように解くか、というその手法に見られる。人間はパターンを認識することで解いていくのに対して、機械は、指しうる手とそれに対する手を網羅する巨大な論理的「ツリー」を構築する。これまでにあるテクノロジーのほとんどは（どんな種類のものでも）、後者の「トップダウン」方式の、分析的で工学的なアプローチを用いている。飛行機が、鳥の生理機能や機械的な構造を再現しようとはしていないのが、その一例だ。それでも、自然の手法をリバースエンジニアリングするツールが急速に精巧になるにつれ、テクノロジーは、自然を模倣する方向に向かっていく。ただし、自然の技法を実行するといっても、はるかに性能の高い回路基板を使ってはいるが。

知能のソフトウェアを手中に収めるための、もっとも強力なシナリオは、知能のプロセスについて入手できる最高の例を青写真として直接活用することだ。最高の例とはもちろん、人間の脳だ。「進化」というおおもとの「設計者」はこれを開発するのに数十億年もかかったが、今では即座に手に入る。頭骨で保護されてはいるが、適切な道具が揃えば、もうわれわれの視線を逃れることはできない。脳の中身はまだ著作権で保護されていないし、特許もとられていない（だが、それも変わるだろう。脳のリバースエンジニアリングに基づいた特許申請がすでに出されている）。さまざまなレベルでの脳スキャンや脳神経モデルから得られた何兆バイトの何千倍もの情報を利用して、機械のためのさらに知能の高い並列アルゴリズムを設計することになる。とりわけ、自己組織化のパラダイムに基づいたアルゴリズムをだ。

この自己組織化の「ボトムアップ」な手法では、ニューロンの結合一つひとつを模写しなくてもよい。脳の領域のどこをとっても、反復や冗長性が大量に見られる。脳の各領域を高度にモデル化したものは、しばしば、各ニューロンの構成部分を詳細にモデル化したものよりも単純であることがわかってきている。

脳はどれくらい複雑か？　人間の脳に収められている情報は一〇億×一〇億ビットの桁数になるが（第三章を参照）、脳の初期設計は、かなりコンパクトなヒトゲノムに基づいている。ゲノムの全体量は八億バイトだが、そのほとんどは反復にすぎず、独自の情報をもっているのは三〇〇〇万から一億バイト（10^9ビット以下）だけで（圧縮後）、マイクロソフト・ワードのプログラムよりも少ない。公正を期すには、リボソームや多数の酵素などといったタンパク質の複製機構全体だけでなく、エピジェネティックなデータ、すなわち遺伝形質の発現を制御するタンパク質に保存された情報（各細胞内で、どの遺伝子がタンパク質を作るかを判断する情報）を考慮に入れる必要もある。だが、こうした情報が付加されても、この計算値の桁数が大きく変わることはない。人間の脳の初期状態を特徴づけているのは、遺伝情報とエピジェネティック情報の半分強にすぎないのだ。

もちろん、脳の複雑さは、われわれが世界と関わり合うにつれ増大していく（ゲノムの約一〇億倍）。しかし、脳のどの特定の領域にも反復性の高いパターンが認められるため、個々の詳細を把握しなくても、関連するアルゴリズムのリバースエンジニアリングをうまく行なうことができる。ちなみに、このアルゴリズムは、デジタルとアナログの両方の手法を併用している（ニューロンの発火はデジタルな事象と捉えられ、シナプス内の神経伝達物質のレベルはアナログの値と捉えられる）。たとえば、小脳の基本的な配線パターンは、ゲノムの中で記述されるのは一回だけだが、実際には何十億回も反復されている。脳スキャンとモデル化の研究で得られた情報から、「ニューロモーフィック」（脳のリバースエンジニアリングに基づいて機能を模倣する手法）な、脳に相当するシミュレーション・ソフトウエアを設計することができる（すなわち、脳のある領域の包括的なパフォーマンスに機能的に相当するアルゴリズム）。

脳の実用モデルやシミュレーションを構築するペースより、脳スキャンやニューロン構造についての知識の獲得のほうがわずかに先を行っている。世界には五万人以上の神経科学者がいて、三〇〇以上の専門誌に論文を寄稿している。この分野は幅が広く多様で、科学者や技術者が、新しいスキャン技術や検出技術を開発し、さまざまなレベルでのモデルや理論を打ち立てている。だから、この分野の専門家でも、広範囲にわたる最新の研究すべてを完璧に把握していることは少ない。

脳をモデル化する

最新の神経科学では、脳スキャンや、ニューロン間結合モデル、ニューロンモデル、精神物理学的な実験などの多種多様な方法で、モデルやシミュレーションが開発されつつある。第三章でも述べたように、聴覚系を研究するロイド・ワッツは、特定のニューロンのタイプやニューロン間結合を伝わる情報を神経生物学の観点から研究し、人間の聴覚処理システムのかなりの部分について総合的なモデルを構築した。ワッツのモデルには、五つの並行した経路があり、神経処理の各段階における聴覚情報が実際に表現されている。そのモデルは、コンピュータ上で、リアルタイムのソフトウェアとして実行され、人間の聴覚の動きと同様に、音やその働きを位置決めし識別することが可能だ。研究はまだ進行中だが、このモデルには、神経生物学的なモデルと脳関連データを使って、実用可能なシミュレーションを構築できる可能性が示されている。

ハンス・モラヴェックらが推測しているように、このような機能的シミュレーションを効果的に行なうには、その対象となる領域にある、個々の樹状突起やシナプスやその他の神経系構成要素の非線形性をシミュレートする場合に必要とされるコンピューティング能力の、およそ一〇〇〇分の一以下でことが足りる（第三章で論じたように、脳の機能的なシミュレーションに必要なコンピューティングは毎秒10^{16}回の計算［cps］と推定されるが、神経系構成要素での非線形性をシミュレートするには10^{19} cpsが必要となる）。

現代の電子工学と、生物のニューロン間結合による電気化学信号との実際の速度比率は、少なくとも一〇〇万対一の開きがある。これと同じ非効率性が、生物のあらゆる側面に認められる。生物の進化では、極端に制限された材料――すなわち細胞――を使って、すべてのメカニズムやシステムを構築しているからだ。その細胞自身も、限られた種類のタンパク質でできている。生物のタンパク質は三次元ではあるが、その分子の複雑さは、アミノ酸の線形的な（一次元的な）配列の折りたたみで形成されているにすぎない。

玉ねぎの皮をむく

脳は、単体の情報処理の器官ではなく、むしろ、何百もの専門領域が複雑に絡み合ってできた器官である。「玉ねぎの皮をむく」ことで、いくつもの領域が混ざり合って機能する実態を理解しようとするプロセスは、かなり進んできている。必要とされるニューロンの詳細や脳の相互連結のデータが入手できるようになれば、聴覚野のシミュレーションをはじめとする、細部にわたる具体的な複製が、すべての脳の領域について開発されるだろう。

脳のモデル化に使われるアルゴリズムのほとんどは、今日のデジタルコンピューティングで広く使われているような、逐次的で論理的な手法ではない。脳は、自己組織化をしながら、カオス的でホログラフィ的なプロセスをとる傾向がある（情報が、ひとところにあるのではなく、領域内に分配されている）。そのうえ、超並列的で、デジタル制御されたアナログ技術というハイブリッドな仕組みを利用している。それでも、脳とその組織について急速に蓄えられていく知識から、こうした技術について理解を深め、その技法を引き出していく能力がわれわれにあることが、広範囲にわたるプロジェクトによって証明されてきた。

ある特定の領域のアルゴリズムの理解が完了すれば、それを改良して拡張し、「人工神経系」の中で実行し、神経回路よりもはるかに高速のコンピューティング基板で走らせることができる

（現在のコンピュータは、毎秒一〇億回の計算を実行する。これにたいしてニューロン間の処理は、毎秒一〇〇〇回）。そのうえ、すでに理解が進んでいるインテリジェントマシンを作製する手法としても利用することができる。

人間の脳はコンピュータとは違うのか？

この疑問への答えは、「コンピュータ」という言葉でなにを意味しようとしているかで変わってくる。今日のコンピュータのほとんどは、デジタルだけでできていて、一度に一回の（数回かもしれない）逐次コンピューティングを、ひじょうに高速に実行する。これとは対照的に、人間の脳はデジタルとアナログの手法を併用しているが、ほとんどのコンピューティングを、神経伝達物質とそれに関わるメカニズムを用いて、アナログの（連続的な）次元で行なっている。ニューロンの計算速度は極端に遅いが（通常、毎秒二〇〇回の処理）、脳全体としては超並列処理を行なう。つまり、脳のニューロンのほとんどは同時に働き、最大一〇〇兆回の計算が一斉に処理されるのだ。

人間の脳が行なう超並列処理は、わが人類の思考の柱をなすパターン認識能力の鍵となるものだ。哺乳類のニューロンはカオス的なダンスをしているが（すなわち、見たところランダムな相互作用を行なう）、ニューラルネットワークが充分に学習すれば、ネットワークの判断を反映する一定したパターンが出現する。今の時点では、コンピュータの並列設計にはある程度の限界がある。だが、これらの原則を用いて、生物のニューラルネットワークを非生物的に同等な機能で再現したものが構築できない、という理由はどこにもない。実際にも、世界中で多数の研究がなされていて、すでに成功を収めている。わたしもパターン認識を専門としていて、およそ四〇年の間に関わった数々のプロジェクトでも、訓練が可能で非決定論的なコンピューティングの形式を用いていた。

脳に特有の組織化という方法も、充分な能力をもつ従来のコンピュータで有効にシミュレートすることができる。自然の意志が有する設計パラダイムを複製することは、将来のコンピューティングにおける主要な流れとなるはずだ。また、デジタルのコンピューティングはアナログのコンピューティングに機能的に同等だということを、念頭に置いておかねばならない。つまり、デジタルとアナログが混じり合ったネットワークの機能のすべてを、デジタルだけのコンピュータで実行することができるのだ。この逆は真ではない。デジタルコンピュータの機能のすべてをアナログコンピュータでシミュレートすることはできない。

それでも、アナログのコンピューティングには工学的な利点がある。潜在的には、デジタルよりも何千倍も効率が高いのだ。アナログのコンピューティングは、数個のトランジスタで実行できる。あるいは、哺乳類のニューロンの場合なら、特定の電気化学的プロセスで行なわれる。これに対してデジタルでは、数千もしくは数万個のトランジスタが必要だ。それでいて、アナログがもつこの利点も、デジタルコンピュータではシミュレーションのプログラミング（その修正も）が容易であることで相殺されうる。

この他にも、脳が従来のコンピュータと異なる重要な点がたくさんある。

◆脳の回路はとても遅い。シナプスがリセットされニューロンが安定するまでにかかる時間（ニューロンが発火してからニューロンとシナプスがリセットされるのに要する時間）はとても長く、パターン認識の判断を下すにあたって利用できるニューロンの発火サイクルの数はきわめて少ない。機能的磁気共鳴画像装置（ｆＭＲＩ）と脳磁図検査装置（ＭＥＧ）で撮ったスキャンを見ると、あいまいさを解決することが必要とされない判断は、一回のニューロン発火サイクル（二〇ミリ秒以下）で、基本的に反復のプロセスなしに行なわれることがわかる。対象の認識にかかるのはおよそ一五〇ミリ秒だ。したがって、たとえ「何度も何度も考え」ても、実行されるサイクルの数は、せいぜい数百か数千くらいで、普通のコンピュータのように数十億というわけではない。

◆それでも脳は超並列処理ができる。脳には、ニューロン間接続が一〇〇兆の桁数で存在し、その一つひとつが、情報を同時に処理できる。この二つの要因（長いサイクルタイムと超並列処理）が合わさって、前にも説明したように、脳はある程度のレベルのコンピューティング能力をもつようになっている。

今日では、最大のスーパーコンピュータがこの領域に達しつつある。最先端のスーパーコンピュータ（もっとも普及している検索エンジンに使われているものもそのひとつ）は10^{14}cpsを超えている。この値は、第三章で、脳の機能的なシミュレーションの見積もりで出した低いほうの値と一致する。ただし、必要とされる全体的なコンピューティング速度と記憶容量を達成し、脳の超並列処理アーキテクチャをシミュレートするのであれば、脳そのものとまったく同じ細密な並列処理を使う必要はない。

◆脳はアナログとデジタルの現象を併用する。脳の中での結合の位置関係は、基本的にはデジタルだ。すなわち、結合があるか、ないかのいずれかである。軸索〔出力系〕からの発火は完全なデジタルではないが、デジタルのプロセスにかなり近い。脳のほとんどの機能はアナログで、非線形性にあふれている（出力が、段階的になめらかに変化するのではなく、とつぜん切り替わる）。その仕組みは、これまでにニューロンの典型的なモデルとして用いていたものよりも、はるかに複雑だ。それでも、ニューロンとすべての構成物（樹状突起、スパイン、イオンチャネル〔細胞膜などにあって、イオンの出入経路となる。シナプスでの情報伝達にも重要な役割を果たす〕、軸索）がもつ、細部に及ぶ非線形的な力の働きは、非線形システムの数学を使ってモデル化することができる。これらの数学的モデルは、デジタルコンピュータで、いかなる精度であれシミュレートすることができる。第三章で述べたように、神経の領域を、デジタルコンピューティングではなく、トランジスタをもともとのアナログ仕様で用いてシミュレートしてみれば、カーヴァー・ミードが実証したように、能力は、三桁から四桁も向上するだろう。

◆脳は自身で配線し直す。樹状突起はつねに新しいスパインを作ろうとし、そこにはシナプスが新たに形成されていく。樹状突起とシナプスの位置関係や伝導性も、つねに適応し変化している。神経系は、その組織のどのレベルにおいても、自己組織化を行なっている。ニューラルネットやマルコフモデルなどの、コンピュータによるパターン認識システムで使われる数学の技法は、脳で使われるものよりもはるかに単純だが、実際には、自己組織化のモデルについての工学的実践は充分に行なわれている。現在のコンピュータは、文字通り自分自身を配線し直したりはしないが（「自己回復システム」が登場し、そうなりつつあるが）、ソフトウェアでなら、このプロセスを効果的にシミュレートすることができる。将来は、ハードウェアでもそうできるようになる。ただし、自己組織化のほとんどは、ソフトウェアで実行するほうが利点があるのかもしれない。プログラマーの自由度が高くなるからだ。

◆脳の細部のほとんどはランダムだ。 脳のどの側面においても、確率論的なプロセス（入念にコントロールされた制約の中でのランダム性）が大量にあるが、樹状突起一本一本の表面にある「えくぼ」の一つひとつまでモデル化する必要はない。コンピュータの作動原理を理解するために、トランジスタ一個一個の表面の細かな違いすべてをモデル化する必要がないのと同じことだ。ただし、いくつかの細部は、脳の働きの原理の解読に不可欠であるため、重要なものと、確率論的な「ノイズ」やカオスからなるものとを見分けることが必須となる。ニューロンの機能にあるカオス的（ランダムで予測不可能）な側面は、複雑性理論やカオス理論の数学的技法を用いてモデル化することができる。

◆脳は創発的な特性を用いる。 知的な振る舞いは、脳のカオス的で複雑な活動から生まれる創発的な特性である。シロアリやアリのコロニーに見られる知的な設計について考えてみよう。

内部を連結するトンネルや換気システムが、いかに精巧に設計されていることか。巧みで複雑な設計がなされてはいても、アリやシロアリの塚には、優れた建築家がいるわけではない。この構造物は、コロニーの構成員全員が、比較的単純な規則にのっとって予測不可能な相互作用を行なうことから、創発されたものなのだ。

◆脳は不完全である。みずからの判断で創発させた知能は最適には一歩及ばない、というのが、複雑適応系の特徴だ（すなわち、要素を最適に配列した場合よりも低いレベルの知能になる）。だが、ある程度優れていれば、問題はない。わが人類の場合で言えば、生態学的なニッチの中で競争相手を出し抜くことができるくらいの知能のレベルに達していればよい（たとえば、霊長類も、認知機能をもち親指が他の指に向き合っているが、脳は人間の脳ほど発達しておらず、手もそれほど器用ではない）。

◆われわれは、矛盾している。アイデアや取り組み方が、対立するものも含めて多様にあることが、よりよい結果につながる。われわれの脳は、矛盾した考えをもつことに長けている。実際、こうした多様性を内に抱えているからこそ、われわれは繁栄している。人間社会、とりわけ複数の意見から解決を導く建設的な方法がとられている民主主義社会にひき比べてみればわかることだ。

◆脳は進化を利用する。脳が用いる基本的な学習パラダイムは、進化的なものだ。もっともうまく世界を把握できて、認識や判断の役に立つようなニューロンの結合パターンが、生き残る。新生児の脳では、ランダムに形成されたニューロン間結合がほとんどを占めるが、二歳児の脳では、それらのごく一部分しか生き残っていない。

◆パターンが大切だ。これらのカオス的な自己組織化の手法に見られるいくつかの細部は、モデル拘束条件（初期条件と、自己組織化の手段を決定するルール）と呼ばれ、ひじょうに重要である。ただし、拘束条件の中の多くの細部は、当初はランダムに設定されている。システムはやがて自己組織化を行ない、システムにそれまでに提示された情報から一定の特徴を徐々に表すようになる。最終的な情報は、特定のノードや結合に認められるのではなく、分配されたパターンの中に見られる。

◆脳はホログラフィ的だ。ホログラムの中に配分された情報と、脳のネットワークの中に情報が表現される手法との間には、類似性がある。さらに、ニューラルネットやマルコフモデル、遺伝的アルゴリズムなどのコンピュータ化されたパターン認識で用いられる自己組織化の手法にも、同じようなことが認められる。

◆脳は深く絡み合っている。脳に回復力があるのは、脳が深く絡み合ったネットワークであり、その中で情報がある地点から別の地点へと幾通りもの方法で進むことができるからだ。脳とインターネットとの類似性を考えてみよう。インターネットは、それを構成するノードの数が増大するにつれ、ますます安定してきた。ノードやインターネットのハブが、いくつか丸ごと作動しなくなっても、ネットワーク全体が停止することはない。これと同じように、ニューロンは次々と失われているが、脳全体の完全性に影響することはない。

◆脳には、各領域をまとめるアーキテクチャがある。ひとつの領域内の結合の細部は、当初はランダムで、拘束条件があり自己組織化を行なうものだが、それぞれに特定の機能を担う数百の領域をまとめるアーキテクチャがあり、領域間を特定のパターンで結合している。

◆**脳の各領域の設計は、ニューロンの設計よりも単純だ。**モデルは、高次のレベルに行くにつれ、複雑になるのではなく、単純になる。コンピュータの例を考えてみよう。トランジスタをモデル化するには、半導体の詳細な物理特性を理解することが必須だ。それに、ひとつのトランジスタを支えている方程式は、とても複雑だ。ところが、二つの数を掛け合わせるだけのデジタル回路は、数百個のトランジスタが載っているにもかかわらず、数個の公式だけで、もっと簡単にモデル化できる。数十億個のトランジスタを搭載したコンピュータ丸ごと一台でも、命令セットとレジスタ記述部を用いてモデル化することができ、ほんの数ページのテキストと数学の変換式だけで記述できる。

オペレーティングシステム（OS）や、言語コンパイラ、言語アセンブラのためのソフトウェアプログラムは、それ相応に複雑だが、ある特定のプログラム――たとえば、マルコフモデルに基づいた言語認識プログラム――のモデル化は、方程式を数ページ並べるだけで記述できるだろう。このような記述のどこにも、半導体の物理的特性についての詳細は書かれていない。これと同じことが、脳についても言える。ある一定した視覚的特徴（顔など）を検出したり、聴覚情報において帯域フィルター（入力を、ある特定の周波数帯域内に制限する）を実行したり、二つの事象の時間的な近さを評価したりするような特定のニューロンの配置は、神経伝達物質の制御に関わる実際の物理的、化学的な関係や、それぞれのプロセスに関わるシナプスや樹状突起の変数よりも、はるかに単純に記述することができる。さらに高次のレベル（脳のモデル化）に進む前に、こういった神経の複雑性を入念に検討する必要はあるが、脳の作動原理がいったん理解されれば、その多くは簡素化できる。

脳の中をのぞき込む

コンピュータのことをなにも知らないのに、そのリバースエンジニアリングを遂行しようとしているとしてみよう（「ブラックボックス」的アプローチ）。まず、装置のまわりに磁気センサーを並べて取りつける。データベースを更新する作業の間、ある特定の回路基板で重要な活動がなされているのに気づくだろう。こうした作業の間、ハードディスクが作動していることにも気づくかもしれない（実際、ハードディスクの立てる音に耳を傾けるのは、コンピュータがなにをしているかを知るための原始的な方法のひとつだった）。

そこで、ハードディスクは、データベースを保存している長期記憶に関係していて、この作業中作動している回路基板は、データの変換と保存に関わっているのだという説を立てることになる。これで、作業がいつどこでなされているのかをだいたい把握できるが、タスクがいかに完遂されるかについては、あまりよくわからない。

コンピュータのレジスタ（一時記憶の場所）が前面パネルの光と結びついていたなら（初期のコンピュータはそうだった）、一定のパターンの光がちかちかするのが見えるだろう。この光のパターンは、コンピュータがデータを分析している間はレジスタの状態が急速に変化していることを示し、コンピュータが内部でデータを伝送している間は、レジスタの状態の変化が比較的ゆっくりしていることを示す。そこで、これらの光は、ある種の分析作業の間の論理状態の変化を表している、と説明するだろう。こうした理解は間違ってこそいないが不充分なもので、コンピュータの動作理論を引き出したり、情報が実際にはどのように符号化され変換されているのかを言い当てたりすることはできないだろう。

ここまで述べてきた仮定の話は、これまでずっと未熟なツールしかない中で、人間の脳をスキャンしてモデル化しようと努力してきた過程に似ている。現代の脳スキャン研究に基づくモデルのほとんどは、基本的なメカニズムを浮かび上がらせるものにすぎない。これらの研究に価値はあるが、空間的時間的解像度はまだ粗く、脳の目立った特性のリバースエンジニアリングを実現するには至っていない。

ナノボットを使ってスキャンする　頭蓋の外から脳をスキャンするような、ほぼ非侵襲性と言える技術が急速に向上しつつあっても、ニューロンの目立った特徴すべてを捉えるのにいちばん有効なやり方は、内側からスキャンすることだ。二〇二〇年代までには、ナノボットテクノロジーが実現され、それが応用される顕著な分野のひとつが、脳のスキャンになるだろう。ナノボットは、人間の血球ほどの大きさか（七から八ミクロン）、それよりも小さいロボットだ。数十億個のナノボットが脳のあらゆる毛細血管を駆けめぐり、有意義なニューロンの特徴一つひとつを、ごく近くからスキャンすることができる。高速の無線通信を利用して、ナノボットは互いに通信し、さらには、脳スキャンデータベースを集積しているコンピュータとも通信する（言ってみれば、ナノボットたちとコンピュータは、無線ＬＡＮでつながっている）。

ナノボットを生物の脳の構造に結びつけるにあたって大きな技術的課題となるのが、血液・脳関門（ＢＢＢ）だ。一九世紀の終わりごろ、動物の血流に青い染料を注入すると、すべての器官が青に染まるが、脊髄と脳だけはそうならないことを科学者が発見した。血液中の、有害な影響を及ぼす可能性のあるさまざまな種類の物質――たとえば、細菌や、ホルモン、神経伝達物質として作用する可能性のある化学物質、その他の毒素――から脳を守るための防壁があるのだろう、とする適切な仮説が立てられた。酸素と、ブドウ糖、その他のごく限られた種類の小さな分子だけが、血管から脳に入ることができる。

二〇世紀初めに行なわれた死体解剖で、脳や他の神経系組織の毛細血管の内側は、他の器官にある同等の大きさの血管よりも、内皮細胞がよりぎっしりと詰まっていることが明らかになった。もっと新しい研究では、ＢＢＢは、脳への立ち入り許可を与える鍵とパスワードをもつ関門という特徴を備えた複雑系であることがわかった。具体的には、脳の受容体と反応して、ごく限られた地点でＢＢＢを一時的に開放する二つのタンパク質、ゾヌリンとゾットが見つかったのである。この二つのタンパク質は、小腸においても、同じように受容体を開放してブドウ糖などの栄養分の消化を許可する働きをする。

脳をスキャンしたり脳と相互作用したりするナノボットの設計には、ＢＢＢを考慮に入れる必要がある。次に、将来的可能性を見込めば実行可能に思われる戦略を、いくつかあげてみる。もちろん、これ以外の対策も、これからの四半世紀のうちには出てくるに違いない。

◆当然考えられる方策は、ＢＢＢをすっと通り抜けられるくらいにナノボットを小さくすることだ。しかし、このアプローチは、少なくとも今日考えられているナノテクノロジーからすれば、もっとも現実的ではない。こうするには、ナノボットの直径は二〇ナノメートル以下でないといけない。これは、炭素原子一〇〇個分くらいの大きさだ。ナノボットの大きさをこれほどまでに小さくすると、機能が大幅に制限される。

◆中間的な戦略として、ナノボットを血流の内にとどめ、ロボットアームを出してＢＢＢを突き破り、ニューロンの外壁を覆っている細胞外液に到達する、という方法が考えられる。こうすれば、ナノボットは、コンピューティングとナビゲーションの材料を備えるのに充分な大きさを保てる。ほとんどすべてのニューロンは、毛細血管から細胞二個か三個分の距離しか離れていないため、アームは、約五〇ミクロンのところに届けばいい。ロバート・フレイタスらの分析によれば、こうした操縦装置の幅を二〇ナノメートル以下に抑えることは、充分に実現可能だ。

◆また、ナノボットを毛細血管から出さずに、非侵襲性のスキャンを行なう、というアプローチもある。たとえば、ペンシルヴァニア大学神経工学調査研究所のレイフ・H・フィンケルらが設計したスキャンシステムは、ひじょうに高解像度で（個々のニューロン間結合が見えるほど）一五〇ミクロンの深さまでスキャンできる。これは、必要な条件の数倍も高い。こうした種類の光学画像システムは、もちろん、大幅に小型化される必要があるが（今の設計と比べて）、サイズの削減をしやすい電荷結合素子（CCD）センサーが用いられている。

◆非侵襲性スキャンの別の種類のものとして、二光子スキャナーのような集束信号を出す一組のナノボットと、その信号を受け止めるもう一組のナノボットを使うものがある。受け取った信号のインパクトを分析することで、間に存在する組織の形状が決定される。

◆ロバート・フレイタスは、別のタイプの対策を提唱している。ナノボットが文字通り脳に進入するというものだ。BBBに穴をこじ開け、血管から出たあと、その損傷を修復する。ナノボットは、ダイヤモンド状の結晶構造をもつ炭素で作られるので、生体組織よりもはるかに強い。フレイタスはこう書く。「細胞が豊富にある組織で細胞と細胞の間を通り抜けるには、ナノボットが、進路上にある最小限の細胞間接着点を壊す必要がある。その後、他の有害物質の侵入を最小限にとどめるために、ナノボットは、壊した細胞間接着点を、通り抜けた時点でふたたび封じなければならない。だいたいのところ、モグラの穴掘りみたいなものだ」

◆さらに他の取り組み方が、最新の癌研究から示されている。癌の研究者らは、BBBを部分的に混乱させて、癌破壊物質を腫瘍まで運ぶ、という可能性におおいに注目している。最近の研究から、ＢＢＢは、さまざまな要因に反応して関門を開くことがわかった。先に述べたようにある種のタンパク質がその要因に含まれる他、局所的に血圧が高かったり、ある種の物質の濃度が高かったり、マイクロ波などの放射があったり、感染や炎症が起きたり、ということも含まれる。ブドウ糖などの必要とされる物質を運び込むという特殊なプロセスもあり、さらには、糖アルコールのマンニトールが、密に詰まった内皮細胞を収縮させ、一時的にＢＢＢに裂け目を作ることがわかった。これらのメカニズムを利用して、いくつかの研究グループが、ＢＢＢを開く化合物を開発している。こうした研究は癌治療を目的としたものだが、同じような手法を利用して、関門を開いてナノボットを送り込み、脳をスキャンしたり、知的な機能を強化したりすることもできるだろう。

◆血流やＢＢＢをそっくり迂回して、神経組織に直接つながる脳の領域に、ナノボットを注入することができるだろう。新しいニューロンは、脳室から脳の別の部位へと移動する。ナノボットも、同じ移動経路をたどることができるだろう。

◆ロバート・フレイタスが、ナノボットが脳神経系の感覚信号を監視するためのいくつかの技術を記している。これは、脳への入力信号のリバースエンジニアリングと、神経系の内部から完全没入型のヴァーチャルリアリティ（ＶＲ）を生みだすことのいずれにとっても、重要なものになる。

▼フレイタスは、聴覚信号をスキャンし監視する方策をこう提言している。「モバイルの

ナノデバイスが……耳のらせん動脈まで泳ぎ、枝分かれする中を下って蝸牛《かぎゅう》小管に至り、らせん神経繊維と、らせん神経節内のコルチ器官［蝸牛または聴神経］の上皮に入る神経の近くで、神経モニターとして配置される。これらのモニターは、人間の耳が感知したすべての聴覚的な神経データの流れを検出、記録し、あるいは、通信ネットワークにある他のナノデバイスに再配信することができる」

▼体が感じる「重力や回転や加速の感覚」を捉えるには、「半規管……に位置する有毛細胞から発生する求心性神経の先端にナノボットを配置する」とフレイタスは想定する。

▼「運動感覚を統御するには……四肢の動きや位置か、特定の筋肉の活動を追跡し、さらには制御するように、運動ニューロンを監視することができる」

▼「嗅覚や味覚の感覚神経の神経データの流れを、ナノ感覚装置が立ち聞きすることもできるだろう」

▼「痛みの信号を記録して、必要に応じて修正することもできるだろう。皮膚から受け取る機械的な神経インパルスと温度による神経インパルスがそうできるように」

▼網膜には小さな血管がたくさんあり、「光受容体（桿体《かんたい》、錐体、双極細胞、神経節細胞）と、それを統合するもの、すなわちニューロンとの双方に、容易に近づくことができる」とフレイタスは指摘している。視神経からの信号は毎秒一億のレベルを超えているが、この程度の信号処理はすでに可能だ。ＭＩＴのトマソ・ポッジョらが指摘しているが、視神経信号の符号化についての理解はまだ進んでいない。視神経の中にある一本一本の繊

維が発する信号を監視できるようになれば、視神経信号を解釈する能力はおおいに高まるだろう。この分野は、現在、盛んに研究されている。

身体各部位から発せられた未加工の信号は、何段階もの処理を経て、大脳皮質の奥深くに位置する、左島、右島と呼ばれる二つの小さな器官の中に、コンパクトで動的な形で集約される。完全没入型のVRを実現するには、体中にある未処理の信号よりも、二つの島にある解釈済みの信号を取り入れるほうがより効果的だろう。

脳の働きの原理をリバースエンジニアリングする目的で脳をスキャンするほうが、ある人格を「アップロード」する目的でスキャンするよりも簡単だ。脳のリバースエンジニアリングという目的であれば、領域内での接続をスキャンするだけで、充分に基本的なパターンを理解できる。ニューロンの結合一つひとつを捉える必要はない。

各領域内での神経の配線パターンを理解できたら、そこで得た知識と、その領域の中でそれぞれのタイプのニューロンがどのように作用しているかというくわしい理解とを結びつけることができる。脳の中の特定領域には何十億ものニューロンがあるかもしれないが、ニューロンのタイプはというと、限られた種類しかないだろう。すでに、一光子スキャンなどの方法を駆使して生体外《イン・ビトロ》や生体内《イン・ビボ》で細胞を調べることにより、いくつかの特定の種類のニューロンやシナプス結合において働くメカニズムを推論する、という点で大きな進展が成しとげられた。

ここであげたシナリオは、今日すでに、まだその初期の段階にあるとはいえ現実性を内包している。スキャナーがニューロンの構造に物理的に接近できれば、脳の特定領域内のニューロン間結合一つひとつの正確な形まで見える、非常に高解像のスキャン映像を作りだせる——そうした技術はすでにある。ナノボットの分野では、診断や治療を目的として血球サイズの装置を開発するための主要な学会がすでに四つもできている。第二章で論じたように、コンピューティングのコストは指数関数的に減少すると予測されるし、電子技術と機械技術の両方で急速に小型化が進み効率が上がると見込まれる。こうした見通しに基づけば、先にあげたようなシナリオを、ナノボットテクノロジーが、控えめに見ても二〇二〇年代には実行できると期待できる。ナノボットベースのスキャンが現実化すれば、回路設計者が今いる立場と同じところにようやく到達できる。高感度で非常に高解像のセンサー（ナノボットの形態をとったもの）を脳内の数百万、いや数十億の位置に配置し、生きた脳が活動する様子を、息をのむほど詳細に目にすることができるのだ。

脳のモデルを構築する

肝要なのは、正しいレベルで脳のモデルを構築することだ。このことはもちろん、すべての科学的なモデルについて言える。化学は、理論的には物理学に基づいていて物理学からすべてを導き出すことができるが、実際にそうすることは、あまりに厄介で実行不可能だ。それで化学は、化学の法則やモデルを用いる。同じように、理論的には、熱力学の法則を量子物理学から演繹することができるが、直接的なやり方だとはとうてい言えない。素粒子の数が充分にあって、素粒子の集まりというよりも気体と呼ぶにふさわしい場合、個々の素粒子の相互作用を表す方程式を解くのは非現実的で、熱力学の法則が非常によく当てはまる。気体内の個々の分子の相互作用は気が遠くなるほど複雑で予測不可能だが、何兆個もの分子からなっている気体そのものは、予測可能な特性をいくつももっている。

同様に、生物学も、化学に根ざしてはいるが、独自のモデルを使う。高次に移る前に低次について充分に理解しておく必要はあるが、高次の結果を、低次のシステムがもつ複雑な力学を用いて表現するのはだいたいにおいて不必要なことだ。たとえば、ＤＮＡ分子中の原子の相互作用はもちろんのこと、ＤＮＡの生化学的メカニズムをすべて理解していなくても、動物の胎児のＤＮＡを操作することで、その動物がもつ特定の遺伝特性を理解することができるのだ。

低次のほうが複雑なことが多い。たとえば膵島《すいとう》は、その生化学的なもろもろの機能（主に人間の細胞で見られ、すべての生物細胞で見られるものもある）からすると、とてつもなく複雑だ。ところが、細胞が数百万個集まってできている膵臓が、インシュリンや消化酵素の分泌レベルを制御している作用をモデル化するのは、簡単ではないが、一個の膵島の詳細なモデルを作るよりは、かなり容易だ。

同じことが、脳のモデル化や理解のレベル――シナプスの反応の物理的理解から、ニューロンの集合による情報の変換に至るまで――についても言える。これまでに精密なモデルを開発するのに成功した脳の各領域には、膵島にあるのと同じような現象が認められる。モデルは複雑ではあるが、細胞単体や、さらにはシナプス単体を数学的に描写したものよりは単純だ。前にも論じたように、こうした領域を対象としたモデルに必要とされるコンピューティングの量は、すべてのシナプスや細胞をモデル化するのに理論的に示唆されるコンピューティング量よりも、はるかに少ない。

カリフォルニア工科大学のジル・ローランはこう言う。「たいていの場合、システムの集団的な振る舞いを、その構成要素についての知識から推論するのはとても困難です。……神経科学は……一次的で局所的な説明の解釈図式が必要とはされますが、それだけでは充分ではないようなシステムを対象とする科学なのです」。脳のリバースエンジニアリングは、トップダウンとボトムアップそれぞれのレベルでの記述とモデルを改良し、双方のモデルとシミュレーションの改良を重ねることで前進していくものだ。

ごく最近まで、検知ツールやスキャン装置が未熟だったために、神経科学は、あまりにも単純化されたモデルで記述されていた。そのため、われわれの思考プロセスは、われわれ自身を理解することが本質的に可能なのかどうか、と疑いをもつ者がたくさんいた。精神科医のピーター・D・クレイマーは「精神が、われわれに理解できるほど単純だとすれば、われわれはあまりにも単純すぎて、精神を理解することはかなわないことになる」と書いている。『ゲーデル、エッシャー、バッハ』の著者でもあるダグラス・ホフスタッターは、人間の脳とキリンの脳とを比べて考え込んだという。キリンの脳の構造は、人間の脳の構造とそうは違わないのに、キリンには、自身の思考方式を理解する能力が明らかに欠けている。しかし、シナプスのような神経系の構成要素から、小脳のような大きな神経の領域に至るまで、さまざまなレベルでの詳細なモデルの開発に成功した最近の事例から、われわれの脳の正確な数学的モデルを構築して、コンピューティングを用いてモデルをシミュレートすることは、難しくはあるが、データの能力が高まりさえすれば実行可能な作業であることがわかっている。神経科学において、モデルは古くから作られてきたが、それが充分に包括的で精密になり、モデルに基づいたシミュレーションが、実際の脳の実験と同じように動作するようになったのは、ごく最近のことだ。

脳と機械を接続する

人間の脳の仕組みを理解することは、同じような生物的な特徴をもった機械を設計する際に役に立つだろう。そうした役立て方でもうひとつ重要なのは、われわれの脳とコンピュータを実際に接続することである。数十年先には、両者はますます密接に融合するようになる、とわたしは確信している。

すでに国防高等研究計画局（ＤＡＲＰＡ）が、年間二四〇〇万ドルを投じて、脳とコンピュータを直接連結する研究を行なっている。ＭＩＴのトマソ・ポッジョとジェームズ・ディカルロ、およびカリフォルニア工科大学のクリストフ・コッホが、視覚対象の認識と、その情報の符号化の方法をモデル化しようと試みている。これらはゆくゆくは、イメージを直接脳に送り込むことに適用されるだろう。
デューク大学のミゲル・ニコレリスらは、サルの脳にセンサーを埋め込んで、思考だけでロボットを操作させている。実験の最初の段階では、サルに、ジョイスティックを使ってスクリーンのカーソルを操作することを教えた。次は、脳波計から信号パターンを収集し、ジョイスティックの物理的な動きではなく、脳波信号の適切なパターンにカーソルが反応するようにした。サルはすぐ、ジョイスティックはもう役に立たず、考えるだけでカーソルが操作できると学んだ。この「思考検出」システムは次にはロボットに取りつけられ、サルは、思考だけでロボットの動きを制御するやり方を学習することができた。ロボットの動作から視覚的なフィードバックを得て、思考によるロボット操作を完璧にマスターした。この研究は、身体が麻痺した人に、四肢と環境を制御できるような同様のシステムを提供することを目指している〔二〇一四年にブラジルで行なわれたサッカー・ワールドカップの開会式で、この技術と外骨格スーツを組み合わせたニコレリス開発の装置を身につけた障がい者が、サッカーボールを蹴ることに成功した〕。

人工移植神経を生物のニューロンに接続するにあたって、神経幹細胞からグリア細胞が生成され、脳を守るために「異物」を取り囲む、という大きな問題が立ちはだかってくる。南カリフォルニア大学のテッド・バーガーらは、生物の組織のように見え、近くの脳細胞に嫌われることなく受け入れられるような特殊な被膜材を開発している。

また別の取り組みが、ミュンヘンにあるマックス・プランク人間認知脳科学研究所で行なわれている。神経と電子装置とを直接つなぐ研究だ。インフィネオン社が開発したチップは、ニューロンが特殊な基板上で成長し、神経と電子センサーと刺激装置が直接つながれる。カリフォルニア工科大学でも同じように「ニューロチップ」が開発され、ニューロンと電子機器の間で双方向に非侵襲性のコミュニケーションがとれることが証明された。

われわれはすでに、外科的に装着された人工神経装置がニューロンとどのように連結するのか、知っている。蝸牛（内耳）移植では、聴覚神経がみずからを再組織化して、人工神経装置から出るマルチチャネルの信号を正確に解釈することがわかった。パーキンソン病の患者に用いられる脳深部電気刺激移植でも同じようなプロセスが起こるらしい。米国食品医薬品局（ＦＤＡ）が認可したこの脳移植装置の近くにあるヒトのニューロンは、電子装置からの信号を受け取り、かつては機能していたニューロンから信号を受け取ったかのように反応する。パーキンソン病の人工神経装置の最新バージョンには、アップグレードソフトを患者の外部から人工神経装置に直接ダウンロードできる能力が備わっている。

加速度的に進歩する脳のリバースエンジニアリング

人間の脳のモデルやシミュレーションを作り、脳の力を拡張する中で、自分たちがいったいなにをいじくりまわしているのかを実際にはわかっておらず、微妙なバランスを危うくしているのではないか、と懸念を抱く人もいる。著述家のＷ・フレンチ・アンダーソンはこう書いている。

わたしたちは、ものをばらばらにするのが好きな少年に似ているかもしれない。時計を分解できるほどには賢いし、さらにもとどおりに組み立て直して動かすことだってできるかもしれない。だが、「改良」しようとしたらどうなるだろう。……少年は、目に見えるものなら理解できるが、それぞれのばねの強度を正確に定める精密な工学上の計算は理解できない。……時計を改良しようとしたつもりでも、だめにしてしまうこともあるかもしれない。……わたしたちも、いじくりまわしている生命がどのようにしてできているのか、じつのところわかっていないのではないか、とおそれている。

だが、アンダーソンの懸念は、何万人もの脳科学者やコンピュータ科学者が、大変な苦労をさまざまに重ねて、モデルやシミュレーションの限界や性能を、次の段階に進む前に入念に試そうとしていることを考慮に入れていない。われわれは、それぞれの段階に応じた詳細な分析をすることなしに、脳の何兆個ものパーツを分解して変更しようとしているわけではない。脳の働きの原理を理解するプロセスは、ますます精度を高め解像度を増しているデータから次々に得られる、いっそう高度なモデルを用いて進められているのだ。

人間の脳を模倣できるだけのコンピューティング能力の実現が近づくにつれ――スーパーコンピュータならもうすぐそこだ――人間の脳をスキャンして検知し、その実用モデルとシミュレーションを構築しようという研究が、加速度的に進められている。本書の中のすべての予測と同じく、この分野での進歩がどれほど指数関数的なものかを理解することは重要だ。脳の働く仕組みを詳細に理解できるまでには一世紀かそこいらはかかる、と主張する同業者にはたびたび出くわす。科学にまつわる多くの長期予測と同じく、こうした意見も、将来を線形的な展望で見たものであり、進歩はもともと加速度的なものであることと、基盤にあるテクノロジーが指数関数的に成長していることを見落としている。さらに、このような過度に保守的な考え方の背景には、現時点でどれほど広範なことが達成されているのかが、過小評価されているという事情がある。この分野の専門家ですらそうなのだ。

スキャン装置や検知ツールの空間的時間的解像度は、総体的には、毎年二倍になっている。スキャンの帯域幅や、コストパフォーマンス、画像再構成時間も、これに匹敵して指数関数的に向上している。こうした傾向は、完全に非侵襲性のスキャンから、頭蓋を開けた生体内のスキャン、破壊的スキャンまで、あらゆる形態のスキャンについて言える。脳スキャン情報とモデル構築についてのデータベースもまた、毎年だいだい二倍に増えている。

細胞のサブシステムや、ニューロン、広範囲な神経領域などの詳細なモデルと実用的なシミュレーションを構築する能力は、必須のツールの発展やデータの充実とほぼ足並みをそろえて伸びてきている、ということは実証済みだ。ニューロンやニューロンのサブシステムの働きは、しばしば、あまりにも複雑で、そこには多くの非線形性が見受けられるが、神経の集合体やニューロンの集合領域の働きは、構成部分の働きよりも単純であることが多い。われわれがもつ数学的なツールはますます強力になり、効率の高いコンピュータソフトウェアで実行されている。そうしたツールは、脳のように複雑に階層化され、適応性があり、半ランダムで、自己組織化を行ない、非線形性の度合いの高い種類のシステムを、正確にモデル化することができる。これまでに、脳のいくつかの重要な領域を効果的にモデル化できたことから、この取り組み方の有効性が証明されている。

出現しつつある新世代のスキャン装置では、個々の樹状突起やスパイン、シナプスの働きがリアルタイムで観察できるほどの空間的時間的解像度が初めて実現されるだろう。これらのツールからはすぐにも、さらに解像度の高い次世代のモデルやシミュレーションが誕生するだろう。

二〇二〇年代にナノボットの時代が到来すれば、神経活動の重要な特徴をひとつ残らず、脳の内側から、ひじょうに高い解像度で観察することができるようになる。脳の毛細血管に何十億個ものナノボットを送り込めば、脳の働きのすべてを、非侵襲的にリアルタイムでスキャンすることができる。もうすでに、今日の比較的未熟なツールを用いて、脳の広範囲にわたる領域の効果的な（まだ不完全ではあるが）モデルが作られている。これから二〇年以内に、コンピューティング能力は少なくとも一〇〇万倍は向上し、スキャンの解像度と帯域幅は大幅に改善されているはずだ。したがって、二〇二〇年代までには、脳全体をモデル化しシミュレートするのに必要な、データ収集とコンピューティングのツールを手にしているはずだ、と断言できる。それを用いれば、人間の知能の作用原理と、この他のＡＩ研究によって実現される情報処理の知的形態とを組み合わせることが可能になる。さらに、大量の情報を保存し、引き出し、即時に共有するという、機械にもともと備わっている長所が利用できるようになる。そうなれば、人間の脳という比較的固定されたアーキテクチャのもつ能力をはるかに超えたコンピューティングの基盤的環境において、これらの強力な混合システムを実行することのできる地点に到達できるはずだ。

人間の知能の拡張性

人間の知能は、「自己理解」に必要とされる閾値《いきち》より上なのか下なのか、というダグラス・ホフスタッターの疑問に答えて言うならば、脳のリバースエンジニアリングが加速度的に進展する中で、われわれが自分自身を理解する能力には限界などない、ということが明らかになってきている。さらに言うなら、対象がなにであれ、理解する能力に限界はない。人間の知能を拡張するうえで重要となるのは、現実のモデルを頭の中で構築できる能力をもっていることだ。こうしたモデルは再帰的に働く。つまり、あるモデルが他の複数のモデルを包含でき、その複数のモデルが、さらにまた細かいモデルをいくつも包含できる――というように際限なく続くのだ。たとえば、生物細胞のモデルには、細胞核や、リボソームや、その他の細胞サブシステムのモデルがそれぞれ含まれる。さらに、リボソームのモデルには、分子より小さいサブシステムのモデルが複数含まれ、その中には、原子や、より小さい亜原子粒子や、それらを形成している力のモデルが含まれる。

複雑なシステムを理解する能力は、必ずしも階層的なものではない。細胞や人間の脳などの複雑なシステムは、それを構成するサブシステムや、その構成要素に分解することだけでは理解できない。われわれの手には、秩序とカオスの両方を備えているシステム――細胞や脳にはそのどちらも豊富にある――を解釈し、論理的な分解を許さない複雑な相互作用を読み解くための、ますます高度になっていく数学的ツールがある。

われわれのコンピュータは、それ自体も加速度的進化を続けているが、ますます複雑さを増すモデルを扱うためになくてはならないツールになっている。コンピュータがなければ、われわれの脳だけでそうしたモデルを構想することはできなかっただろう。手助けしてくれるテクノロジーもなく、モデルを頭の中だけで作るしかなかったとしたら、ホフスタッターの懸念は間違いなく当たっていたことだろう。われわれの知能が、自己を理解するのに必要な閾値をなんとか超えていられるのは、われわれの生物的な能力が、自身で作り出したツールと合体して、自己の観察に基づいて、抽象的な――そしてひじょうに繊細な――モデルを構想し、改良し、拡大し、変更できる力をもっているおかげなのだ。

人間の脳をアップロードする

「脳をスキャンして理解する」よりももっと論議を呼ぶシナリオが、「脳をスキャンしてアップロードする」というものだ。人間の脳をアップロードするということは、脳の目立った特徴をすべてスキャンして、それらを、充分に強力なコンピューティング基板に再インスタンス化する〔プログラミングにおいて新たなデータを取り込み直す〕ことである。このプロセスでは、その人の人格、記憶、技能、歴史のすべてが取り込まれる。

もしも、ある人物の頭脳プロセスを本当に取り込むのなら、再インスタンス化された頭脳には、身体が必要となる。なぜなら、われわれの思考の多くは、身体的なニーズや欲望に向けられているからだ。人間の脳をそのすべての細部まで取り込み再現するツールを手にするころには、われわれの知能を拡張し利用している非生物的人間、および生物的人間双方の二一世紀型身体が、豊富に用意されていることだろう。人間の身体バージョン2.0には、完全に現実的なヴァーチャル環境におけるヴァーチャル身体や、ナノテクベースの物理的身体、その他もろもろのラインナップが準備されている。

第三章で、人間の脳をシミュレートするためのメモリとコンピューティングの要件を見積もった。10^{16} cpsのコンピューティングと10^{13}ビットのメモリがあれば人間レベルの知能を充分に模倣できると推定したが、アップロードする場合の要件の見積もりはもっと高く、それぞれ10^{19} cpsと10^{18}ビットだった。見積もりに差があるのは、低いほうの値は、人間レベルのパフォーマンスを行なう脳の領域を再現する要件に基づき、高いほうの値は、われわれがもつ約10^{11}個のニューロンと10^{14}個のニューロン間結合のそれぞれに見られる重要な細部を取り込むことを基本としているからだ。アップロードが実現可能になれば、たぶん、これらをミックスした解決法が好ましくなるだろう。たとえば、感覚データの信号処理などの一定の基本的な補助機能をシミュレートするのには機能的な主要部（標準モジュールに接続する）でおそらく充分で、個性や技能といったことがらをまさに司っている領域についてのみニューロンのサブシステムの詳細を取り込むようにしておく、というように。それでも、ここでの議論には、高いほうの算定値を用いることにする。

基本的なコンピューティングのリソース（10^{19} cpsと10^{18}ビット）は、二〇三〇年代の初めに一〇〇〇ドルで買うことができるようになるだろう。機能的シミュレーションのために必要なリソース（10^{16} cpsと10^{13}ビット）が達成されてから一〇年後のことだ。アップロードのためのスキャンの要件は、人間の知能のパワーすべてを再現するだけよりも、さらにおそろしく高い。理論上は、脳の全体的な筋立てを必ずしも理解しなくても、すべての必要とされる細部を取り込んで人間の脳をアップロードすることはできる。しかし実際のところは、これではうまくいきそうにない。人間の脳の作用原理を理解すれば、どの細部が不可欠で、どの細部が無秩序であってよいとされているのか、というからくりがわかるようになる。たとえば、神経伝達物質の中のどの分子が重要で、すべてのレベルや位置や場所を取り込む必要があるのか、また、分子の形はどうなのか、といったことを知る必要がある。シナプスの中で記憶の鍵となっているのは、神経化学物質であるアクチン分子がとる位置と、プリオン様《よう》のＣＰＥＢタンパク質分子の形だということが明らかになりつつある。作用の理論をしっかりと理解することなしに、どの細部が重要かという確証をもつことはできない。人間の知能の機能的シミュレーションがチューリングテストに合格したとなれば、そうした確証をもてる。二〇二九年にはこのような事態を迎えるだろう。

　このレベルの細部を取り込むには、ナノボットを用いて脳の内側からスキャンする必要がある。ナノボットのテクノロジーは、二〇二〇年代の終わりには利用可能になっているだろう。よって、二〇三〇年代の初めというのが、アップロードを行なうにあたって必要な、コンピューティングの性能、メモリ、脳スキャンのすべてが揃う妥当な時期だ。他のさまざまなテクノロジーと同様に、性能を完璧なものにするには改良をある程度重ねることになるだろう。よって、控えめに見ても、二〇三〇年代の終わりというのが、アップロードの成功が予測される時期である。

人の個性や技能は、脳の中だけに存在するのではない、と言っておく必要はある——もちろん、脳が主な居場所ではあるのだが。神経系は体中にはりめぐらされ、内分泌（ホルモン）系も同じく影響をもっている。それでも、複雑さの大半は、脳の中にある。脳には、神経系の大半が存在しているのだ。内分泌系から出される情報のビット数はかなり低い。それというのも、決定要因となるのは、ホルモンの全体的な濃度であって、ホルモンの分子一個一個の正確な位置ではないからだ。

アップロードに無事成功したかどうかの確認は、「レイ・カーツワイル」版や「ジェーン・スミス」版のチューリングテストといった形をとるだろう。すなわち、アップロードされた再創造物が、もとの特定の人物と見分けがつかないかどうかを、人間の審査員に納得させるのだ。それまでに、いろいろな形のチューリングテストのルールを定めるにあたって、複雑な事態に幾度か直面するだろう。非生物的な知能が本来のチューリングテストに何年も前に（二〇二九年あたり）合格しているのだから、非生物的な人間相当物も審査員に加えないといけないのだろうか？　それなら、強化された人間は？　強化されていない人間は、どんどん見あたらなくなっていることだろうからだ。いずれにしても、強化《エンハンスト》という定義はつかみどころがないものになっているだろう。アップロードを目論むころには、生物的な知能を拡張する手段はさまざまなレベルで利用可能となっているからだ。また、アップロードしようとする知能は生物的なものとは限らないかもしれない。その場合、知能のうちの非生物的な部分をアップロードするのは比較的簡単だろう。コンピュータの知能をコピーするのは容易だし、それがつねに、コンピュータの強みのひとつだったのだから。

ひとつ疑問がわいてくる。人の神経系をどれくらい素早くスキャンしなければいけないのだろう。明らかに瞬時にはできないし、一つひとつのニューロンにナノボットを配置したとしても、データを集めるには時間がかかる。そこで、こういう反論がなされるかもしれない。人の状態はデータ収集過程で変化し続けているので、アップロードされた情報は、そのとき一瞬のその人の状態を正確に反映してはいないのではないか。実際には、たとえ一秒の何分の一かであっても、ある一定の期間にまたがっているのではないか。だが、考えてみてほしい。この問題は、アップロードされたものが「ジェーン・スミス」チューリングテストをパスするかどうかに影響するものではない。ほぼ毎日顔を合わせている人どうしなら、以前に会ってから何日か何週間か経っていたとしても、互いを認識し合う。もしもアップロードが、一秒の何分の一や、たとえ数分でも、その間に経験する自然な変化の範囲内で人の状態を充分に再現できるなら、考えうるどんな目的に対してもそれで充分だ。数学者で物理学者であるロジャー・ペンローズの量子コンピューティングと意識との間のつながりについての理論を、人の「量子状態」はスキャンされている間にも何度も変化するのでアップロードは不可能だ、という意味に解釈する人もいる。それにはこう反論しよう。この一文を書いている間にもわたしの量子状態は何度も変化を重ねているが、それでもわたしは、わたしが同じひとりの人物だと考える（それに反対する人はいないだろう）。

ノーベル生理学・医学賞受賞者のジェラルド・エーデルマンは、能力と、その能力を記述したものとは違う、と指摘する。人の写真は、その人自身とは違うというのだ。たとえ、その「写真」の解像度がひじょうに高く、三次元のものであったとしても。しかし、極端に解像度の高いスキャンならまだエーデルマンのアナロジーで言う「写真」と見なせなくもないが、アップロードという考え方は、その先を行くものだ。アップロードを目的とするスキャンでは、目立った特徴すべてを取り込む必要があるだけでなく、オリジナルの性能をもった実用的なコンピューティングモデルにインスタンス化されなければならない（ただし、新たな非生物的プラットフォームのほうがはるかに能力が高いはずだ）。神経の各細部は、オリジナルで行なわれているのと同じやり方で、互いに（そして外界とも）作用しなければならない。これに見合うアナロジーは、コンピュータのディスクの中にあるコンピュータプログラム（動かない写真）と、適切なコンピュータで活発に動いているプログラム（動的で、相互に作用するもの）とを比較することだろう。動的なプログラムによるデータの取り込みと再インスタンス化があってこそ、アップロードのシナリオができあがるのだ。

おそらく、もっとも重要な問題は、アップロードされた人間の脳が、本当にあなたなのか、というものだ。たとえアップロードされたものが個人専用のチューリングテストをパスして、あなたと見分けがつかないと判断されても、アップロードされたものがこれまでと同じ人なのか、それとも新しい人なのか、という疑問をもち続けるのは当然のことだ。なんといっても、オリジナルの人物はまだ存在しているかもしれないのだから。こうした本質的な問題は、第6章までとっておくことにする。

わたしの考えでは、アップロードのもっとも重要な点は、われわれの知能や個性や技能を、非生物的な知能へと、徐々に移し替えることだ。すでに、多様な人工神経装置の移植が実践されている。二〇二〇年代には、ナノボットを使って、非生物的な知能で脳を増強させるようになる。まずは、感覚処理や記憶といった「定常的」な機能に始まり、技能の形成、パターン認識、論理的分析に進んでいく。二〇三〇年代には、われわれの知能の中に占める非生物的部分の割合が優勢になり、二〇四〇年代には、第三章で述べたように、非生物的な部分の性能のほうが何十億倍も高くなる。ある程度の間は生物的な部分を保持しようとするかもしれないが、そのうちに、それはたいして重要なことではなくなる。そういうわけで、われわれは事実上アップロードされた人間になる。たとえその過程が徐々に進み、移管にほとんど気づかなかったとしても。「古いレイ」や「新しいレイ」などというものはない。どんどんと性能を増すレイがあるだけだ。本章で論じた、一瞬にしてスキャンして移管するというシナリオのアップロードが未来の世界では当たり前になるに違いないが、徐々に、しかも避けがたく進行して、はるかに優れた非生物的思考に移行していく、というシナリオのほうこそ、人間文明を根底から変容させるものなのだ。

第五章

衝撃……

多様な衝撃　ひとたび非生物的知能が優位に立ってしまうと、人間の経験の本質はいかなるものになるのだろう。想像しうるあらゆる製品、あらゆる状況、あらゆる環境を「強いＡＩ」とナノテクノロジーによって随意に作れるようになると、それは「人間と機械の文明」にとっていかなる意味をもつのだろう。ここで想像力の役割を強調するのは、人間はこれからもみずからの想像力がもたらした創造物に束縛され続けるからだ。しかし、想像を現実のものにする道具は、より強力なものへと急激に発達している。

シンギュラリティが近づくにつれて、人間生活の本質について考え直し、社会制度を再設計しなくてはならなくなるだろう。本章では、このような考えや制度のいくつかを探ることとする。たとえば、Ｇ（遺伝学）とＮ（ナノテクノロジー）とＲ（ロボット工学）の革命が絡み合って進むことにより、バージョン1.0の虚弱な人体は、はるかに丈夫で有能なバージョン2.0へと変化するだろう。何十億ものナノボットが血流に乗って体内や脳内をかけめぐるようになる。体内で、それらは病原体を破壊し、ＤＮＡエラーを修復し、毒素を排除し、他にも健康増進につながる多くの仕事をやってのける。その結果、われわれは老化することなく永遠に生きられるようになるはずだ。

脳内では、広範囲に分散したナノボットが生体ニューロンと互いに作用し合うだろう。それはあらゆる感覚を統合し、また神経系をとおしてわれわれの感情も相互作用させ、完全没入型のヴァーチャルリアリティ（ＶＲ）を作りあげる。さらに重要なのは、生物的思考とわれわれが作りだす非生物的知能がこのように密接につながることによって、人間の知能が大いに拡大することだ。

戦争では電脳《サイバー》兵器と、ナノボットベースの兵器が主流を占めるようになる。学習は、まずはコンピュータとの直結が図られ、いったん脳がオンライン化されると、新しい知識や技術をダウンロードできるようになる。仕事の意義は、音楽や芸術から数学、科学まで、あらゆる種類の知識の創造に向けられる。遊びの意義は、こちらも知識を生みだすところにあり、仕事と遊びにはっきりした区別はなくなるだろう。

地球をとりまく知能は急激に拡大し続け、やがてインテリジェントコンピューティングを支える物質やエネルギーは限界に達する。銀河系の片隅でこの限界に近づくと、人間文明の知能は宇宙のより広い世界に向かって拡大していき、ただちに最高速度に到達するだろう。その速度は、光の速さだと考えられているが、そうした限界もくぐりぬけられるかもしれない（たとえば、ワームホールをとおって近道をするなど）。

われわれの体と心のシステムは、すでにバイオテクノロジーと新しい遺伝子工学の活用によって急激な改良が進んでいる。二〇年先には、ナノエンジニアリングの手法も用いられるようになるだろう。たとえば、ナノボットによって体内器官を強化し、ついには交換するといった具合に。

新しい食事方法　セックスはすでに本来の生物的機能からはずいぶんかけ離れたものになっている。たいていの場合、性行為は親密なコミュニケーションをとるため、あるいは性的快感を得るために行なわれるのであって、子どもを作るためではない。それどころか、生殖の大半は依然として性行為によるものの、性交なしに赤ん坊を作るさまざまな方法も考案されている。このようなセックスの生物的機能からの解放は、すべての社会で認められているわけではないが、先進国の主たる階層にはすでに、それも進んで受け入れられている。

それでは、同様に社会との交わりと快感をもたらすもうひとつの活動——つまり、食事——に関しても、生物的な目的と切り離して考えてみてはどうだろう。食事の本来の生物的目的は血液中に栄養分をもたらすことであり、そうやって得られた栄養は何兆もの細胞へ運ばれる。これらの栄養にはブドウ糖（主に炭水化物からなる）、タンパク質、脂肪といった高カロリー物質（エネルギー源となる）と、ビタミン、ミネラルのような無数の微量成分、さらにさまざまな代謝プロセスの構成要素と酵素を供給するフィトケミカル〔健康機能が期待される植物由来の微量化学物質の総称〕が含まれる。

人体の他の主な生物的システムと同様に、消化作用は驚くほど複雑な仕組みになっており、そのおかげでわれわれの体は、どんな状況下でも、生存に必要なさまざまな栄養を抽出し、同時に多様な毒素を濾し取っている。消化を支える複雑な反応経路については、いまだ完全には理解されない部分もかなり残っているものの、われわれの知識は急速に広がってきている。

だが、周知のとおり、われわれの消化プロセスは、人類進化の時代に最善の働きをするべく発達してきたものだ。その時代の状況は、現代とはまるで違うものだった。人類はその歴史の大半をとおして、次の採集や狩猟の季節（そして、比較的最近の時代では、次の収穫の季節）がはなはだしい不作になる可能性に直面していた。それを思うと、人間の体が摂取したカロリーをできるだけ手放さないようになっているのももっともなことだ。しかし、今日、その生物的戦略は逆効果となっており、その時代遅れの代謝プログラムのせいで、多くの人が肥満に悩み、また、冠状動脈疾患やII型糖尿病のような変性疾患が引き起こされている。

消化やその他の人体のシステムが、現状では適応からほど遠いものとなった理由について考えてみよう。最近まで（進化上の時間尺度での話だが）は、一族の限りある資源をわたしのような年寄り（一九四八年生まれ）のために使い果たすのは、種のためにならなかった。進化は短い寿命を好むものであり――わずか二〇〇年前、平均寿命は三七歳だった――限られた蓄えはもっぱら若者に向けられた。若者は、一族の面倒を見たし、その壮健な体で激しい労働をこなすこともできたからだ。

現在、われわれは物資があり余るほど豊かな時代に生きている。少なくとも技術先進国においてはそうだ。そして、たいていの仕事は肉体労働よりも知的活動を必要とする。一世紀前、合衆国の労働人口の三〇パーセントは農業に従事し、別の三〇パーセントは工場で働いていた。現在では、両者はいずれも三パーセントを下回っている。航空管制官やウェブデザイナーといった現代の職種の多くは、一世紀前には存在すらしなかったのだ。二〇〇七年現在、幸いにもわれわれは子育てをする年代をとうに過ぎても、急激に増大する文明の知識ベース――ちなみにこれは人類に固有な特質でもある――に貢献し続けられるようになった（私自身ベビーブーマーのひとりとして、この変化を実感している）。

　人類はそのテクノロジーによってすでに本来の寿命を伸ばしてきた。この場合、テクノロジーとは、薬品、サプリメント、ほぼあらゆる体内器官の交換、その他人体へのさまざまな介入を意味する。体の部分を交換する技術はすでに整っている。腰、ひざ、肩、肘、手首、あご、歯、皮膚、動脈、静脈、心臓の弁、腕、腿、足、指、そして、つま先に至るまで。そして、さらに複雑な器官（たとえば心臓）を取り替えるシステムも導入され始めている。人間の体や脳が動く仕組みが明らかになるにしたがって、手持ちのものよりはるかに優れた器官をじきに作りだせるようになるだろう。それらは長持ちし、機能面でも優れており、弱ったり、病気になったり、老化したりしない。

　そのようなシステムの概念設計のひとつ、「プリモ・ポストヒューマン」を作ったのは、文化の先端をいくアーティスト、ナターシャ・ヴィタモアだ。彼女のデザインは、最高の可動性、柔軟性、耐久性を最適化することを目指している。構想上、その新頭脳《メタブレイン》はグローバルネットワークと接続でき、人工の大脳皮質ではナノボットとＡＩが機能している。ハイテクの皮膚は太陽光線から内部を保護し、バイオセンサーによって色や肌あいを変えられ、鋭敏な感覚を備えている。

バージョン2.0の人体については大規模なプロジェクトが進行中で、やがてこの体と精神のシステムは根本から改良されるはずだが、そうした取り組みは丁寧に一歩ずつ進められていくだろう。現在までの知識に基づいて、こうした構想の諸側面を実現していく方法について述べていこう。

消化システムの再設計

この見地から、消化システムについてもう一度よく考えてみよう。われわれは自分たちが食べるものの成分についてはすでによく理解しており、食事をとれない人には、静脈内に栄養を送り込めば生命を維持できるとわかっている。しかし、この代替策は明らかに好ましいものではない。今のところ血流に物質を出し入れする技術にはかなり限界があるからだ。

この分野における改良の次の段階は、主として生化学的なものになり、薬品やサプリメントによって過剰なカロリー摂取を防いだり、最適な健康状態を得るために代謝経路を組み替えたりするようになるだろう。ジョスリン糖尿病センターのロン・カーン博士はすでに「脂肪インシュリン受容体」（ＦＩＲ）遺伝子を特定しているが、それは脂肪細胞による脂肪の蓄積をコントロールするものだ。カーン博士はその先駆的研究において、マウスの脂肪細胞中にある、このたったひとつの遺伝子の発現を抑えれば、マウスは制限なく食べ続けながら引き締まった健康な体を維持できることを証明した。この「ＦＩＲ欠損」マウスは、対照実験の普通のマウスよりはるかによく食べたが、じつに一八パーセント長い期間を生き、心疾患と糖尿病の発生率もかなり低かった。当然ながら、製薬会社はこの発見を人間のＦＩＲ遺伝子に適用しようとやっきになっている。改良の中間段階では、消化管と血流の中で知的ナノボットが活躍するようになるだろう。必要な栄養素を正確に注入し、追加の栄養やサプリメントをその人専用の体内無線ＬＡＮを通じて調達し、残ったものを排出する、といった具合だ。

これは未来の話のように思えるが、インテリジェントマシンはすでにわれわれの血流へ入り込んでいることを心に留めておこう。幅広い診断や治療に適用するために、血流に乗って移動するバイオＭＥＭＳ（生物医学的微小電子機械システム）を作る計画が数十も進められている。これらのプロジェクトを専門に扱う重要な会議もいくつかある。バイオＭＥＭＳのデバイスはみずから病原体を見つけだし、それへ向けてきわめて正確に薬剤を運ぶよう設計されている。

たとえば、血流で運ぶためにナノ設計されたデバイスで、インシュリンなどのホルモンを運ぶものは、動物で実際に試されている。同様のシステムによって、パーキンソン病患者の脳への正確なドーパミン投与や、血友病患者への血液凝固因子の提供、さらには腫瘍そのものへの抗癌剤投与が可能となるだろう。新たな計画は、二〇種類以上の物質を蓄えたリザーバー〔皮下埋め込み型薬液注入器具〕が決められた時間に体内の所定の位置でその荷物を放出することを想定している。

ミシガン大学の電気工学の教授、ケンサル・ワイズが開発した極小の神経探針は、神経症患者の脳の電気的活動を正確にモニターできる。将来的には脳内の正確な位置に薬剤を投与できるようになると期待されている。東北大学の石山和志教授が開発中の超小型の回転スクリューを用いるマイクロマシンは、小さな腫瘍への投薬を目指している。

サンディア国立研究所が開発したひじょうに革新的なマイクロマシンは、開閉するあごにマイクロ歯を備え、個々の細胞を捉えてＤＮＡやタンパク質あるいは薬剤などを植えつけることができる。他にも現在、ミクロンスケールやナノスケールの超小型マシンを体内や血流中へ送り込むさまざまな手法が開発されつつある。

最終的には、最適な健康状態を得るにはどんな栄養剤が必要か（数百種ものフィトケミカルを含め）、一人ひとりに合わせて正確にわかるようになるだろう。そういったものは安く、気軽に利用できるため、いずれは食べ物から栄養をとるという面倒はまったく不要になる。

やがて栄養は特殊な代謝用ナノボットによって血流へと直接送り込まれ、同時に血中や体内にあるセンサーが、それぞれの部位で必要な栄養について、無線通信で情報を送るようになるだろう。この技術は二〇二〇年代の終わりごろまでにかなり成熟するはずだ。

このようなシステムの設計における重要なポイントは、どうやってナノボットを人体に送り込み、取り出すかということだろう。たとえば静脈内カテーテルのような今日の技術には、まだ多くの問題が残っている。しかし、薬品やサプリメントと違って、ナノボットは知能という手段をもち、絶えずみずからの在庫に注意を払いながら、人体に巧みに出入りできる。こんなシナリオも考えられる。ベルト、あるいは下着の形で特殊な栄養補給デバイスを着用すれば、そこに搭載された栄養補給用ナノボットが皮膚やその他の体腔を通って体内へ進入するのだ。

テクノロジーがそこまで発展すると、われわれは美食の喜びを感じさせてくれるものをほしいままに食べられるようになる。それらの味や舌ざわりや香りをぞんぶんに堪能する一方で、血液中には最高の栄養を注ぎ込めるのだ。それを可能にする方法のひとつとして、食べたものが通過する消化管を改造し、血液中へはなにも吸収させないという手法が考えられる。しかしこれは腸への負担が大きいので、さらに洗練された手法として、排泄という昔ながらの機能を人体からなくしてしまうこともありうる。小さな残飯圧縮機のような、排泄を専門とするナノボットを使えばそれも可能だ。栄養補給用のナノボットが体内へ栄養を運び込む一方で、排泄用ナノボットもまたみずからの役目を果たす。そんな革新的方法が進めば、腎臓のように血液中の不純物を濾過する臓器は不要になるだろう。

最終的に、われわれは特別な服を着たり、栄養価を考えて食品をとる必要はなくなる。コンピュータが至るところに存在するようになるのと同じく、われわれが必要とする基本的な代謝ナノボット資源も環境に深く浸透していくだろう。しかし、必要とされる資源を肉体の「内側」に充分蓄えておくこともまた重要となる。バージョン1.0の肉体が蓄えられる量はひじょうに限られている――たとえば、血液中に蓄えられる酸素は数分で使い尽くされ、グリコーゲンやその他の形で蓄えられるエネルギーは数日分にすぎない。バージョン2.0ははるかに多く蓄えられるようになり、ひじょうに長期間、代謝資源がなくても生きていけるようになる。

もちろん、これらのテクノロジーが誕生しても、当初、たいていの人は今までどおりの消化プロセスをやめようとしないだろう。なんといってもワープロの第一世代が売り出されたとき、人々はタイプライターを手放さなかったのだから。しかしやがては、新しいテクノロジーが優位を占めるようになる。今ではもう、タイプライターや馬車、薪ストーブといった古いテクノロジーを使っている人はほとんどいない（あえて昔の生活を経験しようというのなら別だが）。同じ現象が、肉体の再構築についても起こるだろう。胃腸システムの全面的な再構築に伴う混乱は避けられないが、それがいったん収束すれば、われわれは新しい肉体をどんどん頼りにし始める。ナノボットベースの消化システムは徐々に広まり、初めは消化管を強化するだけだったのが、それを何度も繰り返すうちにいずれは生体のそれに取って代わるようになるだろう。

プログラムできる血液　リバースエンジニアリングに基づく再設計の包括的な概念がすでにできあがっている体内組織といえば、血液である。ロバート・フレイタスが提示する、赤血球、血小板、白血球を交換するナノテクノロジーベースの計画がある。生体システムの大部分と同じように、赤血球の酸素を運ぶ機能もきわめて効率が悪いので、フレイタスはそれを最適のレベルにするべく設計し直した。彼が設計したレスピロサイト（人工赤血球）を用いれば、人は酸素なしで何時間も生きられる。この開発は、将来、運動競技の世界でどのように扱われるだろうか。思うにオリンピックのような競技では、レスピロサイトなどのシステムは使用を禁止されるだろうが、そうなると、普通の一〇代の若者（その血液にはおそらくレスピロサイトがふんだんに含まれている）がオリンピック選手を上回る記録を日常的に出すようになる。プロトタイプの出現はまだ一〇年か二〇年先のことだが、その物理的、化学的要件はかなり詳細なレベルまで明らかになっている。フレイタスが設計した血液は、われわれの血液の一〇〇倍あるいは一〇〇〇倍の酸素を蓄積・輸送できると分析されている。

フレイタスはミクロンサイズの人工血小板の構想も抱いている。それは、生体血小板の一〇〇〇倍の速度でホメオスタシス（恒常性維持、この場合は出血の抑制）を発揮できる。また、人工ナノマシン「マイクロビボー」（白血球の代替物）も考えているが、それはソフトウェアをダウンロードして抗生物質の数百倍の速さで特定の感染症を治療するというものだ。バクテリアやウィルス、真菌によるあらゆる感染症、そして癌に効果的で、薬物耐性による制限も受けない。

心臓をもつか、もたないか　次に強化の候補となる器官は心臓だ。心臓は複雑で感嘆すべき機械《マシン》だが、いくつか深刻な問題を抱えている。心不全に陥る危険は数知れず、寿命のまっとうを阻む根本的な弱点になっているのだ。心臓は往々にして体の他の部分よりも早くだめになり、それが度を越して早すぎることも珍しくない。

人工心臓への交換も実現し始めているが、もっと有効な方法は、心臓を完全に取り除くことだろう。フレイタスが設計したもののひとつに、自力運動性のナノボット血球がある。血液が自動的に流れるのであれば、一点集中のポンプにひじょうに強い圧力が求められるという技術上の問題は解消される。ナノボットを血液中に出し入れする方法が完成されるにしたがい、やがてはナノボットと血液をすっかり取り替えられるようになるだろう。フレイタスは五〇〇兆のナノボットからなる複雑なシステム「ヴァスキュロイド」の設計についても発表したが、それは人間の全血流の代わりになるもので、流動することなく必須の栄養や細胞を体の各所に届けられる。

肉体に必要なエネルギーもまた、超小型の燃料電池により供給される。その際に用いられるのは、水素か人体内の燃料であるＡＴＰ（アデノシン三リン酸）だ。ＭＥＭＳスケールとナノスケールの燃料電池は近年、かなりの進歩をとげており、そのいくつかは体内のブドウ糖とＡＴＰエネルギー資源を活用するものだ。

レスピロサイトによって酸素運搬能力が大幅に向上し、ナノボットに酸素の供給と二酸化炭素の除去を任せられるようになれば、肺がなくても生きていけるようになるだろう。他のシステムの場合と同じく、過渡期の段階ではこれらのテクノロジーは自然のプロセスを強化するだけなので、両方のよいところを利用できる。しかし、結局は、実際に呼吸するという面倒や、行く先々で呼吸に適した空気を求めるわずらわしさをがまんする理由はなくなるだろう。もしも呼吸自体が快感だというのであれば、その感覚を再現するヴァーチャルな方法を開発すればいい。

やがて、血液やその他の代謝経路を流れる化学物質、ホルモン、酵素などを作りだす臓器も不要になる。いまやこれらの物質の多くについて、生体とまったく同じものを合成できるようになっている。一〇年か二〇年のうちには生化学的な関連物質の大半を日常的に作りだせるようになるだろう。すでに人工の内分泌器官は作られている。たとえば、ローレンス・リヴァモア国立研究所とカリフォルニアに拠点を置くメドトロニック・ミニメド社は、皮下に埋め込む人工膵臓の開発を行なっている。それはコンピュータプログラムを用い、生体の膵島と同じように、血中のブドウ糖濃度をモニターし、正確な量のインシュリンを投与する。

バージョン2.0の人体では、ホルモンと関連物質（まだ必要とされる限りの）は、ナノボット経由で運ばれ、知的なバイオフィードバック・システムによって必要な濃度を維持しバランスを保つつようコントロールされる。とはいえ、われわれの生体器官の大半は除去されることになるので、これらの物質の多くはもはや不要となり、その代わり、ナノボットシステムにとって必要な物資を体内に流すようになるだろう。

それではなにが残るのか？　二〇三〇年代の初頭、われわれはどうなっているだろう。心臓、肺、赤血球、白血球、血小板、膵臓、甲状腺他すべての内分泌器官、腎臓、膀胱、肝臓、食道下部、胃、小腸、大腸などはすでに取り除かれている。この時点で残っているのは、骨格、皮膚、生殖器、感覚器官、口と食道上部、そして脳だ。

骨格は安定した組織で、その仕組みについてはすでに充分、理解できている。現在でもその一部を交換する（たとえば、人工股関節など）ことは可能だが、それには苦痛を伴う外科手術が必要で、しかも現行のテクノロジーにできることはひじょうに限られている。いずれは連結したナノボットによって骨を増強し、徐々に骨格全体と取り替えることも可能になるだろう。しかもそのプロセスは非侵襲性である。バージョン2.0の骨格はとても頑丈で、自己修復できるものになる。

肝臓や膵臓といった臓器の場合、われわれはその活動を直接感じているわけではないので、なくなったとしても気づかないだろう。しかし、皮膚は、性器や性的な部分も含めて、まず手放したくないし、少なくともコミュニケーションや快感といった肝心な機能は維持しておきたいと思う。それでも、最終的に皮膚はナノ工学によって作られた柔軟な新素材によって改良され、外部から受ける物理的影響や温度変化にたいして強度が増すと同時に、親密にコミュニケーションをとる能力も高まるだろう。同じことが口や食道上部、すなわち食べるという行為のために残しておく消化管にも当てはまる。

人間の脳の再設計

先に述べたように、リバースエンジニアリングと再設計の進行は人体でももっとも重要な器官にも及ぶだろう。つまり脳だ。すでに「ニューロモーフィック」モデリング（人間の脳と神経系のリバースエンジニアリング）に基づく移植組織が開発されており、それらは、急速に解明が進んでいる脳の各部位に対応するものだ。MITとハーヴァードの研究員は傷ついた網膜ニューロンと交換できる神経移植組織を開発している。移植組織はパーキンソン病患者にとっても有効であり、脳の視床後腹側核《こうふくそく》および視床下核と直接作用することで、この疾患のもっとも深刻な症状を好転させる。脳性小児麻痺や多発性硬化症患者への移植片は腹側・外側視床に作用し、震えの抑制に効果をあげている。これらの療法を研究しているアメリカ人医師、リック・トロッシュは言う。「以前は脳をスープのように扱って、化学物質を加えてある種の神経伝達物質の効果を高めたり抑えたりしていたが、いまはむしろ電気回路のように扱っている」

さまざまな技術が、生体情報処理という生身のアナログ世界とデジタルな電子工学との架け橋となるべく開発されている。マックス・プランク研究所の研究員は、ニューロンと双方向の伝達が可能な、非侵襲性デバイスを開発した。彼らはその「ニューロントランジスタ」の性能を示すために、生きているヒルの動きをパソコンでコントロールしてみせた。同様の技術でヒルのニューロンをつなぎ換えて単純な論理や算数の問題を解かせようという実験が行なわれている。

科学者は「量子ドット」の実験も行なっている。それは光伝導性（光に反応する）の半導体材料である結晶を含む小型チップで、ペプチドで覆ってあり、ニューロン表面の特定の場所と結合させることができる。これにより、特定のニューロンを（たとえば、薬剤を運ばせるために）活性化する際、外から電極で刺激するのではなく、適正な波長の光を当てて遠隔操作できるようになる。

そのような進歩によって、やがては神経を傷めた人や脊髄を損傷した人の神経回路をふたたびつなぎ合わせられるようになりそうだ。神経は使わないと衰えるので、このような回路再生は損傷を負って間もない患者にのみ有効だと長く考えられてきた。しかし、最近の研究で、ずいぶん昔に脊髄を損傷した患者でも、その神経を再生させられることが明らかになった。ユタ大学の研究者は、長期にわたって四肢麻痺を患う人々に手足をいろいろなやり方で動かすよう指示し、脳の反応をＭＲＩで観察した。足や腕につながっている神経回路は何年も使われていなかったが、手足を動かそうとしているときの脳の活動パターンは健常者とほとんど変わらなかった。

また、麻痺患者の脳内にセンサーを入れ、動作に関わる脳の活動パターンを認識させ、それを刺激して一連の適切な筋肉動作を導くこともできるだろう。筋肉が機能しなくなった患者には、「ナノ電気力学」システム（ＮＥＭＳ）がすでに計画されている。それは損傷した筋肉の代わりに伸縮し、本物か人工の神経、どちらでも動かすことができる。

われわれはサイボーグになっていく　バージョン2.0の人体のシナリオは、テクノロジーとますます緊密な関係になる傾向がこの先もずっと続くことを示している。誕生した当初のコンピュータは、空調のきいた部屋で白衣の専門家が管理する巨大な機械で、一般の人にとってはずいぶん遠い存在だった。それが机上に置けるようになったかと思うと、じきに腕で抱えて運べるようになり、今ではポケットに入っている。遠からず日常的に体や脳の内側に入ってくるだろう。二〇三〇年代までには、人間は生物よりも非生物に近いものになる。第三章で述べたように、二〇四〇年代までに非生物的知能はわれわれの生物的知能に比べて数十億倍、有能になっているだろう。

深刻な疾患や障害の克服という大いなる恩恵を求めて、これらのテクノロジーは急速に発展し続けるだろう。しかし、医療への応用はまだ初期の段階にある。技術が確立すれば、障壁はなくなり、それらによって人間の可能性はとてつもなく拡大される。

バージョン2.0の人体にはさまざまなバリエーションがあり、器官と体のシステムはそれぞれ独自の発展と改良の道をたどることになる。生物進化がもたらすのは、いわゆる「局所的最適化」だけだ。つまり、改良できるのは、生物がはるか昔に到達した設計上の「決定」の範囲内に限られるのだ。たとえば、生物進化では、ひじょうに限られた材料――すなわち、タンパク質――からあらゆる部分を作らなくてはならない。タンパク質は一次元的なアミノ酸配列が折りたたまれてできている。また、思考プロセス（パターン認識、論理分析、技能形成、その他の認知スキル）は、きわめて時間のかかる化学的スイッチングによるしかない。そして生物の進化そのものはひじょうにゆっくりと進み、これらの基本概念の範囲内でのみ改良を続けていく。急激な変化、たとえば、組織がダイヤモンド状になったり思考プロセスがナノチューブベースの論理スイッチングになったりという変化はありえない。

しかし、この逃れようのない制約の中にも道はある。生物の進化は、思考し環境を操作できる種を生みだしたのだ。その種は今やみずからのデザインにアクセスすること――ひいては改良すること――に成功しつつあり、生物の根本教義を再考し作り替えることを可能にしている。


バージョン3.0の人体　人体は――二〇三〇年代から二〇四〇年代には――さらに根本的なところから再設計されてバージョン3.0になっているとわたしは想像する。個々の下位組織《サブシステム》を作り直すというよりも、われわれ（思考と活動にまたがる生物的および非生物的部分）はバージョン2.0での経験をもとにして人体そのものを刷新する機会を得るだろう。バージョン1.0から2.0への移行のときと同様に、3.0への移行もゆっくりと進み、その過程では多くのアイデアが競合することになる。

バージョン3.0の特性としてわたしが想像するのは、人体を変化させる能力だ。ＶＲ環境ではいともたやすく実現できることだが（次の「人間の脳」の節を参照のこと）、われわれは現実世界でもそれを可能にする方法を身につけるだろう。具体的にはＭＮＴ（マイクロ・ナノテクノロジー）ベースの構造を体内に組み入れることによって、身体的特徴を好きなようにすぐ変えられるようになる。

脳の大半が非生物的なものになっても、肉体の審美的価値と精神的意味が失われることはないだろう。そういう美意識はこれまでずっと人間の脳に影響を与えてきたのだから（非生物的な知能がいくら拡大しても、やはりそれは生物的な人間本来の知能から派生したものなのだ）。つまり、バージョン3.0の人体は今日の基準からするとまだ人間らしく見えるが、人体の可塑性が大いに拡大すれば、美の概念も時とともに拡大していくだろう。すでに、人々は自分の体にボディピアスやタトゥーやインプラントをほどこしており、このような変化は急速に社会で容認されつつある。体を変えても簡単にもとに戻せるようになれば、さらに実験的な試みが増えていくだろう。

分子ナノテクノロジー研究者のJ・ストーズ・ホールは「フォグレット」と名づけたナノボットについて述べているが、それは互いに連結してさまざまな構造になり、その組成をすばやく変化させられる。「フォグレット（霧状のもの）」と呼ばれるのは、ある範囲内に充分に密集していれば、音や光をコントロールしてさまざまな音や画像を形成できるからだ。それらが作りだすヴァーチャル環境は、本質的には外部（つまり、物理世界）に存在し、内部（神経システム内）にあるものではない。フォグレットを使えば、肉体や環境を変えることができる。とは言っても、そのような変化のいくつかは実際には幻想で、フォグレットが音や画像をコントロールして生じさせるものだ。ホールのフォグレットは実体をもつ可変の人体を作る概念設計のひとつであり、VRのものと競合する。

人間の脳

二〇一〇年のシナリオ　次の一〇年、二〇一〇年代が始まるころには、コンピュータは徐々にその姿を隠すようになっているだろう。つまり、衣服の中に編み込まれたり、家具や環境の中に埋め込まれたりしているのだ。それらは高速の情報伝達とコンピューティング能力をもつワールドワイド・メッシュ（ワールドワイドウェブの成長形。ウェブにつながるすべてのデバイスがサーバと相互通信するようになり、それによって巨大な超高速コンピュータと大容量の記憶装置が形成される）を利用することだろう。インターネットに常時接続するためにはかなり広帯域幅の無線通信が使われる。ディスプレイは眼鏡やコンタクトレンズに組み込まれ、画像は網膜に直接投影されるようになる。国防総省はすでにこの路線に沿ったテクノロジーを利用して、兵士に訓練させるＶＲ環境を作りだしている。陸軍のクリエイティブテクノロジー研究所がすでに公表した印象的な没入型ＶＲシステムには、ヴァーチャル人間も登場し、ユーザーの行動に的確に反応する。

同様の小さなデバイスは、聴覚環境も作りだすだろう。衣服に組み込まれ、音を耳に伝える携帯電話はすでに広まっている。そして、着用者の頭蓋骨を振動させてその人にだけ音楽を聞かせるＭＰ３プレーヤーもある。陸軍は兵士のヘルメットから頭蓋骨を通して音を伝えることを他に先駆けて行なっている。

遠くにいる特定の人だけに聞こえるように音を伝えるシステムもあり、そのテクノロジーは映画『マイノリティ・リポート』で人型のしゃべる道路広告として登場した。ハイパーソニック・サウンド・テクノロジーとオーディオ・スポットライト・システムは音を超音波ビームに変調することによってこれを実現しており、正確に狙いを定めることができる。音は、空気との相互作用によってビームを可聴範囲に戻して生じさせる。多彩なビームを壁などの表面に集中照射させれば、新しい種類のサラウンドサウンドをスピーカーなしで独り占めすることも可能だ。

これらは、解像度の高い完全没入型の視覚的・聴覚的VRを常時提供してくれることだろう。また、現実世界と重なりあうディスプレイを備え、リアルタイムで案内や説明をする拡張現実（AR）も登場するだろう。たとえば、網膜のディスプレイがこんなことを教えてくれるようになるかもしれない。「あれはジョン・スミス博士、ABC研究所の理事――最後に会ったのは六か月前のXYZ会議です」とか、「あそこがタイムライフ・ビルです――今日の会議は一〇階です」など。

外国語は同時通訳され、周囲のものに関しては基本的に短い説明が加えられ、日常的にさまざまな形でオンライン情報が送られてくる。ヴァーチャル人間が現実世界と重なり、情報検索や雑用、業務処理などを手助けするようになる。このようなヴァーチャルアシスタントはつねに質問や指示を待って控えているわけではなく、われわれが情報を見つけられなくて困っていると進んでてくるのだ（たとえば、「あの女優はなんといったっけ……王女だか、女王だかを演じた……ロボットが出てくるあの映画で」と思案していると、ヴァーチャルアシスタントが耳の中でささやくか、あるいは視野にこう表示してくれる。「スター・ウォーズ　エピソード1、2、3でアミダラ女王を演じたナタリー・ポートマンです」）。

二〇三〇年のシナリオ　ナノボットテクノロジーは、現実そのものの、完全に見る者を取り込むVR空間を作りだす。ナノボットは人間の感覚から生じるあらゆるシナプス結合と物理的に近接した場所に陣取るだろう。すでにニューロンと双方向で情報伝達する電子デバイスを作る技術があり、それは直接ニューロンと物理的に接触する必要はない。たとえば、マックス・プランク研究所の科学者が開発している「ニューロントランジスタ」は、近くのニューロンの発火を検出するか、あるいは、発火を起こしたり抑止したりできる。これは、電子工学に基づいたニューロントランジスタとニューロンの間での双方向の情報伝達に等しい。前述したように、量子ドットもまた、ニューロンとエレクトロニクス素子間での非侵襲性の情報伝達能力を示している。

あなたが本物の現実世界を体験したいと思うときには、ナノボットは今いる場所（毛細血管の中）を動かずなにもしない。VRの世界に入りたいと思えば、ナノボットは五感をとおして入ってくる現実世界の情報をすべて抑制し、ヴァーチャル環境に適した信号に置き換える。脳はこれらの信号をその肉体が体験したものであるかのように捉える。脳はもとより、体の体験するものを直接感じているわけではないのだ。体からの入力——数百メガbpsにもなる——つまり、触感、温度、酸性度レベル、食物の移動、その他の物理的出来事を表現する情報は、ラミナ1（脊髄灰白質の第一層）のニューロンに流れ込み、視床下部後方腹内側核《ふくないそく》を通って、大脳の島《とう》皮質の左右二か所に到達する。これらが正しくコード化されれば——脳のリバースエンジニアリングの取り組みがやがてその方法を明かすだろう——脳は合成された信号を現実の体験とまったく同じものとして捉える。筋肉や手足をいつものように動かそうとしても、ナノボットがこれらのニューロン間の信号を傍受して本物の手足が動くのを抑止し、代わりにヴァーチャルな手足を動かすことになる。その際、前庭神経系はしかるべく調整され、ヴァーチャル環境で適切に手足を動かし、学習をし始める。

ウェブ上には探検するにうってつけのヴァーチャル環境が勢揃いするだろう。実在する場所を再現するものもあれば、空想的な環境もある。中には、物理の法則を無視した、現実にはありえない世界さえ生まれるだろう。そのようなヴァーチャルな場所を訪れ、シミュレートされた人間ばかりでなく、本物の人間（もちろん、突きつめれば、両者に明確な違いはない）を相手に、ビジネスの交渉から官能的な出会いまで、さまざまな関わりをもつことができる。「ＶＲ環境デザイナー」という新しい職種が生まれ、新しい芸術の形となるだろう。

他の誰かになる

ＶＲの世界では、われわれはひとつの人格に縛られなくなる。外見を変えて事実上他の人間になれるからだ。肉体（現実世界の）を変えることなく、三次元のヴァーチャル環境に投影される体を簡単に変えられる。複数の相手向けに、同時に複数の異なる体を選ぶこともできる。だから、両親から見るあなたと、ガールフレンドが接するあなたが別人ということもありうる。もっとも、相手はあなたが選んだ体を気に入らなければ、勝手に替えてしまうだろう。また、相手に投影する人格も、好きなように決められる。賢い叔父にはベンジャミン・フランクリン、いらいらさせられる同僚には道化師、という具合に。恋愛中の二人はなりたい姿になれるし、相手になることもできる。こうした決定はすべて簡単に変えられるのだ。

モンテレーで開かれた二〇〇一年のＴＥＤ（テクノロジー・エンターテインメント・デザイン）カンファレンスで行なったＶＲのデモンストレーションで、わたしは別の人格として投影される気分を味わうことができた。コンピュータは、服に内蔵された磁気センサーを通して、わたしの動作を逐一たどり、超高速アニメーションによって、等身大のほぼ写実的な若い女性の映像――ラモーナ――を作り、リアルタイムでわたしの動きを再現した。声は信号処理技術によって女性の声に変換され、ラモーナの唇の動きもコントロールされた。したがって、TEDの聴衆にはラモーナが発表しているように見えたはずだ。

コンセプトをわかりやすくするために、わたしとラモーナを同時に見られるようにして、二人が寸分たがわずまったく同じように動いていることがわかるようにした。バンドが舞台に上がり、わたし――ラモーナ――はジェファーソン・エアプレインの「ホワイト・ラビット」を本物そっくりに歌った。当時一四歳だったわたしの娘も磁気センサーをつけて参加した。娘のダンスは男性のバックダンサーの動きに変換され、そのヴァーチャルダンサーは、TEDの主催者、リチャード・ソール・ワーマンの姿をしていた。そのプレゼンテーションで一番ウケたのは、本物のワーマンが――ヒップホップの腕前は知られてなかった――娘のダンスステップを上手にまねてみせたことだ。聴衆の中にワーナー・ブラザーズの創造性豊かなリーダーがいて、その後、映画『シモーヌ』を製作したが、そこではアル・パチーノが演じる人物が基本的にわたしと同じ方法でシモーヌに変身している。

わたしにとってその経験は、たいへん意義深く、感動的だった。「サイバーミラー」(観客にはどう見えているかを見せてくれるディスプレイ)を見たとき、自分はふだん鏡の中で見ている人物ではなく、むしろラモーナであるかのように思えた。わたしは他の誰かになるということの、感情に訴える強い力――頭でどう理解するかだけではなく――を経験したのだ。

人間のアイデンティティはしばしば体と密接に結びついている（「僕は鼻が大きい」「わたしはやせっぽちだ」「おれは大男だ」というように）。別の人物になる機会は、人を解放してくれるということにわたしは気づいた。人はみな多様な個性を併せもち、それを伝える能力もあるが、ふだんは簡単に表現する方法がないため、個性をすべて押し隠してしまう。現在では、異なる人間関係や場面に合わせて自分を変えようとしても、すぐに使える技術は――ファッションやメイクや髪型といった具合に――ひじょうに限られているわけだが、未来の完全没入型のＶＲ環境では、個性を表現するためのパレットはとても色彩豊かなものになっているだろう。

複数の人格がひとつの環境に共存するときには、あらゆる感覚を共有するようになるが、感情もまた、共有される。ナノボットは、感情や性的快感その他感覚的経験や精神的反応からの派生物と、神経学的に相関させたものを産み出すことができる。開頭外科手術中に行なわれた実験により、脳の特定部位を刺激すると感情が喚起されることがわかっている（たとえば、わたしが『スピリチュアル・マシーン』で紹介した少女は、脳の特別な場所を刺激されるとなにもかもが楽しく感じられた）。ある感情とそれに伴う反応は、特定のニューロンの刺激ではなくむしろ脳の活動パターンに関わるものであり、多数のナノボットを配置することにより、このようなパターンを活性化することも可能になるだろう。

体験ビーマー　「体験ビーマー」（ビーマーとは俗にＩＢＭコンピュータに精通している人を指す）はインターネットをつうじて、自分の感覚体験とその感情反応の神経学的相関物をまるごと送ってくるだろう。それはちょうど現代の人々がウェブカメラをとおしてベッドルームの画像を発信するのと同じようなものだ。アップロードされた誰か他の人の感覚・感情に接続して、その人になったような体験をする娯楽が人気を集めるだろう。まるで映画『マルコヴィッチの穴』そのものだ。ネット上には選ぶことのできる経験が多数用意され、ヴァーチャル経験は新たな芸術形式になっていく。

心を広げる

二〇三〇年ごろのナノボットのもっとも重要な利用法は、生物的知能と非生物的知能の融合によってわれわれの心を、文字どおり、拡大することだろう。最初の段階は、ひじょうに遅い人間の一〇〇兆のニューロン間結合を、ナノボットのコミュニケーションを経由する高速のヴァーチャル結合によって増強することだ。これにより、非生物的知能の強力な方式と直接つながることができ、同時に、人間のパターン認識力、記憶力、そして総合的な思考力は格段に向上するだろう。その技術は、ある脳から別の脳への無線通信も可能にする。

二一世紀半ばを待たずして、非生物的基盤を経由した思考が優位を占めるだろうという指摘は無視できない。第三章でくわしく述べたように、生体の人間の思考はひとり一秒あたり10^{16} cpsとなり（ニューロモーフィックによる脳部位のモデルに基づく）、人類全体ではおよそ毎秒10^{26} cpsとなる。これらの数字は、バイオエンジニアリングによってヒト遺伝子を調整したとしてもさほど変化しないだろう。これに対して、非生物的知能の処理能力は指数関数的に（指数自体を増しながら）向上しており、二〇四〇年代半ばまでには生物的知能をはるかにしのぐと予想される。

そのときには、生物的な脳の中にナノボットを入れるというパラダイム自体、過去のものになっているだろう。非生物的知能は数十億倍以上も強力であるため、優位を占めるようになる。われわれはバージョン3.0の人体をもち、思いのままに新しい形へ変わったりもとに戻ったりできるようになる。二〇二〇年までに、完全没入型の視聴覚ヴァーチャル環境の中で体をすばやく変化させられるようになるだろう。そして二〇二〇年代にはあらゆる感覚と結びついた完全没入型のVR環境の中で変身できるようになる。そして二〇四〇年代には現実世界でそれが可能になる。

非生物的知能はやはり人間と見なされるべきだろう。というのも、それは完全に「人間と機械の文明」から生じたものであり、少なくともその一部は、人間知能のリバースエンジニアリングに基づいているからだ。この重要な哲学的問題については次章で扱うことにする。この二つの知能の合体は、単に生物的な思考媒体と非生物的なそれとの合体というだけではない。さらに重要なのは、それによって人間の心が事実上、ひとつの思考法、思考体系として想像できる限りどのようにでも拡大できるようになるという点である。

今日のわれわれの脳の設計は、相当に固定したものとなっている。通常、学習していく過程で、ニューロン間結合や神経伝達物質の集中のパターンが増えることはあるが、現在のところ人間の脳の総合的能力はかなり抑圧されている。思考の中で非生物的な部分が優位を占め始める二〇三〇年代の終わりまでには、われわれは脳の神経領域の基本的構造を超越できるようになるだろう。多数の知的ナノボットを脳に移植することにより、記憶力ははるかに増し、あらゆる感覚、パターン認識、認知能力もはなはだしく向上するだろう。ナノボットは互いにコミュニケーションをとるため、新しいニューロン間結合の形成や、既存の結合の破壊（神経発火を抑えることによって）も可能であり、新たに生物と非生物の混成ネットワークを作り、新たな非生物的知能と緊密に連結するだけでなく、完全に非生物的なネットワークを追加できる。

脳の拡張を目的とするナノボットの使用は、今日始まったばかりの神経移植手術に目覚ましい進歩をもたらすだろう。ナノボットは外科手術なしに血流をとおって導入され、必要とあればすべて退去させられるので、処置後にも簡単にもとに戻すことができる。それらはプログラム可能であり、ある一瞬ではVRを生みだし、その次には脳機能を多様に拡張することもできる。また、そのプログラム設定やソフトウェアの変更も可能だ。おそらくもっとも大きな違いは、外科的な移植では、神経移植片は一か所か多くて数か所にしか入れられないが、ナノボットは脳内に多数分布させて、数十億のポジションに置けることだ。

人間の寿命

本書の読者の多くは、生きているうちにシンギュラリティを迎えることになりそうだ。バイオテクノロジーの進歩は加速しつつあり、遺伝子や代謝プロセスをプログラムし直して病気や老化を克服できるようになるだろう。この進歩には、ゲノミクス（遺伝子操作）、プロテオミクス（タンパク質の役割の理解と操作）、遺伝子治療（RNA干渉などのテクノロジーによる遺伝子発現の

【表1】

平均寿命	年
クロマニヨン人の時代	18
古代エジプト	25
1400年 ヨーロッパ	30
1800年 ヨーロッパおよびアメリカ合衆国	37
1900年 アメリカ合衆国	48
2002年 アメリカ合衆国	78

抑制、新しい遺伝子の細胞核への導入）、合理的な薬の設計（病気や老化による体変化そのものに狙いを絞った薬物設計）、細胞や組織、器官を若返らせる治療的クローニング（細胞分裂を継続させるテロメアの寿命の伸長とＤＮＡ修復）およびその関連分野の急速な進歩が含まれる。

　バイオテクノロジーは生物学の範囲を広げ、生物的過程の明らかな欠陥を正すだろう。それに重なるナノテクノロジー革命は、けっして超えられなかった生物的限界の超越を可能にしてくれる。わたしがテリー・グロスマンとの共著『素晴らしき航海（*Fantastic Voyage*）』で明記したように、われわれは、体や脳と呼んでいるこの「家」を無期限に維持し拡張していく知識と道具を急速に手に入れつつある。不幸なことに、わたしと同じベビーブーマーの大半は疑うことなく、病気や死を、先人も歩んできた「あたりまえの」人生の経過として受け入れようとしている——もしも積極的に行動を起こし、基本的な健康的生活様式についての既成概念を超越すれば、それは避けられるのに。

　歴史上、人間が寿命という限界を超えて生き続ける唯一の手だては、その価値観や信仰や知識を将来の世代に伝えることだった。今、われわれは存在の基盤となるパターンのストックが保存できるようになるという意味で、パラダイムシフトを迎えつつある。人間の平均寿命は着実に延びており、やがてその伸長はさらに加速するだろう。現在、生命と病の根底にある情報プロセスのリバースエンジニアリングが始まったところだ。ロバート・フレイタスは、老化や病気のうち、医学的に予防可能な症状の五〇パーセントを実際に予防すれば、平均寿命は一五〇年を超えるだろうと予測する。さらに、そういった問題の九〇パーセントを予防すれば、平均寿命は五〇〇年を超える。九九パーセントならば、一〇〇〇年以上生きることになるだろう。バイオテクノロジーとナノテクノロジーの革命が完全に現実のものになれば、実質的にはあらゆる医学的原因による死をなくすことができると予想される。非生物的存在になっていくにつれて、われわれは「自分をバックアップする」（知識、技能、性格の基本をなす重要なパターンを貯蔵しておく）方法を手に入れ、たいていの死因は取り除けるようになるだろう。

非生物的体験への変容

脳のアップロードについては第四章で記した。脳のポーティング〔性能を向上させるためにいろいろ変更すること〕の簡単なシナリオでは、人間の脳をスキャニングし（おそらく内部から）、顕著なディテールをすべて捉え、脳の状態を異なる――おそらくより強力な――コンピューティング基板に移し替えることになる。これは実現可能な処置であり、おそらく二〇三〇年代の終わりには現実のものとなっているだろう。しかし、わたしが考える非生物的経験への移行は、このような形で起きるものではない。そして、他のパラダイムシフトがそうだったように、ゆっくりと（しかし加速しながら）移行していくだろう。

すでに指摘したように、非生物的思考への転換はすべりやすい坂道を転がるように加速していくが、それはもう始まっている。われわれは人間の体をもち続けるが、それはわれわれの知能を投影した、変更可能なものになるだろう。言い換えれば、ひとたびマイクロ・ナノテクノロジー加工技術《ファブリケーション》と合体すれば、意のままに体を作ったり変えたりできるようになるのだ。

しかし、そうなったとしても、そのような根本的な転換によって永遠に生きることが可能になるだろうか。その答えは「生」と「死」をどう捉えるかにかかっている。今日、パソコンのファイルで行なっていることを考えてみよう。古いコンピュータを新しいものに替えるとき、すべてのファイルを捨てるわけではない。それどころか、ファイルをコピーして新しいハードウェアに再インストールする。ソフトウェアは必ずしも永遠に存在し続けるわけではないが、本質的にその寿命は、その土台となっているハードウェアには依存せず、切り離されているのだ。

今のところ、われわれ人間というハードウェアが壊れると、生命というソフトウェア――個々の「精神のファイル」――も一緒に消える。しかし、われわれが脳（および神経系、内分泌系、その他精神ファイルを構成する組織）と呼ぶパターンに収められた数千兆バイトもの情報を保存し、復元する方法がわかれば、事情は違ってくる。

そのとき、精神のファイルの寿命は、個別のハードウェア媒体の永続性（たとえば、生物としての体や脳が生き残るかどうか、など）には依存しなくなるだろう。最終的に、ソフトウェアをベースとする人間は、今日われわれが知っている人間の厳しい限界を大きく超えるものになる。彼らはウェブ上で生きてゆき、必要なときや、そうしたいと思ったときには体を映し出す。その形態は多様で、VRのさまざまな世界を舞台とするヴァーチャルな体、ホログラフィで投影された体、フォグレットが作りだす体、ナノボットの大群やその他のナノテクノロジーの形態で組織された物理的な体などがある。

二一世紀半ばまでには、人間は限りなく思考を拡大できるようになるだろう。これは一種の不死と言えるが、データと情報は必ずしも永久不滅ではないことを指摘しておかなければならない。つまり、情報の寿命はその妥当性、有用性、利便性によって異なる。もしあなたが古く、よくわからないフォーマットの記憶装置にある旧式の書式（たとえば、一九七〇年代の小型コンピュータの磁気テープ）から情報を引き出そうと試みたことがあれば、ソフトウェアをすぐ使える状態に保つにはどれほど手間がかかるか、おわかりだろう。しかし、精神ファイルの維持に努め、頻繁にバックアップをとり、最新のフォーマットや媒体へ書き換えを行なっていけば、少なくとも人間のソフトウェア部分については、ある種の永続性を獲得できる。今世紀の終わりごろには、人々はかつての人間がそのもっとも貴重な情報、すなわち脳や体に含まれる情報のバックアップをとらずに生きていたことにひどく驚くはずだ。

この不滅の形は、概念としては、今日われわれが知るような肉体をもつ人間が不滅になるということなのだろうか。ある意味ではそうだ。なぜなら、今日でも自分というものは不変の物質の集まりではないからだ。最近の研究では、比較的長もちすると考えられていたニューロンでさえ、神経細管〔樹状突起や軸索内の細管〕などを含む構成組織を約数週間ですべて交換するとわかっている。われわれの形状とエネルギーのパターンはかろうじて存続するが、それも少しずつ変わっていく。それと同じように、ソフトウェアの人間の場合も、パターンとして存続し、発展し、ゆっくりと変わっていくことになるだろう。

しかし、わたしの精神のファイルをベースとする人物、すなわちいくつものコンピューティング基板に転々と移り住み、どの思考媒体よりも長生きするその人は、本当にわたしなのだろうか。これを突き詰めていくと、プラトンの「対話篇」の時代から議論されてきた意識とアイデンティティという問題に立ち返ることになる。二一世紀の間に、これらは高尚な哲学論争の議題としてではなく、実際的で、政治的で、法的な、きわめて重要な問題として対処しなくてはならなくなるだろう。

それに関連する疑問。死は好ましいか。死の「必然性」は人間の思考に深くしみ込んでいる。死が避けられないのなら、われわれは死を不可避で崇高なものでさえあるとして、理屈をつけて正当化する他ないだろう。シンギュラリティのテクノロジーによって、人間はもっと偉大ななにものかに進化するための、実際的で便利な手段を手に入れるだろう。そうなれば、人生に意味を与える根本的手段として、死を正当化する必要はなくなる。

情報の寿命

われわれの生命、歴史、思考、技能を情報へ移し替えるさいには、その情報がどれだけ長もちするかが問題になる。わたしはつねに知識というものに深い敬意を抱き、まるで子どものようにあらゆる情報を集めているが、この性向は父から受け継いだものだ。

その人生の背景のせいもあって、父は人生の記録となるあらゆる映像や音を大切にとっておくタイプの人だった。父が一九七〇年に五八歳で思いがけず亡くなったとき、わたしは父の記録保管庫《アーカイブ》を受け継ぎ、今に至るまで大切にしている。一九三八年にウィーン大学より博士号を取得したときの論文もあり、ブラームスが音楽表現に果たした貢献についてのユニークな洞察が記されている。一〇代のころオーストリアの丘陵地帯で開いて絶賛を浴びたコンサートの新聞記事がアルバムにきちんと整理されている。切迫した文面の手紙も残っている。それは一九三〇年代末に起きた「水晶の夜《クリスタルナハト》」直前に、国外への逃避を支援してくれたアメリカの音楽後援者《パトロン》との間で交わされたもので、その後、ヨーロッパではヒトラーによるユダヤ人迫害が加速し、そのような逃避行はできなくなった。こうした品々は無数の思い出が詰まった何十もの古びた箱にしまわれ、その中には写真、音楽のビニールレコードやカセットテープ、私的な手紙、さらには古い請求書まで入っていた。

わたしは人生の記録を保存するという父の性向を受け継いだため、父の箱に加えてわたし自身の記録やファイルを収めた箱が数百個ある。手動のタイプライターやカーボン紙に頼るしかなかった父の生産性は、コンピュータや高速プリンタを駆使するわたしの多作ぶりにはとうてい及ばない。そうしたテクノロジーのおかげで、わたしは思考を思いどおりに置き換えて再構成できるのだ。

わたしの箱にしまい込まれたものも、多様なデジタル媒体の形式をとっている。パンチカード、紙テープ、さまざまな大きさとフォーマットのデジタル磁気テープや磁気ディスクなど。この情報をアクセスしやすい状態に保つにはどうすればよいだろうとよく思う。皮肉なことに、こうした情報の使いやすさは、テクノロジーの進歩のレベルに反比例する。もっとも簡単なものは紙の資料で、見かけは古びていても読みやすいという意味では抜きん出ている。少し難しいのは、ビニールレコードやアナログ式テープの記録で、基本的な機器が必要となるが、それらは簡単に見つかるし、使い方も難しくない。パンチカードはさらにいくぶん複雑になるが、今でもパンチカードリーダは見つかるし、フォーマットはわかりにくいものではない。

はるかに手間がかかるのは、デジタルディスクと磁気テープだ。そこから情報を引き出すのがどれほど困難か、考えてみよう。それぞれの媒体について、（記録したときに）どのディスクドライブあるいはテープドライブが使われたのか、一九六〇年ごろのIBM1620だったのか、あるいは一九七三年ごろのデータ・ジェネラル・ノヴァIだったのか、正確に知っておかなくてはならない。そして、どうにか必要となる装置を設定したとしても、処理に関わるソフトウェアは何層にもなっている。すなわち、適切なオペレーティングシステム（ＯＳ）、ディスク情報ドライバ、アプリケーションプログラムだ。そして、ハードウェアとソフトウェア、それぞれの階層で固有の問題が次々起きるというお決まりの事態に陥ったとき、いったい誰に助けを求めればよいのだろう。現有のシステムでも動かすのは充分難しいのに、何十年も前にヘルプデスクが解散してしまった（あったとしての話だが）システムなら、なおさらである。コンピュータ歴史博物館でさえ、展示されている装置の大半は、何年も前に動かなくなったままだ。

　仮に、これらの障害すべてを乗り越えたとしても、ディスク上の磁気データはおそらく劣化しており、古いコンピュータが読み上げるのは大半がエラーメッセージだろう。では、情報は消えてしまったのだろうか？　完全に消えたわけではない。磁気の斑点としてもともとの装置で読み取ることはできないかもしれないが、古書の消えた文字を高感度装置で読み取るように、磁気が薄くなった部分は適切な機器によって復元できる。取り出すのはひじょうに難しいが、情報は依然としてそこにあるのだ。時代を遡って調査し、熱心に取り組めば、それを手にすることができる。もしも、これらのディスクの中に莫大な価値のある秘密が収められているとわかっていれば、おそらく情報の復旧は成功するだろう。

　しかし、たんなる懐旧《ノスタルジア》の念だけでは、この厄介な仕事に着手する気にはなれないだろう。かく言うわたしも、情報再現の難しさを見越して、これらの古い情報の大部分は紙にプリントアウトしてある。しかし、すべての情報を紙で保存しても、解決にはならない。書類という様式にもそれなりの問題がある。一〇〇年前に書かれたものでも、紙の原稿なら簡単に読めるが、それにはまず原稿を手にしなければならない。簡単に整理しただけの何千ものファイルフォルダからそれを見つけるのは、時間を浪費するいらだたしい作業になるはずだ。目当てのファイルフォルダを見つけるだけで午後いっぱいかかるかもしれないし、数十もの重たい紙の箱を動かせば、背中を痛める危険があるのは言うまでもない。マイクロフィルムやそれを収めたマイクロフィッシュ〔整理用シート〕を使えば困難はいくぶん軽減できるかもしれないが、目指す書類のありかをつきとめるという問題は依然として残る。

わたしはこれら無数の記録を集めてスキャンし、大容量の個人データベースに格納することを夢みている。そうすれば現代の強力な情報検索技術をそれに利用できる。わたしはこの冒険的計画にＤＡＩＳＩ（Document and Image Storage Invention 文書・画像記録新案）と名前までつけて、何年も構想を練ってきた。コンピュータの開拓者であるゴードン・ベル（ＤＥＣ社の前チーフエンジニア）や、ＤＡＲＰＡ（国防高等研究計画局）、ロングナウ協会も、この難題に取り組むシステムを開発中だ。

ＤＡＩＳＩはこれらの書類をすべてスキャンし根気よく分類するという、気の遠くなるような作業を要するだろう。しかし、わたしが夢みるＤＡＩＳＩの真の難題は、驚くほど根深いものだ。それは、数十年先までわたしのアーカイブの存続と利便性を保証する適切なハードウェアやソフトウェアをどうすれば選択できるか、という問題だ。

むろん、わたしのアーカイブは、人間文明の蓄積によって急激に拡大しつつある知識ベースのほんの縮図にすぎない。種としての知識ベースを共有するという点で、人類は他の動物と一線を画している。他の動物は、コミュニケーションはとるものの、進化し成長する知識ベースを蓄積して次世代に受け継いだりはしないからだ。われわれはその貴重な遺産を、医療情報学の専門家ブライアン・バージェロンが「消えていくインク」と呼ぶもので書き込んでいるので、どうやら人間文明の遺産は大いなる危機に直面しているらしい。しかもその危険性は知識ベースの成長に伴って急激に高まっている。情報格納のためのハードウェアやソフトウェアがますます階層化され、新しい標準が次から次へと加速度的に採用されることで、問題はいっそう深刻化していく。

一方、われわれの頭の中にも情報の宝庫はある。人間の記憶と技能は、はかないものに見えるかもしれないが、確かに情報の表れだ。神経伝達物質の集中度、ニューロン間の結合、その他関連する神経の細部の膨大なパターンによって情報がコード化されたものなのだ。この情報はなにも増して貴重であり、死がひじょうに痛ましく感じられる理由のひとつはそこにある。だが、これまで述べてきたように、われわれは最終的には永久にアーカイブにアクセスできるようになり、同時にめいめいの頭にしまい込んできた数千兆バイトの情報を理解できるようになるだろう。

心を別の媒体にコピーするにあたっては、いくつもの哲学的問題が持ちあがってくる。それについては次章で論じるつもりだが――たとえば、「あれは本当のわたしなのか、それともわたしの記憶と知識をすべて修得したというだけの別人なのか」といった問題だ。そうした問題をどうやって解決するかはさておき、脳内の情報と情報プロセスを捉えるという考えは、われわれ（少なくともわれわれとそっくりに振る舞う存在）が「永遠に生きられる」ことを意味する。しかし、本当にそういうことなのだろうか。

太古の昔から、精神のソフトウェアの寿命は、生体というハードウェアの生存と切っても切れない関係であり続けた。もしわれわれの情報プロセスの詳細をすべて保存し再現できるのなら、人間の死すべき運命を共有するこの二つの要素は切り離されることになるだろう。しかし、これまで見てきたように、ソフトウェア自体は必ずしも永久に生き延びる必要はなく、また、長く持続させようとしてもそこには手強い障害がある。

個人の感傷的な思い出であれ、人間‐機械文明の知識の蓄積であれ、あるいは脳内に保存された精神のファイルであれ、その情報を収めるソフトウェアの寿命について最終的にはどう結論づけられるだろうか？　答えは簡単だ。「情報は誰かが気にかけている間は持続する」。ＤＡＩＳＩプロジェクトに関して数十年の考察ののちにわたしが得た結論は、今後数十年間、格納した情報に（途方もない努力を要せず）アクセスできると確信できるハードウェアやソフトウェアは今日存在せず、今後も出現しそうにない、ということだ。わたしのアーカイブ（あるいは他の情報ベースでも）を価値あるままに保つ唯一の方法は、継続的にアップグレードし、最新のハードウェアやソフトウェアへ移行していくことだ。もしアーカイブをほったらかしにすれば、最後にはわたしの古い八インチのＰＤＰ８フロッピィディスクのように、アクセス不能になるだろう。

情報は「生きて」いるため、継続的なメンテナンスとサポートを必要とし続ける。データであろうと知恵であろうと、情報はわれわれがそれを望むときのみ生き延びられる。さらに言えば、われわれは自分自身を気にかけている間は生きていける。すでに病気や老化をコントロールするための知識は充分、出揃っているのだから、なによりも自分の寿命に対する「心構え」が長期的な健康に重要な影響を与えると言っていい。

人類文明が所有する知識という貴重な宝は、そのままでは存続しない。われわれは先祖から授かった文化やテクノロジーといった遺産を、絶えず再発見し、再解釈し、再形成しなくてはならないのだ。注意を払う者がいなくなれば、この情報のすべてはいずれ失われてしまう。現在の固有の思考をソフトウェアに変換したとしても、必ずしも不死が約束されるわけではない。ただ、生命や思考を存続させる期間を決める手段を、われわれ自身が「手中」に収めるというだけのことだ。

戦争——遠隔操作による、ロボット工学を利用した、頑健で、縮小化された、ヴァーチャルリアリティのパラダイムについて

兵器がより知的なものになるにつれ、兵士の犠牲を減らしつつ、より正確に任務を遂行する傾向が劇的に進んでいる。しかし細かな戦況を生々しく報じるテレビニュースを見る限り、そうは見えないかもしれない。第一次、第二次世界大戦と朝鮮戦争の大きな戦闘では、わずか数日のうちに数万人が戦死したが、その映像は画像の粗いニュース映画に飛び飛びに記録されているだけだ。ところが今日では、われわれは最前列の席でほとんどすべての交戦を見ることができる。

個々の戦争はそれぞれ入り組んだものだが、全体的には、精密で知的な戦争へ向かっていることは、死傷者数の調査からも明らかである。医薬品に関しても同じような傾向が見られ始めている。病気に対抗する知的な兵器は、これまでのものよりはるかに少ない副作用で特殊任務を遂行できるのだ。戦争における犠牲者減少の傾向は、民間人についても同様であるが、現在のメディア報道からはそのようには見えないだろう（第二次世界大戦では約五〇〇〇万人の市民が犠牲になったことを思い出してほしい）。

陸軍科学顧問団（ＡＳＡＧ）は科学調査の優先事項に関して合衆国陸軍に助言する団体だが、わたしはその五人のメンバーのひとりだ。ＡＳＡＧのブリーフィング、審議、勧告は機密事項であるが、陸軍と合衆国軍全体が推進するテクノロジーの全体的な方向性についてなら、お話しできるだろう。

合衆国陸軍の調査実験部門の長でＡＳＡＧとの連絡役を務めるジョン・Ａ・パーメントラ博士は、国防総省のトランスフォーメーション（変革）プロセスの方向性について「高感度で、ネットワークを中心とし、迅速な決定が可能であり、あらゆる軍編成に勝り、いかなる戦闘空間においても圧倒的な力を発揮する」軍隊への動きである、と述べている。また、目下開発中で、二〇二〇年代に完成予定のフューチャー・コンバットシステム（ＦＣＳ）については、「より小さく、より軽く、より速く、より破壊的で、より賢い」と評している。

未来の部隊展開とテクノロジーに関して劇的な変化が準備されている。細部に変更はありそうだが、陸軍は、約二五〇〇名の兵士と無人ロボットシステム、そしてＦＣＳ装備からなる旅団戦闘チーム（ＢＣＴ）の配置を想定している。ひとつのＢＣＴはおよそ三三〇〇の「プラットフォーム」（コンピュータ基盤）からなり、それぞれ独自の知的コンピューティング能力を備える。ＢＣＴには戦闘域についての共通操作画面（ＣＯＰ）があり、その情報は適切に変換されている。一方、各兵士はさまざまな形で情報を受け取る。その手段としては網膜へのディスプレイ（その他、さまざまな要警戒表示《ヘッドアップ》）や、将来的には神経への直接接続もありえるだろう。

陸軍の目標はＢＣＴ単体で九六時間、全師団で一二〇時間の部隊展開を可能にすることだ。各兵士の装備の重量は、現在はおよそ四、五〇キログラムあるが、新素材や新装置に替えることで一五キロほどに減り、一方で戦闘力は劇的に向上するだろう。装備のいくらかは「ロボットラバ」（四足歩行ロボット）が分担するようになる。

軍服の新素材は、ケブラーという新しい合成樹脂とシリカ・ナノ微粒子を分散させたポリエチレングリコールを用いて開発されている。その素材は通常はしなやかだが、圧力を受けるとただちに突きとおせないほど密集し、防護服となる。また、ＭＩＴにある軍用ナノテクノロジー研究施設では、「エクソマッスル」（外筋肉）というナノテクノロジーベースの素材を開発中で、戦闘員が重い装備を扱うときに筋力を大幅に補強することを目指している。

米陸軍の主力戦車エイブラムスは戦闘員の安全に関して驚異的な記録をもっている。二〇年にわたって戦闘で使用されてきたが、死傷者はわずか三名にすぎない。これは装甲素材が進化するとともに、ミサイルなどの武器を迎撃するよう設計されたインテリジェントシステムが発達した結果だ。しかし、戦車は七〇トン以上あり、ＦＣＳが目指すより小さなシステムの一部となるには、かなりの減量が求められる。軽量でありながらひじょうに強固な新しいナノ素材（プラスチックがナノチューブと結合し、鋼鉄の五〇倍の強さとなるものなど）は、ミサイル攻撃を迎え撃つコンピュータ知能の発達とともに、地上戦闘システムの重量をおおいに減らすだろうと期待されている。

最近のアフガン戦争やイラク戦争で使われた武装プレデターに始まる無人航空機（ＵＡＶ）への流れは、今後急速に加速していくだろう。陸軍が研究しているＵＡＶの中には、鳥ほどの小型サイズのものも含まれ、偵察と戦闘、双方の任務を速く正確にこなすことができる。さらに小型の、マルハナバチぐらいのものも想定されている。実際のマルハナバチの航行能力は、左右の視覚システム間の複雑な相互作用によるものだが、最近そのリバースエンジニアリングがなされた。やがてはこれらの小型飛行マシンに適用されるだろう。

ＦＣＳの中心は自己組織型で超分散型の通信網になっており、個々の兵士と機器から情報を集め、適切な情報画面とファイルをそれを必要とする兵士と機器に返送できる。敵の攻撃を受けやすい通信中枢は存在しない。情報はネットワークの傷ついた部分をすみやかに迂回する。そのためになによりなすべきことは、完全な通信状態を維持しながら敵軍による回線の盗聴や操作を防止するテクノロジーの開発である。同様の情報セキュリティ技術は、電気的手段とソフトウェアウィルスを使用したサイバー戦争において、敵の通信への侵入・妨害・攪乱・破壊に適用されるだろう。

ＦＣＳは単体のプログラムではない。遠隔誘導、自律型、小型化、ロボットシステム、強固な結合、自己組織化、分散化、そして安全な通信を目指す総合的な軍事プログラムである。

アメリカ統合軍司令部のアルファ計画（この計画が陸軍全体における急速な考え方の変化を導いている）は、二〇二五年の戦闘を「ロボット化がかなり進んだ」ものとして想定しており、「任務内容によって、何段階かの自律性——調整可能な自律、管理下の自律、完全な自律——を発揮する」自律型戦闘ロボット（ＴＡＣ）が組み込まれていると予測する。ＴＡＣは、ナノボットやマイクロボットから大型のＵＡＶやその他の航空機や車両まで、幅広いサイズで利用でき、また複雑な地形でも走行できるようにオートメーション化されている。ＮＡＳＡが軍用に開発した画期的デザインは、ヘビの形をしている。

自己組織化する小型ロボットの群れという二〇二〇年代のコンセプトを体現するプログラムのひとつは、米海軍研究局の「自律型インテリジェント・ネットワークシステム」（ＡＩＮＳ）で、それが目指す無人戦闘部隊は自律型無人ロボットからなり、水中、地上、空中を問わず活躍できる。そのロボット群を統括するのは人間の司令官で、プロジェクトの長、アレン・モシュフェグが「難攻不落の空のインターネット」と呼ぶネットワークによって分散的に命令を下し、コントロールする。

群知能の設計については広範囲にわたって研究が進められている。群知能とは、個々のエージェント（機能主体）は比較的単純なルールに従って動いていても、数多く集まれば複雑な行動を起こすことができるというものだ。たとえば、昆虫の群れはコロニーの構造設計のような複雑な問題でも、しばしば知的に工夫して解決する。もちろん一匹一匹にそのような能力はないのだが。

ＤＡＲＰＡは二〇〇三年、一二〇体の軍事用ロボット（アイロボット社製、同社の創設者のひとりは、ロボット工学の先駆者、ロドニー・ブルックスである）からなる大部隊が群知能ソフトウェアによって、組織化された昆虫の行動をまねることができたと発表した。ロボット工学システムがより小型化し、ますます発展するにしたがって、自己組織化する群知能の原理はいっそう重要な役割を担うだろう。

軍部には開発期間を短縮する必要があるとの認識もある。歴史的に、軍事プロジェクトの調査研究から開発までにかかる期間は、典型的なもので一〇年を超えている。しかし一〇年ごとに、テクノロジーのパラダイムシフトが倍増する状況では、多くの武器システムは戦場で使われる前にすでに時代遅れのものとなってしまっているため、開発期間はスピードアップする必要がある。その方策のひとつは、新しい武器の開発およびテストにシミュレーション（模擬実験）を用いることだ。これまでは、プロトタイプを作って実際に使用して（しばしば爆破させて）テストする手法をとっていたが、シミュレーションに替えれば、武器システムの設計から実現、そしてテストまでを、はるかに短期間で行えるようになる。

もうひとつの重要な傾向は、戦闘から兵士を遠ざけて、その生存率を高めることだ。システムが遠隔操作できるようになれば、これは実現する。車両から操縦士が離れることで、より危険な任務を果たすことができ、設計上、はるかに操作しやすくなる。また、人命を守るためのさまざまな設備が不要になるため、全体がひじょうに小さくなる。将軍たちはさらに遠くへ移動している。アフガンの戦闘では、陸軍大将のトミー・フランクスはカタールの観測室から指揮をとっていた。

スマートダスト　ＤＡＲＰＡは鳥やマルハナバチよりさらに小さなデバイスを開発中だ。それは「スマートダスト」（賢い塵）と呼ばれる、虫ピンの頭ほどの複雑なセンサーシステムである。開発が充分に進めば、これらのデバイス数百万個を敵の勢力圏にばらまいて、敵の動きを詳細に監視させ、最終的には攻撃を支援できるようになるだろう（たとえば、すぐあとで述べるナノウェポンを放つなど）。スマートダスト・システムの動力はナノエンジニアリングされた燃料電池で供給することになるが、同時にそれ自身の動きや風、熱流がもたらす力学的エネルギーを動力に転化することもできる。

重要な敵や、隠された武器の位置の発見は、スマートダストに任せればいい。その本質は目に見えない大量のスパイで、敵のテリトリーを数センチ単位で隅々までくまなく監視し、あらゆる人間（体温、磁気画像、果てはＤＮＡテスト、その他の手段によって）、あらゆる武器を識別し、敵側の目標物を破壊することさえできるのだ。

ナノウェポン　スマートダストのさらに先は、ナノテクノロジーベースの兵器となり、それより大きいサイズの兵器は時代遅れになる。そのように広く分散した勢力に対抗するには、敵もナノテクノロジーを採用する他なくなるだろう。加えて、ナノデバイスに自己複製力をもたせれば、その能力をさらに拡大できるが、破滅的な危険も招き入れることになる。

ナノテクノロジーはすでに幅広く軍事に適用されている。具体的には、ナノテクコーティングによる装甲板の強化、化学兵器や生物兵器を迅速に発見し特定するチップ上に構築された〝ナノ実験室〟、一定地域の汚染を除去するナノスケールの触媒、状況に応じて自力で再構築できるインテリジェント素材、負傷者からの感染を防ぐために生物破壊性のナノ粒子が組み込まれたユニフォーム、プラスチックと結合してきわめて強力な素材を作りだすナノチューブ、自己修復する素材、などである。たとえば、イリノイ大学では自己修復するプラスチックが開発されているが、それはプラスチック基盤に液状モノマーの微小球と触媒を組み入れたもので、ひびが入ると微小球が砕けて自動的にその割れ目をふさぐようになっている。

スマートウェポン　ミサイルはすでに、標的への的中を願って発射される低能なものから、パターン認識を利用してみずから無数の戦術的決定を行なっていく巡航ミサイルへと移っている。しかし銃弾は、依然として本質的には旧型ミサイルを小さくしたものであり、それに知能をもたせることがもうひとつの軍事目標となっている。

軍用兵器が小型化し、数を増やすにつれて、人間がデバイスの一つひとつをコントロールすることは、ほぼ不可能になるだろう。それゆえ、自律制御のレベルを上げることがまた別の重要な目標となる。機械の知能が生身の人間の知能に追いついたあかつきには、より多くのシステムが完全に自律的なものになるだろう。

ヴァーチャルリアリティ　ＶＲ環境はすでに米空軍の武装プレデター（ＵＡＶ）のような遠隔操縦システムで使われている。たとえ兵士がその兵器システムの中にいたとしても（エイブラムス戦車のように）、窓から外を見ただけで戦況を知ることはできない。ＶＲ環境は、実際の環境と同じ光景を見て効果的な制御を行なうために必要とされる。ロボット兵器群を統括する人間の司令官も、これらの分散システムが集めてくる複雑な情報を把握するために、専用のＶＲ環境を必要とするだろう。

二〇三〇年代末期と二〇四〇年代までに、われわれの体がバージョン3.0の人体となり、非生物的知能が優勢になるにつれ、サイバー戦争の問題が舞台中央へ躍り出るだろう。あらゆることが情報化されると、自分自身の情報をコントロールし、かつ敵の情報伝達、命令、制御を妨げる能力が、軍事的成功を決める主要因となるのだ。

学習

今日の世界における教育の大半は、富裕な地域でさえ、一四世紀ヨーロッパの修道院学校によって確立された型からさして変化していない。学校はあいかわらず極度に一点集中した制度で、建物や教師という不足がちな資源のうえに成り立っている。教育の質もその地域の財政状況によって差が大きく（財産税で公教育の費用をまかなうアメリカの伝統は明らかにこのような不平等を助長している）、持つ者と持たざる者の格差へとつながっている。

他のあらゆる制度と同様に、やがては教育システムも分散化へと向かい、誰もが最高級の知識や教育にたやすくアクセスできるようになるだろう。現在はこの変容の初期段階にあるが、すでにネット上の膨大な知識や便利な検索エンジン、質の高い無料のウェブ講座、ますます効果的になっているコンピュータを使った教育などの到来によって、あまり費用をかけずに幅広い教育を受けられるようになった。

主要大学の大半は現在、広範囲にわたるオンライン講座を提供しているが、その多くは無料である。ＭＩＴのオープンコースウェア（ＯＣＷ）はその先駆けで、今もこの取り組みを牽引している。ＭＩＴは九〇〇の講座を――全講義科目の半数にあたる――ウェブ上に無料で公開している。このことは世界中の教育界にすでに多大な衝撃を与えている。たとえば、ブリジット・ブイスーはこう書いている。「フランスの数学教師として、ＭＩＴに感謝したい。（その）ひじょうにわかりやすい講義は、授業を準備するうえでおおいに役立った」。パキスタンの教育者、サイード・ラティフはこのＭＩＴ・ＯＣＷコースを自身のカリキュラムに組み入れた。彼のパキスタンの生徒はその教育の重要な一部として――事実上――定期的にＭＩＴの授業に出席していることになる。ＭＩＴは二〇〇七年までにすべての講座をオンラインにし、オープンソース（つまり、非営利目的の利用については無料）にすることを目指している〔二〇一五年末時点で二三〇〇の講座が利用可能〕。

合衆国陸軍はすでにあらゆる非肉体的な訓練をウェブベースの教育を利用して行なっている。

アクセスしやすく、安価で、ますます質が高くなるウェブ上の便利な講座もまた、自宅学習への傾向を勢いづけている。

インターネットをベースとした高品質の視聴覚コミュニケーションのインフラを整えるためにかかる費用は、およそ年に五〇パーセントの割合で急速に下降し続けている。二〇一〇年までには、世界の開発途上地域でも、未就学児から博士課程の研究者に至るまで、あらゆる学習レベルに応じた上質の教育に、きわめて安価でアクセスできるようになりそうだ。それぞれの町や村に訓練を受けた教師がいないために教育が受けられない、というようなことはもうなくなるはずだ。

コンピュータを利用する教育（ＣＡＩ）がより高度になると、学習内容を個々の学生に合わせる能力はおおいに伸張するだろう。新世代の教育ソフトはそれぞれの学生の強みと弱点をモデリングし、各学習者の弱点分野に的を絞った戦略を立てることができる。わたしが創設した会社、カーツワイル・エデュケーショナル・システム社が提供するソフトウェアは、数万の学校で読書障害の学生たちに利用され、それを介して通常の印刷物を手にとれるようにし、読む力を向上させる。

現在の帯域幅には制限があり、また効果的な三次元ディスプレイもないため、今日通常のウェブへのアクセスによって得られるヴァーチャル環境はまだ「実際にそこにいる」とまでは言えないが、それもいずれ改善されるだろう。二〇二〇年代の初めごろには、視聴覚ＶＲ環境は完全没入型となり、解像度がきわめて高く、信頼に足るものになるだろう。大半の大学はＭＩＴのあとに続いて授業内容をウェブ上で公開し、ますます多くの学生がヴァーチャル授業に参加するようになる。ヴァーチャル環境は高品質のヴァーチャル研究室を提供し、そこでは化学や原子物理学、その他の科学分野の実験ができる。学生たちはヴァーチャルなトマス・ジェファーソンやトマス・エジソンと触発し合うこともできるし、ヴァーチャルなトマス・ジェファーソンに「なる」ことさえ可能なのだ。授業は数多くの言語のあらゆる学年レベルに対応するようになる。このような高品質、高解像度のヴァーチャルクラスに参加するのに必要なデバイスは、第三世界においても、あたりまえにどこででも入手できるようになる。幼児から大人まで、学生は年齢を限らず、世界中いつでもどこでも最高の教育を受けられるようになるだろう。

教育の本質は、われわれが非生物的知能と溶けあうとき、ふたたび変化することになる。そのときにわれわれは、知識や技能を、少なくとも知能の非生物的な部分については、脳内に直接ダウンロードする能力をもつことになるだろう。今日、われわれが使う機械は日常的にそれを行なっている。もし自分自身のラップトップコンピュータをスピーチや文字認識、翻訳、インターネット検索、いずれかの分野で最高水準にしたいと思ったら、コンピュータに正しいパターン（ソフトウェア）をすばやくダウンロードするだけでよい。われわれの生体の脳にはまだ、学習の成果物であるニューロン間結合や神経伝達物質をすばやくダウンロードするためのＣＯＭポートに相当するものはない。それは現在われわれが思考に用いている生物的パラダイムの数ある重大な制限のひとつであり、シンギュラリティを過ぎればそれも克服されるだろう。

仕事

一六五一年、トマス・ホッブスは「人間の一生」について「孤独で、哀れで、やっかいで、野卑で、短い」と記述した。この評価は当時としては正当だったが、現在、少なくとも先進国においては、テクノロジーの進歩によってこのような過酷な特徴はかなり克服されている。発展途上国においても平均寿命はわずかに短いだけだ。テクノロジーは概して、低機能のわりに高価な製品から始まり、次に高価なのはそのままだが、機能が少しばかり向上し、その後、高性能で安価な製品が登場する。そして最終的には、ひじょうに高性能になり、至るところに広まって、ほとんど無料になる。ラジオとテレビはこのパターンで推移し、携帯電話も同様だ。現代のウェブアクセスは「高性能で安価」の段階にある。

今日、採用されているテクノロジーは、この初期段階から最終段階に至るまでにおよそ一〇年かかっているが、パラダイムシフトの速度が一〇年ごとに二倍ずつ速くなっていけば、この開きは今後一〇年の間におよそ五年となり、二〇二〇年代のなかばにはわずか二、三年となるだろう。莫大な利益を生む可能性があるGNRテクノロジー（遺伝学、ナノテクノロジー、ロボット工学）によって、これからの二〇年から三〇年に、最貧階級はほとんど消えていくだろう。しかし、これらの発展は加速する変化に対する原理主義者の反発と、ラッダイト（反機械主義）的反応を呼び起こすだろう。

マイクロ・ナノテクノロジーをベースとした製造法の出現により、製品を作るのにかかる費用は重量あたりわずかな金額となり、それに製造プロセスを導く情報の費用がプラスされ、本当の価値はこの情報に属するようになる。すでにこれは現実になりつつある。ソフトウェアベースのプロセスは、設計と材料の調達からオートメーション工場での組み立てまで、今日のあらゆる製作工程を動かしている。ある品の製造コスト中、情報プロセスに費やされる費用の割合は、製品の種類によって異なるが、全般的には増加しており、急速に一〇〇パーセントに近づきつつある。二〇二〇年代の終わりまでには、事実上あらゆる製品の価値は――衣類、食物、エネルギー、そしてもちろん電子機器も――もっぱらその情報によることになるだろう。今日でも見られることだが、あらゆるタイプの製品とサービスについて、所有権を主張するものとオープンソースのものが共存するようになる。

知的財産権　製品やサービスの主要な価値がその情報に属するようになると、ビジネスモデルを支えるために情報の権利の保護がとりわけ重要になる。そうした基盤があればこそ、充分な資本が供給され、価値ある情報を作りだすことができるのだ。今日、エンターテインメント業界では、音楽や映像の不正ダウンロードに絡んで小競り合いが起きているが、やがて価値のすべてが本質的に情報に帰するようになったときには、さらに深刻な争いが起きるだろう。価値ある知的財産（ＩＰ）の創造を可能にするビジネスモデルは、既存のものであれ新規のものであれ、明らかに保護を必要とし、さもなければ、ＩＰの供給自体が脅かされる。しかし、情報のコピーの容易さという、避けようのない圧力が存在する以上、業界は、一般の期待に応じてビジネスモデルをオープンにすれば、損害をこうむるだろう。

たとえば音楽について言えば、レコード業界は新しいパラダイムを牽引しようとせず、高価なレコードアルバムに（つい最近まで）固執し、時代遅れのビジネスモデルにしがみついていた。わたしの父がまだ若く、音楽家として世に認められようと苦闘していた一九四〇年代から、なにも変わろうとしなかったのだ。大衆は、その価格が妥当と思えるなら、情報サービスの著作権を大幅に侵害しようとはしない。携帯電話部門は、激しい侵害を受けないでいる業界の典型である。携帯電話の通話料は、テクノロジーの進歩とともに急速に安くなっている。もしも携帯電話業界が通話料金をわたしが子どもだったころのままにしていたら（当時は、たまに誰かが遠距離電話をするときには、他の家族もなにをしていようと中断して電話口に集まったものだ）、必ずや携帯通話の海賊版が出現していただろう。音楽メディアの海賊版に比べても技術的にはそう難しくはない。だが、携帯通話の不正使用は犯罪行為だという認識が広まっており、それは携帯電話料金は適正だという世間一般の見方によるところが大きい。

ＩＰビジネスモデルはつねに変化の際《きわ》にある。映画はファイルのサイズが大きいためダウンロードが難しかったが、急速にそれは問題でなくなってきている。映画業界は、オンデマンドの高画質映画のような、新しいスタンダードを目指す取り組みをリードしなければならない。音楽家は通常、生の演奏活動によって収入の大半を得ているが、そうしたビジネスモデルも完全没入型のＶＲが登場する二〇一〇年代初めには攻撃対象となるだろう。それぞれの業界は頻繁にビジネスモデルを作り変えなくてはならず、それにはＩＰそのものを作りだすのと同じくらい創造性を要するだろう。
最初の産業革命はわれわれの身体能力の限界を広げたが、第二の革命は心の限界を広げようとしている。すでに述べたように、過去一〇〇年の間に、アメリカの工場や農場の労働者人口は六〇パーセントから六パーセントに減った。この先二、三〇年で、肉体的、精神的ルーティンワークのすべてが事実上、オートメーション化される。コンピューティングとコミュニケーションは、携帯用デバイスのような個別の機器を必要としなくなり、数々の情報資源からなる継ぎ目のないウェブ環境となって、われわれを取りまくだろう。すでに現代の仕事の大半はさまざまな形でＩＰの創造や促進と関わっており、それは人から人への個人的なサービス（健康、フィットネス、教育など）においても同じである。このような傾向はＩＰの創造――あらゆる芸術的、社会的、科学的創造を含む――とともに続き、われわれの知性が非生物的知能と融合して拡大することにより、いっそう促進されるだろう。ＶＲがあらゆる感覚を包囲するようになると、個人的サービスは、その大部分がＶＲ環境下へと移行する。

分散化　次の数十年間、全体の流れは分散化に向かって進む。今日、エネルギープラントは高度に集中した無防備なものであり、エネルギー輸送には船や燃料ラインが使われている。ナノエンジニアリングによる燃料電池や太陽光発電の出現により、エネルギー源をわれわれの生活基盤の中に広く分散し、しっかり組み込めるようになる。マイクロ・ナノテクノロジー製造は、安価なナノ加工の小規模工場に振り分けて行なわれるようになるだろう。ＶＲ環境では、ほとんどすべてのことを、誰とでも、どこからでもできるようになり、オフィスビルや都市といった集中型テクノロジーは時代遅れになる。

バージョン3.0の人体は意のままに異なる形状へ変わることができ、大半が非生物的となったわれわれの脳は、もはや生物としての限られた構造に縛られることはない。そうなると、人間とはなにかということが徹底的に問われるようになるだろう。ここに述べた個々の変化は一足飛びに起きるのではなく、一歩ずつ小さな歩みが続いた末にもたらされる。そうした歩みはせきたてられるようにして進んでいくが、一般に受け入れられるのもまた急速だ。体外受精のような新しい生殖技術について考えてみればよくわかる。最初は論争の的になったものの、たちまち広く利用され容認されるようになった。その一方で、変化はつねに原理主義者とラッダイトの反動を呼び起こし、それは変化の速度が増すにつれていっそう激しくなる。しかし、見た目は論争を呼んだとしても、人類の健康、富、表現力、創造性、そして知識にとって、圧倒的な利益をもたらすものであることはたちどころに明らかになる。

遊び

遊びもまた一種の仕事であり、人間があらゆる形式の知識を創造するうえで欠くことのできない役割を果たしている。人形や積み木で遊ぶ子どもたちは、本質的には遊びの体験を通じて創造していくことで、知識を形成している。ダンスを楽しむ人々は共同して創作プロセスに関わっている（この国のもっとも貧しい地域の子どもたちが道端でブレイクダンスを創りだし、それがヒップホップを世に送りだしたことを考えてみよう）。アインシュタインはスイス特許事務所の仕事をそっちのけで、遊び心に満ちた思考実験に取り組み、その結果、不朽の理論である特殊および一般相対性理論を誕生させた。戦争が発明の父なら、遊びは発明の母だ。

ますます精巧になったビデオゲームと教育ソフトの間に、もはやはっきりとした区別はない。二〇〇四年九月に発売されたゲーム、ザ・シムズ2では、みずからの動機や意思をもつAIをベースとしたキャラクターが使われる。前提となる台本はなく、キャラクターたちは予測できない行動をとり、彼らが互いに影響し合うことで物語の道筋が浮かび上ってくる。ただのゲームだが、プレーヤーは社会意識の発展について考えさせられる。同様に、ますます現実味を帯びていくスポーツのシミュレーションゲームも、スポーツの技術と理解を促進するものだ。

二〇二〇年までに、完全没入型のVRは思わず引き込まれるような環境と経験に満ちた広大な遊び場となるだろう。当初よりVRは、遠く離れた他者と密接にコミュニケーションでき、また実に多様な環境を選べるという利点をもつことになる。初期のVR環境は完全に信頼に足るものではないが、二〇二〇年代の終わりまでには現実と見分けがつかなくなり、あらゆる感覚と結びつくだけでなく、われわれの感情の神経学的な相互作用と関連するようになるだろう。二〇三〇年代になると、人間と機械、現実とVRの区別はなくなる。仕事と遊びについてもそうなるかもしれない。

第六章

わたしは技術的特異点論者《シンギュラリタリアン》だ

技術的特異点論者《シンギュラリタリアン》とは、シンギュラリティを理解し、それがみずからの人生においてどんな意味をもつのか、懸命に考え続けてきた人を指す。

わたしは数十年にわたって、そうした考察を続けてきた。言うまでもなく、それは決して答えの得られないプロセスだ。わたしが人間の思考とコンピューティング技術の関係を考えだしたのは、まだティーンエージャーだった六〇年代のことだった。七〇年代に入ると、テクノロジーの加速について研究を始め、八〇年代の終わりにそのテーマで最初の本を書いた。つまりわたしはその間ずっと、現在進行中の、人間の思考とコンピューティング技術との重なり合う変化が社会――そしてわたし自身――にもたらす衝撃をじっくりと観察してきたのだ。

経済学者のジョージ・ギルダーは、わたしが描く科学的・哲学的未来像は「伝統的な宗教的信仰に対する信頼を失った者にとって、その代わりとなる予言である」と述べた。彼の見方もわからなくはない。シンギュラリティを期待することと、伝統的な宗教によって提示された変化を待ち望むことには、少なくとも見た目には相つうずるところがあるからだ。

しかしわたしは、通常の信仰に代わるものを求めてこの見解にたどりついたわけではない。テクノロジーの流れを理解したいと思った動機はもっと実際的なものだった。すなわち、自分の発明が可能となる時機を計りたかったからだし、また、テクノロジー系企業を始めるにあたって最善の戦略を定めたかったからだ。それがやがて、こうしたテクノロジーのモデリングが独り歩きを始め、わたしはテクノロジーの進化を系統立てて理解するに至った。そこから、いわば自然な流れとして、それらの重大な変化が社会的、文化的制度やわたし自身の人生に与える影響について考えるようになった。したがって、シンギュラリタリアンたらんとすることは、信仰の問題なのではなく理解の問題なのである。だが、その一方で、本書で論じてきた科学的動向を熟考することにより、伝統的宗教が取り組もうとしてきた諸問題——たとえば、道徳・不道徳の本質、人生の目的、宇宙における知性といった——に対する新しい見方が生まれることは間違いない。

シンギュラリタリアンであることで、わたしはたびたび疎外感や孤独を味わってきた。出会う人のほとんどが、わたしの見方を受け入れてくれないからだ。「大物思想家」のほとんどは、この重要な考えにまったく気づいていない。数限りない声明や論評の中で、人々が繰り返すのは「人生は短く、人間の体力や知力には限界があり、一生の間に根本的なことは何も変わらないだろう」といったありきたりの分別だ。変化が加速することの意味が明らかになるにつれて、こうした偏狭な見方も変わっていくと思うが、本書を著した主な理由は、より多くの人々と自分の見解を分かち合いたいと思ったからだ。

では、どのようにしてシンギュラリティを考察すればいいのだろう？　ちょうど太陽のように、それを直視するのは難しい。ちらっと横目で見るのがせいぜいだろう。現代の哲学者マックス・モアが言うように、われわれが求めているのは新手の教義などではないし、新しいカルトでもない。シンギュラリティ主義は、信念体系でもなければ、統一された見解でもないのだ。それは基本的に基礎となるテクノロジーの動向を理解することであり、それとともに、健康や富の本質から、死や自己の本質に至るまで、すべてを考え直すきっかけとなる洞察なのだ。

わたしにとって、シンギュラリタリアンであることは、じつに多くのことを意味するが、次にあげるのはそのほんの一部である。これらはわたし個人の見解を示したもので、新しい教義の提案ではない。

◆われわれは現在、永遠と言えるほど長く生きる手段を手に入れた。現在ある知識を積極的に用いれば、老化の過程を格段に遅らせることができ、バイオテクノロジーとナノテクノロジーによるさらに抜本的な延命治療が可能になるまで、元気な状態を保つことができる。ただしベビーブーマーの多くは、自身の老化の加速的進行や、それを食い止められる好機にも気づかず、寿命を延ばすことができないかもしれない。

◆この観点から、わたしは積極的に自分の身体を生化学的に作り直していて、健康状態は、そうしなかった場合とは格段に違ってきている。サプリメントや薬は、どこかが悪くなったときのために取っておくべきものではない。つねに具合の悪いところはあるものなのだ。われわれの身体は、大昔に進化した旧式の遺伝プログラムに支配されているので、そうした遺伝上の負の遺産を克服していく必要がある。すでに、そうするために必要な知識は揃っていて、わたしは熱心にそれを実践している。

◆わたしの身体は一時的なものだ。それを構成する分子は、ひと月でほぼ完全に入れ替わる。連続性をもっているのは身体と脳のパターンだけだ。

◆そうしたパターンを改善するために、身体の健康状態を最適にし、知性を伸ばしていかなければならない。最終的にはテクノロジーと融合することにより、精神機能は驚異的に拡張できる。

◆われわれは身体を必要とする。ただし、マイクロ・ナノテクノロジーの部品を取り入れることで、身体を思うままに改造できるようになる。

◆テクノロジーによってのみ、人間社会が何世代にもわたって取り組んできた難題を克服することができる。たとえば、今誕生しつつある技術によって、クリーンで再生可能なエネルギーを供給・備蓄する手段が提供されるだろう。また、人体と環境から毒素や病原体を除去する手段や、飢えと貧困を克服するために必要な知識と財力も得られるだろう。

◆知識は、どのような形態のものも貴重だ。音楽、美術、科学、テクノロジー、そしてわれわれの脳と身体に記憶された知識もかけがえのないものだ。知識の喪失はすべて悲しむべきことである。

◆情報は知識ではない。世界には情報が溢れており、知能の役割は、その中から顕著なパターンを見つけだし、それに基づいて行動することだ。たとえば、毎秒数百メガビットもの情報がわれわれの感覚機能を通過するが、その大半は知能によって切り捨てられている。保持されるのは、重要な認識と洞察（どのような知識の形態であれ）に限られる。このように知能は、情報を選択的に破棄して知識を創造している。

◆死は悲惨だ。ひとりの人間を深遠なるパターン（知識の一形態）と見なすことは、侮辱にはあたらないと思うが、死によってそうしたパターンは失われる。少なくとも現状では、人の知識にアクセスしたり、バックアップを取ったりすることはできないからだ。愛する人が死んだとき、人はよくみずからの一部を失ったように感じると言うが、それはまさにそのとおりで、その人と交流するために脳の中にできあがっていた神経系のパターンを実際に使う能力が失われるのだ。

◆伝統的な宗教の主な役割は、死を賛美する考えを正当化するところにある。すなわち、死の悲惨さを、よいことであるかのごとく正当化するのだ。こうした一般的な死の捉え方を、英国の作家マルコム・マガリッジは次のように表現する。「死がなければ、人生は耐えがたい」。しかし、シンギュラリティがもたらすであろう芸術や科学、その他あらゆる形態の知識の爆発的な発展によって、人生は充分、耐えられるものになるだろうし、真に有意義なものになるはずなのだ。

◆わたしの考えでは、生命の目的――そしてわれわれの人生の目的――は、より偉大な知識を創造して評価し、そして、よりすばらしい「秩序」に近づくことである。第二章で述べたように、秩序が増加していくと通常は複雑さも増していく。だがときには、深い洞察により、複雑さを減少させつつ秩序を増加させることも可能となる。

◆わたしの見るところでは、宇宙の目的にも、人生と同じ目的が反映される。すなわち、よりすばらしい知能と知識に近づくことである。人間の知能とテクノロジーが、この宇宙という拡大する知能の最先端を形成するのだ（今のところ地球外の競争者は見つかっていないので）。

◆臨界点《ティッピングポイント》にさしかかっている今世紀中に、自己複製能力をもつ非生物的な知能をとおして、太陽系全体にわれわれの知能を拡散させる準備が整うだろう。そして、それは太陽系以外の宇宙へも広がっていくだろう。

◆アイデアとは、知能を具体化したものであり、その所産である。アイデアにより、われわれが遭遇する問題の大半は解決できる。解決できない主要な問題は、われわれがはっきりと表現できないもの、そしてたいていは、気づきもしていないものだ。したがって、問題と遭遇したときに重要となるのは、まずそれを言葉（ときには方程式）で正確に表現することだ。それさえできれば、問題に立ち向かい、解決するアイデアを見つけられる。

◆われわれは、テクノロジーの加速がもたらす多大な力を利用できる。中でも注目すべき例は、「橋を足場にして橋を架け、さらにそれを土台として橋を渡す」（今日の知識をバイオテクノロジーへの架け橋とし、次にそのバイオテクノロジーの知識をナノテク時代への架け橋にする）方式により、寿命を劇的に延ばすことだ。これにより、劇的な延命に必要な全知識はまだ揃っていないにもかかわらず、無限に生きる道が今開かれることになる。言い換えれば、今日すべての問題を解決しなくてもよいのだ。五年か一〇年、あるいは二〇年の間に入手できる技術力を想定し、それらを計画に組み入れることが可能だ。これはまさしく、わたしが自分の技術プロジェクトを考案する際のやり方であり、社会が直面する大問題や個々の人生における問題についても、同じ方法を適用することができる。

マックス・モアは、人間性《ヒューマニティ》の目標は、「人間的価値によって方向づけられる科学技術をとおして達成される」超越である、と説明している。彼は、ニーチェの言葉を引用している。「人間は、動物と超人の間に張りわたされた一本の綱――深い淵の上にかかる綱である」。ニーチェの言葉を解釈すれば、人間は他の動物よりも前進しつつ、さらに偉大ななにものかになることを希求していることになる。深い淵とは、テクノロジーが内包する危険を暗示しているとも考えられる。

モアはまた同時に、シンギュラリティを予期することで、目下の課題に取り組む姿勢が受け身になりかねないという懸念を表明している。長年の問題を克服する途方もない可能性が見えてきたので、今日の足元の懸念については傍観しようとする傾向が現れるかもしれないというのだ。わたしもモアと同様に「受け身のシンギュラリティ主義」を警戒する。積極姿勢が望まれる理由は次のとおりだ。テクノロジーというものは諸刃の剣であり、シンギュラリティに向かってうねりが高まるにつれ、予想しなかった方向に進み、ひどく悩ましい結末を迎える可能性をはらんでいる。未来技術の導入がわずかに遅れただけでも、幾千万もの人々が苦痛と死の継続を宣告されかねない。一例をあげれば、救命治療の実践が過度に管理されることで遅れれば、多数の命が犠牲となる（心臓病だけでも、毎年、世界で何百万人もが命を落としている）。

モアはまた、文化の側からの反乱についても懸念している。『平和』と『安定』を求め『思い上がり』や『未知なるもの』に反発する宗教的、文化的な衝動によって引き起こされる」反乱がテクノロジーの成長を頓挫させかねないというのだ。わたしは、しかし、大幅な逸脱はまずないだろうと考える。二つの世界大戦（およそ一億人が犠牲となった）や冷戦、そして度重なる経済、文化、社会の大変動といった歴史上例を見ない大きな出来事が起きたときでさえ、技術革新は少しもペースダウンしなかった。とはいえ、今日の世界で表面化しつつある、反動的で思慮に欠けるアンチテクノロジーの気運が、苦しみをさらに悪化させる可能性は充分にあるだろう。

それでもまだ人間なのか？　論者の中には、シンギュラリティのあとに来る時代を「脱人間《ポストヒューマン》」と呼び、脱人間主義の時代になると予想している人もいる。しかし、わたしにとって人間であることとは、その限界をたえず拡張しようとする文明の一部であることを意味する。人類は、その生体を再生し補強する手段を急速に増やすことにより、すでに生物的な限界を超えつつある。技術によって改良された人間はもはや人間でないとするなら、その境界線はどこに引けばよいのだろう？　人工心臓をつけた人は、まだ人間だろうか？　神経を移植された人はまだ人間だろうか？それが二か所になったらどうだろう？　では、脳に一〇個のナノボットを挿入した人はどうだろう？　五億個ではどうか？　境界はナノボット六億五〇〇〇万個にすべきだろうか？　六億五〇〇〇万個より下ならまだ人間で、それを超えれば「ポストヒューマン」というように。

確かに人類とテクノロジーの融合は、破滅に至る坂道を転げ落ちる危険性をはらんでいるものの、それはより輝かしい前途へとなめらかに上昇していく道であり、ニーチェの言う深い淵へ滑り落ちるものではない。中には、この融合を指して、新たな「種」の創造だという人もいる。しかし、そもそも種とは生物学の概念であり、われわれがしようとしているのは、生物学を超越することなのだ。シンギュラリティの根底にある転換は、生物進化の歩みを一歩進めるだけのものではない。われわれは生物進化の一切をひっくり返そうとしているのだ。

意識をめぐる厄介な問題

未来の機械は、感情や精神を宿すことができるのだろうか? これまでの章で、今日の生物としての人間が示している感情豊かな行動のすべてを、いずれ非生物的な知能が示すようになるというシナリオを、いくつも検討してきた。第一のシナリオは、二〇二〇年代の末までに、人間の脳のリバースエンジニアリングが完了し、感情的知能も含めた、人間の複雑で捉えがたい脳に匹敵しあるいは凌駕する、非生物的なシステムが創造されるだろうというものだ。

第二のシナリオは、人間の脳のさまざまなパターンを、適切な非生物的な思考の基板にアップロードするというもの。そして第三の、もっとも説得力のあるシナリオは、人間そのものが徐々に、しかし確実に、生体から非生物的な存在へと変わっていくというものだ。障害や病気を改善するための神経移植のような、比較的簡単なデバイスの導入はすでに始まっている。こうした人体の改造は、血流にナノボットを入れるようになれば、いっそう進歩するだろう。ナノボットはまず医療と老化防止を目的として開発が進められる。そしていずれは、より洗練されたナノボットが人間のニューロンと接続され、われわれの感覚を増強する。そうなると、神経系統からヴァーチャルリアリティ（ＶＲ）や拡張現実（ＡＲ）がもたらされ、記憶力は増強され、日常的な認識作業も助けられる。やがて人間はサイボーグとなり、知能における非生物的な部分は、そうした脳内の装置を足がかりとして、機能を指数関数的に拡大させていく。これまでに述べたように、ＩＴは、コストパフォーマンス、能力、導入率などすべての面で指数関数的な成長を持続していく。一ビットの情報を計算もしくは伝達するのに必要とされる質量とエネルギーが極度に小さいことを考えれば、この傾向がさらに進むと、やがては非生物的な知能は生物としての知能をはるかに凌駕するようになるだろう。そして人間の知能は基本的にその上限が決まっているため（バイオテクノロジーによって比較的穏当な最適化を行なう場合を除き）、いずれは非生物的な部分が優勢になっていく。二〇四〇年代には非生物的な脳のほうが数十億倍もの能力を発揮するようになる。それでもまだ人間は生物的な脳に意識を結合させているだろうか？

非生物的な存在が、今日のわれわれのように、自分にも感情と精神があると言い張るようになるのは目に見えている。彼ら――つまりわれわれ――自身もまた人間であり、人間がみずからの特性とする感情的、精神的経験のすべてをもちあわせていると主張することだろう。それも根拠のない話ではない。そして彼らは実際にそのような感情と結びついている豊かで複雑で繊細な行動をしてみせるだろう。

だが、それらの主張や行動――おそらく説得力があるはずだ――は、非生物的な人間の主観的経験とどのように関わっているのだろう？　われわれはいつもこのきわめて本質的でありながら、最終的には（完全に客観的な手段では）測ることのできない、意識という問題に立ち返ることになる。人はよく意識のことを、ある存在物のはっきりとした属性で、難なく識別し、発見し、判定できるものであるかのように言う。意識の問題がこれほどまで論議を呼ぶのはなぜか、その謎の鍵を握る洞察は次の言葉に集約される。

意識の実在を決定的に裏づける客観的な検証法は、ひとつとして存在しない。

科学とは、客観的な計測と、そこに生まれる論理的な推論から成り立っているが、まさに客観性の本質として、主観的経験は計測できないことになっている。計測できるのは、たとえば行動のように、意識となんらかの関係があるものだけだ（ここでは内面的行動――ニューロンとその構成部分など、ある存在を構成する要素の活動――も含める）。こうした限界は、「客観性」「主観性」という概念のまさに本質に関わるものだ。基本的に、われわれは他の存在の主観的経験を、直接客観的に測定して理解することはできない。確かに議論することは可能だ。「この非生物的な存在の脳の内部を見て、その方式が人間の脳とどれほど似ているか観察してみよう」とか、「それの行動がいかに人間の行動とそっくりか調べてみよう」といった具合に。だが結局それらは議論の域を出ない。ある非生物的な〝人物〟の行動がどんなに人間らしくても、その存在に意識があることを頑として受け入れない人もいるだろう。もっともその存在が神経伝達物質を放出していたり、ＤＮＡの遺伝情報をもとにタンパク質を合成していたり、あるいは他になにか、人間に特有の生物学的特性を有していれば話は別だろうが。

われわれは、他の人間も意識をもっていると決めつけている。ところがそれさえも、仮定にすぎないのだ。たとえば高等動物といった人間でない存在の意識に関しても、人間たちの意見は分かれている。「動物の権利」をめぐる論争を思い起こしてほしい。どの議論も、はたして動物には意識があるのか、それともただ本能のままに行動しているのかという点に関わっている。ましてや、これら動物よりもさらに人間らしい行動や知能を示す、将来の非生物的な存在となれば、議論はさらに激しくなるだろう。

実際、将来のこうした機械は、今日の人間以上に人間らしくなるかもしれない。逆説的に思えるかもしれないが、今日の人間の思考は独創的でなく、取るに足らないものなのだ。思考実験から一般相対性理論を思いつくアインシュタインの能力には驚かされるし、決して聴くことのできない交響曲を頭の中で作曲できるベートーヴェンの能力には驚嘆する。しかし、人間の思考の最高峰とも言うべきこれらの事例はきわめてまれで、またつかの間のものだ（幸運にもわれわれは、そうしたつかの間のきらめきを記録に残しており、それが人類を他の動物と区別する重要な能力を示している）。未来の人間は主として非生物の部分からなり、現在よりもはるかに知能が高いので、こうした質の高い人間的思考を、さらに大きく展開させられるだろう。

では、非生物の知能が自分たちにも意識があると主張したら、どう折り合いをつければいいのだろう？　実際的な見地から言えば、そうした主張を受け入れるべきだ。ひとつには、「彼ら」とはわれわれ自身なので、生物的知能と非生物的知能のはっきりとした境界線はもはやなくなっている。そのうえ、非生物的な存在はきわめて知的なので、彼らに意識があることを他の人間（生物的、非生物的、もしくはその中間となる存在）に対して説得できるだろう。人間に意識があると今日われわれに確信させている微妙な感情のシグナルを、彼らはすべてもっている。他の人間を笑わせたり、泣かせたりできる。自分たちの主張が受け入れられなければ、腹も立てるだろう。ただし、以上は根本的に政治的、心理的レベルでの予測であり、哲学的な議論をしているわけではない。

主観的な経験はまったく存在しないか、あったとしても本質的なものではないので無視してもよい、という見解に対しては反論したい。誰に、またはなにに意識があるかという問題、および、他者の主観的経験の性質は、われわれの倫理的、道徳的、法的概念の基礎をなしている。人間社会の法体系は、主として意識の概念に基づいており、とりわけ（意識のある）人間に被害――特に深刻な意識的経験の形で――を及ぼす行為や、人間の意識的経験を終わらせる行為（殺人など）に多大な関心が向けられている。

苦痛を感じる動物の能力に関する、人間の矛盾する態度もまた法律制定に表れている。動物虐待を取り締まる法も制定されているが、霊長類のように利口な動物に対する虐待がより重大視されている（かたや、工場飼育で苦しんでいる大量の畜産動物に関しては盲点になっているようだが、この件については他の専門書に譲る）。

わたしが言いたいのは、意識についての問題は、たんに高尚な哲学的関心事としては片づけられないということだ。それは社会の法律と道徳の基盤の核となっているものなのだ。機械――非生物的知能——が、自分たちには尊重されるべき感情があると、説得力をもって主張するようになれば、議論の流れは変わるだろう。ひとたび機械がユーモアのセンス——他者にその人間らしさを納得させるのにとりわけ重要なもの——をもってこの問題を論じ始めたら、おそらく議論の場では勝利を収めるに違いない。

法体系の実際の変更は、法律制定よりもむしろ訴訟によってもたらされることになるだろう。訴訟が多くの場合、突如、法体系の変化を引き起こすのだ。将来の先行事例と目されるのが、二〇〇三年九月一六日に、マータイン・ロスブラット弁護士（マーン、パッスキー、ロスブラット&フィッシャー法律事務所パートナー）が、あるコンピュータの依頼に基づいて行なった模擬裁判の申し立てだ。それは、ある企業に同社所有の「意識のある」コンピュータの電源を切らないよう求めたもので、国際法曹連盟の会議のバイオサイバー倫理部会で開かれた模擬法廷で審理が行なわれた。

われわれは、主観的経験の、ある種の相関現象を計測することはできる（たとえば、音を聞くというような、主観的経験でありながら客観的に検証できる経験をしているときに現れる、神経活動の特定のパターンを客観的に測定する）。しかし、客観的測定をもって、主観的経験の核心に入り込むことはできない。第一章で述べたように、ここで論じているのは、科学の基本である三人称の「客観的」経験と、意識の同義語である一人称の「主観的」経験との違いなのだ。

考えてみていただきたい。他者の主観的経験を真に体験することはできない。二〇二九年には、経験を転送する技術が開発されており、他者の経験を感覚的なものに限って、自分の脳で経験できるようになっている（加えて、もしかすると、経験がもたらす感情その他の、神経学的な相関現象もいくらかは経験できるかもしれない）。それでもなお、送り手が経てきた内面的な経験をそっくりそのまま伝達できるわけではない。なぜなら、送り手の脳とこちらの脳は異なるからだ。われわれはつね日ごろ他者の経験についての話を聞き、ときには相手の精神状態に根ざす行動に反応して共感したりする。だが、われわれが触れているのは、あくまで他者の行動であり、その主観的経験については、想像する他ない。意識の存在を除外しても完全に一貫性のある科学的な世界観を構築することはできるので、意識など幻想にすぎないと結論づける者もいるほどだ。

ＶＲのパイオニア、ジャロン・ラニアーは（自身の論文「One Half a Manifesto（ある不完全な宣言）」の中で、「サイバネティック全体主義」なるものに対して展開した六つの反論の三つ目で）、「主観的経験は実在しないか、あったとしても重要ではない。なぜなら、それは一種の環境効果、もしくは周辺効果だからだ」という主張に対して反論を述べている。すでに指摘したように、ある存在と結びついている主観性（意識的経験）をはっきり検出できるシステムやデバイスはない。それができるデバイスがあるとしたら、その中には必ず哲学的な前提条件が組み込まれているだろう。わたしはラニアーの論文のほとんどに同意しかねるが、この点に関しては、彼と同意見だ。それどころか、わたしのような「サイバー全体主義者」（この呼び名を受け入れるわけではないが）の言明に対する彼のいらだちもわからなくはない（むしろ共感できるほどだ）。わたしはラニアーと同様に、主観的経験などありはしない、と主張する人の主観的経験を認めている。

意識の問題は、客観的測定や分析（つまり科学）によって完全に解決することはできない。だからこそ、哲学の果たす役割が重要となる。意識は、存在論上のもっとも重要な問題である。結局のところ、主観的経験がまったくない世界（やたらに物体が渦巻く中、それを経験する意識ある存在がない）を実際に想像してみると、そんなものは存在しないも同然だ。一部の哲学的流れ――東洋（仏教思想のある宗派など）、西洋（量子力学における観測者本位の解釈など）の双方――では、まさしく世界はそのように見られている。

わたしは誰？　わたしはなに？

意識と関連がありながら、また別の問題となるのが、われわれのアイデンティティである。個人の精神のパターン――知識や技術、人格、記憶など――を、他の基板にアップロードできる可能性については前に述べた。その結果生まれた新しい存在は、わたしそのもののように振る舞うだろうが、そこに問題が生じる。それは本当にわたしなのだろうか？

画期的な寿命延長のためのシナリオのいくつかは、われわれの身体と脳を構成するシステムやサブシステムの再設計と再構築を必要とする。この再構築を行なうと、わたしはその過程で自己を失うのだろうか？　この問題もまた、今後数十年の間に、時代がかった哲学的対話から、差し迫った現実的課題へと変貌していくだろう。

では、わたしとは誰なのか？　たえず変化しているのだから、それはただのパターンにすぎないのだろうか？　そのパターンを誰かにコピーされてしまったらどうなるのだろう？　わたしはオリジナルのほうなのか、コピーのほうなのか、それともその両方なのだろうか？　おそらく、わたしとは、現にここにある物体なのではないか。すなわち、この身体と脳を形づくっている、整然かつ混沌とした分子の集合体なのではないか。

　だが、この見方には問題がある。わたしの身体と脳を構成する特定の粒子の集合は、じつは、ほんの少し前にわたしを構成していた原子や分子とはまったく異なるものなのだ。われわれの細胞のほとんどがものの数週間で入れ替わり、比較的長期間はっきりした細胞として持続するニューロンでさえ、一か月ですべての構成分子が入れ替わってしまう。微小管（ニューロンの形成に関わるタンパク質繊維）の半減期はおよそ一〇分だ。樹状突起中のアクチンフィラメントに至っては約四〇秒で入れ替わる。シナプスを駆動するタンパク質はほぼ一時間で入れ替わり、シナプスのNMDA受容体は比較的長くとどまるが、それでも五日間で入れ替わる。

　そういうわけで、現在のわたしは一か月前のわたしとはまるで異なる物質の集合体であり、変わらずに持続しているのは、物質を組織するパターンのみだ。パターンもまた変化するが、それはゆっくりとした連続性のある変化だ。「わたし」とはむしろ川の流れが岩の周りを勢いよく流れていくときに生じる模様のようなものなのだ。実際の水の分子は一〇〇〇分の一秒ごとに変化するものの、流れのパターンは数時間、ときには数年間も持続する。

　つまり、「わたし」とは長期間持続する物質とエネルギーのパターンである、と言うべきだろう。だが、この定義にもまた問題がある。いずれこのパターンをアップロードし、オリジナルとコピーが見分けられないほど正確に、自分の身体と脳を複製できるようになるからだ（そうなると、わたしのコピーが、「レイ・カーツワイル」を見分けるチューリングテストに合格しかねない）。コピーは、わたしと同じパターンをもつようになるだろう。そうは言っても細部に至るまで正確にコピーするのは無理だという反論があるかもしれない。しかし時が経つうちに、神経と身体の複製を作る試みは、その解像度も精度も、他のすべてのITと同様に、指数関数的な速度で成長していく。そして最終的には、主要な神経と身体の詳細なパターンについて、データの取り込みと再形成を望みどおりの正確さで行なえるようになるだろう。

だが、たとえコピーがわたしと同一のパターンをもっていたとしても、そのコピーがわたしだとは言いがたい。なぜなら、わたしは依然としてここにいる――あるいは、いることもできる――からだ。もしかするとそのコピーは、眠っている間に誰かが勝手にわたしをスキャンして作ったものなのかもしれないのだ。ある朝、こう告げられたとしたらどうだろう？　「いい知らせがあるよ、レイ。きみをもっと耐久性のある基板にうまく移し替えたんだ。だからきみの体と脳はもう要らないよ」。わたしは、失礼ながらそうは思わない、と言うだろう。

この思考実験をしてみれば、たとえコピーがわたしのように見え、わたしのように振る舞ったとしても、それはわたしではないということがはっきり理解できる。わたしは、彼が創りだされたことを知らない可能性さえあるのだ。たとえ彼がわたしの記憶をすべてもち、わたしが振り返るように同じ過去を思い起こしたとしても、レイ2号は創られたその瞬間から、独自の経験をもち、わたしとは別の現実を歩み始めるだろう。

このことは、人体冷凍術に関しても実際的な問題となる（人体冷凍術とは、死亡直後の人体を冷凍保存し、死因となった状況や疾病を克服できる技術と、冷凍保存および死の初期段階に受けたダメージを回復できる技術が揃った未来に生き返らせようというもの）。「保存されていた」人がついに生き返ったとしても、提案されている方法によれば、その生き返った人間は、まったく新しい物質と、同じ神経パターンのまったく新しいシステムで本質的に「再構築」されることが示唆されている。そのため、蘇生した人間は事実上、レイ2号（すなわち別人）となるだろう。

さて、この思考の流れをもう少し追ってみよう。そうすればジレンマがどこから来るかがわかる。わたしをコピーし、オリジナルのわたしを破壊したとすると、それはわたしの死を意味する。先の結論のように、コピーはわたしではないからだ。コピーはきっとみごとにわたしになりすますだろうから、誰も違いに気づかないかもしれない。それでもなお、わたしが死んだことに変わりはないのだ。

わたしの脳のごく小さな部分を、同じ神経パターンをもつ物質と置き換えることを考えてみよう。

そう、わたしは依然としてここにいる。手術は成功したのだ（ちなみに、ナノボットなら、外科的処置を行なわずにそれをやりとげられる）。すでにこのような人は存在する。たとえば、内耳の蝸牛管《かぎゅう》の移植を受けた人や、パーキンソン病の症状を抑えるために神経移植を受けた人などだ。さて、次にわたしの脳の別の部分を置き換えよう。それでも、わたしはもとのわたしのまま……そしてさらにまた移植を……。一連の移植のあとも、わたしは依然としてわたしだ。「古いレイ」

も、「新しいレイ」も存在しない。わたしはもとのわたしのままだ。わたしがいなくなったと悲しむ者は、わたしも含め、誰もいない。

徐々に身体を置き換えていっても、レイはもとのままで、意識もアイデンティティもそのまま維持されているようだ。徐々に身体が置き換わった場合、古いわたしと新しいわたしが同時に存在することはない。しかし、すべてのプロセスが終わったとき、そこにあるのは新しいわたしに相当する存在（すなわちレイ2号）で、古いわたし（レイ1号）はもはやいない。したがって、緩やかな置き換えもまた、わたしの死を意味する。ここで疑問がわき起こるかもしれない。いったいどの時点で、わたしの身体と脳は、別の誰かになってしまったのだろう、と。

見方を変えれば（もはや哲学をもちだして語るのは種切れとなってしまった）、この問題の初めのほうで述べたように、じつは正常な生物学的プロセスの一環として、わたしの中身はつねに入れ替わっている（しかもこのプロセスは特に緩やかではなく、むしろ急速だ）。すでに結論したように、変わらずに持続するのは、物質とエネルギーの時間的、空間的なパターンだけだ。ところが先の思考実験によれば、わたしのパターンが維持されていたとしても、その漸進的な置き換えはわたしの死を意味することになる。では、わたしはたえず、少し前の自分とそっくりの別人に置き換えられているのだろうか？

そこでふたたび、「わたしとは誰なのか？」これは究極の存在論的命題であり、また、しばしば意識の問題として言及される。わたしは意識的に、この問題を完全に一人称で言い表した。この疑問の本質がそうだからだ。これは三人称の問題ではない。また、わたしは「あなたは誰か」

ともしなかった。もっとも、読者はこの質問を自分自身に投げかけたいと思われるかもしれないが。

意識について論じるときには、往々にして行動科学や神経学でいう意識の相関物の考察に逸れていってしまいがちだ（たとえば、ある存在がその意識体験をみずから観察できるか否かとか）。だが、そういうものは三人称の（客観的な）問題であり、哲学者のデイヴィッド・チャーマーズが意識の「難問《ハードプロブレム》」と呼ぶもの、すなわち、「物質である脳から、いかにして意識のように明らかに非物質的なものが生じるのだろうか」という問題を説明していない。

ある存在に意識があるかどうかという問題は、その存在自体にとってのみ明らかだ。意識と関連のある神経学で意識の表れとされているもの（たとえば知的な行動）と、意識の存在論的な実体との違いは、すなわち、客観的現実と主観的現実の違いである。われわれが、哲学的条件を組み込むことなしに客観的な意識探知器を提案できないのも、同じ理由からである。

いずれ人間は非生物的な存在に意識があることを認めるようになると、わたしは信じて疑わない。なぜなら、最終的に非生物的な存在は、意識の手がかりとして現在人間が示し、情動やその他の主観的経験と結びつけているものをすべて手に入れるからだ。だが、そのような微妙な糸口を確認できたとしても、その意識とされるものに直接アクセスすることは依然としてできないだろう。

確かに、わたしの周囲にいる人の多くは意識をもっているように見える。だが、そのような印象をあまり早急に受け入れるべきではないだろう。わたしは、実際はシミュレーションの中で暮らしていて、人々はその一部分なのかもしれないのだ。

あるいは、存在しているのは、わたしの中にある人々の記憶だけで、しかもこれらの実体験は、本当は起きていなかったということも考えられる。

もしかすると、わたしは今、見せかけの記憶を思い起こすことで感動を経験しているだけなのかもしれない。経験も記憶も現実には存在しないというわけだ。これで、この問題の所在がわかっていただけただろうか。

こうしたジレンマがありながらも、わたし個人の哲学は、相変わらずパターン主義——自分は基本的に、一定時間、持続するパターンだと考える——に基づいている。わたしは進化するパターンであり、自分のパターンの進化を、みずから方向づけられる。知識もパターンであり、その点で単なる情報と区別されている。知識を失うことは、重大な喪失である。したがってひとりの人間を失うことは、究極の喪失となる。

超越としてのシンギュラリティ

シンギュラリティは、物質界で起こる事象を意味する。それは、生物の進化に始まり、人間が進める技術進化を通じてさらに伸張してきた進化の過程における、必然的な次へのステップである。しかしながら、われわれが超越性《トランセンデンス》——人々がスピリチュアリティと呼ぶものの主要な意味

——に遭遇するのは、まさにこの物質とエネルギーの世界においてなのだ。そこで、この物質界におけるスピリチュアリティの性質について考えてみよう。

さて、どこから始めようか？　水はどうだろう？　とてもシンプルだが、その多様で美しい表れ方を考えてみてほしい。滝となって岩場を越え、混沌とした形で流れ落ちるときの、果てしなく変化するパターン（偶然にも、わたしのオフィスの窓からこの光景が眺められる）、空に広がる雲の波状模様、山に降り積もった雪の姿、そして雪の結晶の完璧なまでのデザイン。それから、アインシュタインが述べた、コップの中の秩序と混乱の共存（ブラウン運動に関する論文）も忘れてはならない。

あるいは生物界のもっと他の場所、たとえば、有糸分裂の際に見られるらせん状ＤＮＡの複雑なダンスはどうだろう。風を受けてたわむ木や、もつれあうように舞う木の葉の愛らしさは？　顕微鏡で見るミクロの世界のざわめきは？　超越性はこの世界の至るところで見られる。

「超越性」の解釈についてここで述べておこう。「超越する」は、「一線を超える」ということだが、だからといって、超越的なレベル（霊的なレベルなど）の実在はこの世の存在ではないとする、二元論的な凝った見方をする必要はない。われわれは、物質界の「通常」の力を、パターンの力を通じて「超える」ことが可能だ。わたしは物質主義者とずっと呼ばれてきたが、自分では「パターン主義者」だと思っている。われわれは、パターンの発現する力を通してこそ、超越することができる。人間の身体を形作っている物質は、速やかに入れ替わってしまうので、持続しているものは、人間のパターンが有する超越的な力に他ならない。

このパターンの持続力は、生物体や自己複製テクノロジーといった自己再生システムを明らかに超えている。パターンの力と持続性こそが、生命と知性を支えているのだ。パターンは、それを構成している物質よりもはるかに重要である。

キャンバスにでたらめに描かれた線は、ただの絵の具である。しかしそれがあるべき形に配列されると、素材の物質を超えて美術となる。でたらめに書かれた音符はただの音を表しているが、それが「霊感を受けたように」配列されると、みごとな音楽になる。山と積んだだけの部品はただの在庫品だが、革新的な方法で配列され、おそらくはなんらかのソフトウェア（新たなパターン）が加えられれば、テクノロジーの「魔法」（超越性）が生まれる。

「スピリチュアル」と呼ばれるものこそ超越性の真の意味だと考える向きもあるが、じつは超越性は現実世界のすべてのレベルに見ることができる。たとえば、われわれ自身を含めた自然界の創造物、そしてもちろん、芸術、文化、テクノロジーや、情動的、精神的な表現など、人間が創造したものにも超越性がある。進化は、パターンと深く関わりがあり、進化の過程で成長するものは、端的に言えば、パターンの秩序と深さに他ならない。したがって、人間の中で起きる進化の極致であるシンギュラリティは、こうしてさまざまな形で表れる超越性をさらに深めていくことだろう。

「スピリチュアリティ」のもうひとつの含意は「魂をもつ」ということで、いうなれば、「意識がある」ということだ。「個人性」の土台である意識は、多くの哲学的、宗教的伝統において、真実を意味すると考えられている。一般的な仏教の存在論では、むしろ主観的——すなわち意識的な——経験こそが究極の真実だとされており、物理的または客観的現象はマーヤー（幻影）だと考えられている。

本書で意識について論じるのは、その厄介で逆説的な（だからこそ深遠な）特質を例証したいためだ。つまり、一組の仮定（わたしの心のファイルをコピーした存在はわたしの意識をもつか、あるいはもたないか）が最終的にいかに正反対の見解に到達し、またその逆の事態がいかにして起きるかについて検証するためだ。

われわれは、人間には意識がある（少なくともそう見えるときには）と思っている。それとは対照的に、単純な機械には意識はないものと思い込んでいる。宇宙論的な見方をすれば、現代の世界は意識のある存在というよりも、単純な機械のように行動している。しかし、われわれの周辺の物質とエネルギーは、この人間と機械の文明の知能、知識、創造性、美、感情的知性（たとえば愛する能力）に浸透しつつある。そして人類の文明は、われわれが遭遇する物言わぬ物質とエネルギーを、崇高でインテリジェントな——すなわち、超越的な——物質とエネルギーに転換しながら、外へ外へと拡張していくだろう。それゆえある意味、シンギュラリティは最終的に宇宙を魂で満たす、と言うこともできるのだ。

進化の流れは、複雑性、優雅さ、知識、知性、美、創造性、それに、愛といった微妙な属性、そのすべてを一層深める方向に進んでいく。ありとあらゆる一神教の伝統において、神はそのすべてを有し、しかもいっさいが無限である——無限の知識、無限の知性、無限の美、無限の創造性、無限の愛をもつ——と説かれてきた。もちろん、加速しながら進んでいく進化でさえ、無限のレベルに達することはとうていできない。しかし、指数関数的に急激な進歩をとげながら、進化は確実にその方向へ進んでいる。進化は、神のような極致に達することはできないとしても、神の概念に向かって厳然と進んでいるのだ。したがって、人間の思考をその生物としての制約から解放することは、本質的にスピリチュアルな事業だとも言えるだろう。

エピローグ

どのくらい特異なのか？　技術的特異点《シンギュラリティ》はどのくらい特異なのだろうか？　すぐにでも起きるのだろうか？　言葉の由来から考え直してみよう。数学では、特異点はどんな限界をも超えた値である――要するに、無限ということだ（正式には、そのような特異点を含む関数の値は特異点において定義されないと言われているが、近傍の点では関数の値はどんな特定の有限の値よりも大きいことが明らかにできる）。

本書で検討したシンギュラリティにおいては、コンピューティング、メモリ、あるいは他の測定可能な属性が無限レベルまで到達するわけではない。しかしこれらすべての特性が、知能も含めて、ひじょうに高いレベルで達成できるのは確実だ。人間の脳のリバースエンジニアリングによって、人間の知能の並列的で自己組織的なカオス的アルゴリズムを、莫大な能力をもつコンピューティング基板に適用できるだろう。するとこの知能はこんどは自分自身の設計をハードウェアもソフトウェアも含めて改良する立場になり、それが急速に加速しながら繰り返される。

それでもやはり限界があるようにみえる。知能を支える宇宙の容量は、10^{90} cps ほどでしかない。

より高い数字（10^{120}など）の可能性を示すホログラフィック・ユニバースなどの理論もあるが、これらのレベルはいずれも決定的に有限だ。

もちろん現在のレベルの知能から見れば、知能の容量がその程度あれば実用上充分だろう。10^{90} cpsの知能で充満した宇宙は、今日地球上のすべての人間の脳を合わせたものよりも、一兆×一兆×一兆×一兆×一兆倍も強力だろう。一キログラムの「冷たい」コンピュータでさえ、第三章で見たように、最大で10^{42} cpsの能力をもち、それは人類の脳の合計よりも一兆×一万倍（10^{16}）も強力なのだ。

指数表記を使えば、さらに大きな数についても、たとえその意味するところすべてを理解する想像力はもちあわせていないにしても、たやすく想定することができるだろう。人類の知能が将来他の宇宙に広がっていく可能性も想像の範囲内にある。そのようなシナリオも、現在の宇宙の知識から理屈上は想定可能なのだ。これによって人類の知能は将来おそらくどんな限界をも超えられることになるだろう。もし人類が他の宇宙を創造し植民地化する能力を獲得すれば（もしそれを行なうなんらかの方法があれば、巨大な知能をもつ将来の人類文明は、最終的にその方法を利用できるようになるだろう）、人類の知能は究極的にどんな特定の有限レベルをも超えることができる。それがまさに数学的な関数でいう特異点だ。

人間の歴史に対する「シンギュラリティ」という用語法は、物理学におけるそれとどこがどう違うのだろうか？　物理学はこの言葉を数学から借用した。物理学はつねに擬人的な表現を好む傾向がある（クォークの名前である「チャーム」や「ストレンジ」などのように）。物理学における

「特異点」は、理論的に大きさがゼロで無限の質量密度があり、したがって無限の重力がある点を指す。しかし量子の不確定性のため、実際には密度無限大の点は存在しない。実際、量子力学では無限の値を認めないのだ。

わたしが本書で述べたシンギュラリティとまさに同じように、物理学における特異点も、想像を絶する大きな値を意味する。そして物理学における関心分野は、大きさがゼロの点ではなく、ブラックホール（それは黒くなどないが）内の特異点の周囲にある事象の地平線だ。事象の地平線の内側では、光などの粒子やエネルギーは、重力があまりに大きいので外に出られない。だから事象の地平線の外側から事象の地平線の内側をしっかりと見ることは難しい。

しかし、ブラックホールの内側を見る方法が実は存在する。なぜならブラックホールは粒子のシャワーを放出しているからだ。宇宙の至るところで粒子-反粒子のペアが作られているが、事象の地平線の近くで作られるペアのうちいくつかは、片方がブラックホールに引き込まれるものの、片方はなんとかそこから脱出する。この逃げた粒子がホーキング放射という光を発する。発見者スティーヴン・ホーキングにちなんでつけられた名称だ。現在では、この放射はブラックホール内で起きていることを反映したものだ、と考えられている（ブラックホール内に引き込まれた粒子との間で量子的な絡み合いを起こすことにより、コード化された情報の形として）。ホーキングは最初この解釈に抵抗したが、今は賛同しているようだ。

したがって本書の「シンギュラリティ」という用語法は、物理学の世界における使用法と同様に適正であると言うことができる。ちょうどブラックホールの事象の地平線の向こう側を見るのが難しいように、歴史的なシンギュラリティの事象の地平線の向こう側を見るのも難しい。10^{16}から10^{19}cpsに限られたわれわれの脳が、10^{60}cpsをもつ二〇九九年の未来文明の思考や行動をどうして想像できるだろうか？

それにもかかわらず、まだ実際には一度もブラックホールの内部に入ったことがなくても、概念的な思考によってブラックホールの性質に関する結論を引き出せるのとちょうど同じように、われわれは今日、シンギュラリティの意味を有意義に洞察するための充分強力な思考力をもっている。こうした洞察こそが、わたしが本書で実践しようと努めてきたことなのだ。

人間中心主義　一般に、科学は人間のみずからに対する思い上がりをつねに是正してきたと見られている。古生物学者のスティーヴン・ジェイ・グールドも言う。「重要な科学革命すべてに共通する特徴として、人間中心の宇宙という信念の台座から、傲慢な人間を一段ずつ引きずりおろしてきた、ということがあげられる」

しかし結局のところ中心にあるのは人間だ。脳内でモデル――ヴァーチャルリアリティ――を作りだす人間の能力は、見た目には地味な親指の機能とあいまって、技術という進化の別形態を導くのに充分なものだった。こうした技術の発展によって、生物進化とともに始まった加速ペースが持続されてきたのだ。この加速は宇宙全体がわれわれの指先の意のままになるまで続くだろう。

編集部より～［エッセンス版］あとがきに代えて

本書は二〇〇五年にアメリカのヴァイキング社から刊行されたレイ・カーツワイルの大著 *The Singularity Is Near: When Humans Transcend Biology* のエッセンス版であり、同書の邦訳『ポスト・ヒューマン誕生　～コンピュータが人類の知性を超えるとき』（ＮＨＫ出版刊）を親本として、その主要部分をコンパクトに再編集した、日本オリジナルの一冊となる。したがってカーツワイルの『ポスト・ヒューマン誕生』（あるいは電子書籍『シンギュラリティは近い』）をすでにお読みの方には内容が重複することを予めお断りしておく。

本書刊行までの経緯をまず簡単にご説明したい。邦訳版『ポスト・ヒューマン誕生』は二〇〇七年一月に刊行された。当時は「シンギュラリティ」という言葉をネットで検索しても日本語でのヒットはほぼゼロだったこともあり、邦題を決めるのに大変苦慮したことを覚えている。結果として、〈シンギュラリティ〉という主要概念を明快にタイトルで打ち出さなかったからか、あるいは六六四ページというボリュームゆえか、日本で同書は、どちらかと言えばカーツワイルを知るカルトな一部のシンギュラリティ主義者向けの一冊といった位置づけに落ち着いた。

変化が訪れたのは、刊行からすでに七年が経った二〇一四年頃だ。忘れ去られていたかに思われた同書の売れ行きが徐々に上方カーブを描き始め、突如として増刷を重ねるようになっていった。現在では七刷を数え、まさにカーツワイルの言う〈収穫加速の法則〉を地でいく展開が起こっているのだ。

実際、〈シンギュラリティ〉という概念は、その間じわじわと世界に広がっていった。カーツワイルが二〇〇八年にシンギュラリティ・ユニバーシティというシンクタンク兼教育機関を共同で創設すると、グーグルをはじめとするシリコンバレーのそうそうたる企業が真っ先に出資したことも相まって、一躍話題となった。大企業のエグゼクティブが続々とその教育プログラムに参加するにつれて、「テクノロジーの指数関数的成長を取り込んで世界を一歩前に進める」というそのミッションが、スタートアップ界隈にとどまらず広く共有され、たとえばペイパルマフィアのドンとも言われるピーター・ティールがその著書『ゼロ・トゥ・ワン』で書いたように、それはほとんどシリコンバレーのエートスとなっていった。

人工知能（ＡＩ）開発の進展がこれを後押しした。近年、脳の神経回路の構造を深層まで模倣するディープラーニングといった機械学習の手法が飛躍的に進化したことで、「第三次人工知能ブーム」が到来したと言われる。つまり、本書で描かれる「汎用人工知能」への期待が、再び高まっているのだ。二〇一一年にＩＢＭのワトソンが人気クイズ番組「ジェパディ！」で勝利を収め、同年、アップルはiPhoneにパーソナルエージェント「Siri」を搭載するなど、ＡＩは少しずつ人々のライフスタイルに入り込んでいった。グーグルやマイクロソフト、フェイスブックといった大企業がＡＩ開発にしのぎを削る中で、二〇一二年暮れにはグーグル共同創業者のラリー・ペイジがカーツワイルをいわば一本釣りする。彼がグーグルで機械学習と自然言語処理技術の開発にフルタイムであたるというニュースは、ＡＩの世界的権威と世界一の情報テクノロジー企業がタッグを組むことへの驚きや賞賛とともに世界中を駆け巡ったのだ。

こうしてシンギュラリティの概念がビジネスやカルチャーのメインストリームに浸透するにつれ、その論理的支柱であり今なお第一線で活躍するカーツワイルのいわば「予言の書」である*The Singularity Is Near*は、ますますその重要性を増していった（「この一〇年でもっとも引用される書物になるだろう」という、ワイアード誌創刊編集長ケヴィン・ケリーの予言は正しかったのだ）。その機運の中で、大著で難解とされる同書をより手に取りやすく、多くの読者にアクセスしやすくすることが、〈シンギュラリティ〉の日本における理解をさらに深めるとの意図から、本書［エッセンス版］が企画された。著者カーツワイルからも快諾いただき、併せて邦題についても原書の通り『シンギュラリティは近い』に戻すこととしたのだ（電子書籍版についてはすでにこちらのタイトルに戻していた）。

本書［エッセンス版］の編集においては、原書における主にサブカルチャー的な文脈、つまり各章冒頭などに付された多彩な登場人物からの引用文や、カーツワイルと人工知能モリーやその他歴史上の偉人が次々と登場する架空の対話コラムなどを割愛した他、膨大な原注についてもカットすることでコンパクトな体裁とした。したがって出典などのチェックでもし必要があれば、ぜひ『ポスト・ヒューマン誕生』にあたっていただきたい。

また、二〇一六年現在から見て古いと思われる記述や節のカットは最小限にとどめている。逆に言えば、原書執筆時でいうと一〇年以上昔におけるテクノロジーの進化の上に描かれた本書の見通しが驚くほど新鮮なことに、編集作業中もたびたび唸ることになった。読者の方々にも、本書をまるで新刊のようにお読みいただけるはずだ。

実際のところ、本書編集においてもっとも重視したのは、カーツワイルの言う「テクノロジー進化の法則」、つまりテクノロジーの指数関数的な成長がシンギュラリティへと至るという本書の主旋律を、できるだけ明快かつシンプルに提示すること、そして、AIが二〇四五年に人類の知性を超える道筋を、主に「脳という仕組みの解析とリバースエンジニアリング」という点に絞って再構成したことだ。いわば「AIとシンギュラリティ」についてのカーツワイルの主張がストレートにわかる入門編、として本書を位置づけている。

したがって、本来であればシンギュラリティにはAIに加えて遺伝学、ナノテクノロジー、ロボット工学の指数関数的進化が重要な役割を果たすわけだけれど、それらについてのベーシックな記述は各章で折に触れ紹介されていることから、改めて詳細に突っ込んだ「GNR——同時進行する三つの革命」(原書第五章)については本書では割愛している。

また、原書においては人類がシンギュラリティへと到達したあと、テクノロジーと融合したその知能が地球を離れ宇宙へと到達し、光速という制約を超えて二二世紀には宇宙を知能で満たす、というさらなる展開があって、いわば原書においてもっとも先鋭的な「予言」となっているわけだが、壮大なスケールで展開されるこうしたその先の議論についても、ご興味のある向きはぜひ『ポスト・ヒューマン誕生』を読んでいただければ幸いだ。

未来を予見し人間の根源的な存在そのものを揺るがすシンギュラリティという考えに対しては、当然ながら多くの異論反論が沸き起こり、科学的な議論もさることながら、主に文化的・社会的な文脈からの反発が多く見受けられる。コンピュータにすべての仕事が奪われる式の「機械との競争」といった議論は今日あらゆるメディアで目にするし、ＡＩがいよいよ囲碁においても人間を凌駕したとなれば、私たちは人類としてのアイデンティティの再考を迫られた気分になる。つまり、本書で描かれる状況を、私たちはまだまったく受容できていないのだ。そうした反応や想定されるリスクについても、カーツワイルは原書において一章を割いて丁寧に答えているのだけれど（原書第八章「ＧＮＲの密接にもつれあった期待と危険」）、今日、スティーヴン・ホーキングからイーロン・マスクまで、そうした議論がたびたび起こるのを日本でもよく目にするようになったこともあり、本書においては割愛している。

指数関数的に進化するテクノロジーに対する文化的・社会的な受容について、私たちの意識はこれまでも、時代とともに常に変化してきた。すでに原書刊行から一〇年以上が経ち、人々は気づかないままにシンギュラリティへの態度を少しずつ変えてきているはずだ。大切なことは、カーツワイルが言う通り、シンギュラリティとは待っていれば勝手に起こるものではなく、私たち一人ひとりの選択と受容の積み重ねの先にあるものだということだ。したがって二〇四五年という、もうそう遠くない将来にどんな未来像を描くのかについては、ぜひ読者のお一人おひとりが、加速度的進化を続ける日常の中で、肯定論も否定論も含めて本書とともに今後も問い続けていただければ幸いだ。

［著者紹介］

レイ・カーツワイル（Ray Kurzweil）

1948年ニューヨーク生まれ。発明家、思想家、フューチャリスト。人工知能の世界的権威であり、現在はGoogle社で機械学習と自然言語処理の技術責任者を務める。これまでにオムニ・フォント式OCRソフト、フラットベッド・スキャナー、シンセサイザー「Kurzweil K250」、文章音声読み上げマシンなどを発明し、その功績からMITレメルソン賞やアメリカ国家技術賞などを受賞、2002年には「発明家の殿堂」に名を連ね、PBSは彼を「過去2世紀においてアメリカに革命を起こした16人の発明家」の1人に挙げている。著書*The Age of Intelligent Machines* (1990)でチェスの試合においてコンピュータが勝利することを予言、*The Age of Spiritual Machines* (1999)（邦訳『スピリチュアル・マシーン』翔泳社）では「収穫加速の法則」を提示し、*The Singularity Is Near* (2005)（邦訳『ポスト・ヒューマン誕生』NHK出版）で「シンギュラリティ」という概念を世界に広めた。2008年にはシリコンバレーにシンギュラリティ・ユニバーシティを共同で創設、人類の最も困難な課題に取り組むべく加速進化する革新的技術の開発を目指している。

［監訳］

井上 健（いのうえ・けん）　東京大学名誉教授。専攻分野は、比較文学、アメリカ文学、翻訳論。主たる著訳書に、『文豪の翻訳力 —— 近現代日本の作家翻訳　谷崎潤一郎から村上春樹まで』（武田ランダムハウスジャパン）、『翻訳文学の視界 —— 近現代日本文化の変容と翻訳』（思文閣出版）、ヘンリー・ミラー『セクサス』（水声社）などがある。

［翻訳］

小野木明恵（おのき・あきえ）　翻訳家。主な訳書にダン・ジュラフスキー『ペルシア王は「天ぷら」がお好き？』、ジョン・パウエル『響きの科楽』（以上、早川書房）、ジョン・D・バロウ『無の本』（青土社）など多数。

野中香方子（のなか・きょうこ）　翻訳家。主な訳書にジョン J. レイティ『脳を鍛えるには運動しかない！』『GO WILD 野生の体を取り戻せ！』（以上、NHK出版）、クリストファー・ロイド『137億年の物語』（文藝春秋）、マイケル・ポーラン『人間は料理をする』（上下：NTT出版）など多数。

福田 実（ふくだ・みのる）　翻訳家。松下電器産業を定年退職後、機械・電気・コンピュータ・通信・品質・規格関連を専門に技術翻訳に携わる。

校正：酒井清一

編集：松島倫明

シンギュラリティは近い ［エッセンス版］
人類が生命を超越するとき

2016年 4 月25日　第1刷発行
2024年10月25日　第9刷発行

著　者　レイ・カーツワイル
編　者　NHK出版

発行者　江口貴之

発行所　NHK出版
〒150-0042　東京都渋谷区宇田川町10-3
電話　0570-009-321（問い合わせ）
0570-000-321（注文）
ホームページ　https://www.nhk-book.co.jp

印　刷　三秀舎／大熊整美堂
製　本　ブックアート

乱丁・落丁本はお取り替えいたします。定価はカバーに表示してあります。

Printed in Japan
ISBN978-4-14-081697-4 C0098